KB038254

위대한 소원

III

위대한소원 3

초판 1쇄 인쇄 2019년 4월 16일
초판 1쇄 발행 2019년 4월 30일

지은이 하늘가리기
발행인 오영배
편집 편집부
디자인 Another
본문편집 오정인
제작 조하늬

펴낸 곳 (주)삼양출판사 · 피오렛
주소 서울시 강북구 도봉로 173
대표 전화 02-980-2112 / **팩스** 02-983-0660
편집부 전화 02-987-9393 / **팩스** 02-980-2115
블로그 blog.naver.com/dan_gul
출판등록 1999년 3월 11일 제9-00046호

ISBN 979-11-283-9654-0 (04810) / 979-11-283-9651-9 (세트)

+ (주)삼양출판사 · 피오렛의 서면 허락 없이는 어떠한 형태나 수단으로도 이 책의 내용을 이용하지 못합니다.
+ 지은이와 협의하에 인지는 생략합니다. 잘못된 책은 구입한 곳에서 바꾸어 드립니다.
+ 이 도서의 국립중앙도서관 출판시도서목록(CIP)은 서지정보유통지원시스템홈페이지(http://seoji.nl.go.kr)와
+ 국가자료공동목록시스템(http://www.nl.go.kr/kolisnet)에서 이용하실 수 있습니다. (CIP제어번호: CIP2019013593)

fioret은 (주)삼양출판사의 로맨스 판타지 문학 브랜드입니다.

ROMANCE FANTASY NOVEL

하늘가리기
로맨스 판타지 장편 소설

위대한 소원

The Great Wish

III

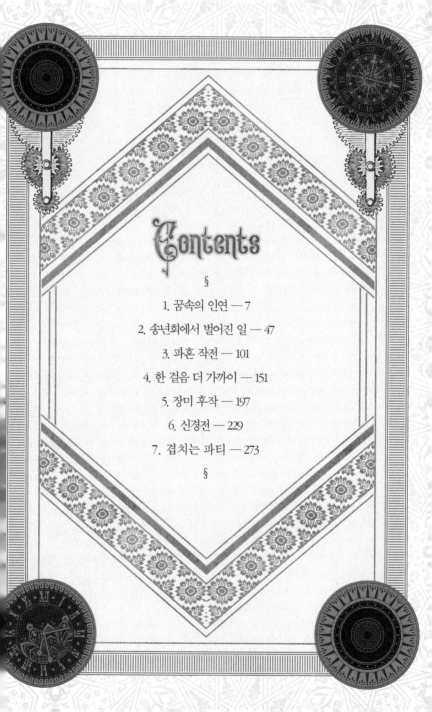

Contents

§

§

1장

꿈속의 인연

휘익.

얇고 긴 검날이 공기를 갈랐다. 시에나의 몸이 한 바퀴 돌면서 반대 방향을 그었다. 다시 한 번 방향을 틀어 위에서 아래로 내리그었다.

그녀는 제자리에 서서 호흡을 골랐다. 쉴 새 없이 계속 움직였더니 숨이 찼다.

온실의 파티가 끝나고 궁으로 돌아오자마자 시에나는 곧바로 검을 챙겨 나왔다. 오늘은 검술 수업 날이 아니지만, 머릿속이 복잡할 때는 단순하게 몸을 움직이는 게 도움이 되었다.

그녀는 바닥을 향한 검 끝을 응시했다.

'파티마.'

기분이 나아지지 않았다. 그 여자의 얼굴이 자꾸 아른거렸다. 그 여자와 결혼하면 쿤은 왕이 될 수 있다.

'그는 왕이 되기를 바라는 건가?'

꿈속 미래에서 그는 공왕이었다. 그는 왕이 되기 위해 철왕을 돕는 걸지도 모른다. 놀랍지 않았다. 그 남자 정도면 그만한 야망은 당연했다.

한숨을 내쉬며 고개를 들었다. 시에나는 흠칫 놀랐다.

"……쿤."

어느새 그가 저만치 앞에 서 있었다. 눈이 마주친 그가 다가왔다.

"궁으로 갔습니다만 백작부인이 여기 계실 거라고 하더군요."

시에나는 말없이 그를 쳐다보았다. 짜증이 난다. 자신의 감정이 비합리적이라는 건 안다. 파티마가 그에게 호감을 느낀 게 그의 잘못은 아니었다.

나아가 두 사람의 감정이 좋은 쪽으로 발전해도 그건 시에나가 관여할 수 없는 두 사람의 문제였다.

"무슨 일 있어요?"

"아니."

"기분 안 좋잖아요."

"아니야."

"맞는데."

"아니라니까."

"아니군요."

"맞아."

"역시 안 좋네요."

시에나는 말장난 한 그를 뚱하게 흘겨보았다. 그의 잘못이 아닌 이유로 그에게 화가 났지만, 그가 곧바로 자신을 찾아왔기에 꼬인 기분이 풀렸다. 감정이 널을 뛴다. 변덕스러운 제 심술이 한심했다.

"잘 안 풀려."

"뭐가요?"

"검술."

시에나는 괜히 검술 핑계를 댔다.

"도와줄까요?"

"검술을?"

"그러고 보니. 우리 처음 만났을 때가 생각나네요. 혼자 하려니 재미가 없군. 도와주겠나?"

묻어 둔 그 날의 기억이 떠오르자 시에나는 웃음이 나왔다.

"날 협박했지. 감당할 수 있겠느냐고."

"협박은 아니었어요."

쿤이 머쓱히 대답했다.

"내가 그때와는 또 다를걸. 그날 이후 연습 방식을 바꿨거든."

"어떻게요?"

"하루 한 시간이라도 매일 해."

"오."

쿤이 감탄하며 박수를 보냈다.

"어디. 얼마나 늘었는지 봅시다."

"검이 없잖아."

쿤이 주변을 휘휘 둘러보다가 긴 나뭇가지를 주웠다.

"그걸로?"

"이거면 충분해요."

"난 검을 쓸 건데?"

"얼마든지."

"날 얕보는 거지?"

"장인은 도구를 탓하지 않거든요."

"아, 정말."

시에나는 저 잘난 콧대를 콱 눌러주고 싶었다.

"내가 이기면?"

"뭐, 꿈은 클수록 좋은 법이지요. 한 번이라도 공격이 성공하면 이긴 것으로 칩시다. 이기면 상을 줄게요."

"무슨 상?"

"뭐든지요. 바라는 게 있으면 말해요."

시에나가 새침한 표정으로 허리에 손을 얹었다.

"상은 됐고. 짐작한 대로 내가 지금 기분이 안 좋아. 지면 기분이 더 나빠질 것 같아."

여유롭던 쿤의 표정이 단박에 굳었다.

잠시 후 시작된 두 사람의 겨룸은 시시하게 끝났다. 몇 번의 공방 끝에 시에나의 검 끝이 쿤의 목울대에 아슬아슬하게 닿았다. 쿤이 망설임 없이 검 대용으로 썼던 나뭇가지를 바닥으로 던졌다.

"졌습니다."

시에나가 인상을 썼다.

"지금 뭐 하자는 거야?"

"당신 기분을 상하게 하면서까지 이겨서 뭘 하겠어."

시에나의 눈이 커졌다. 그를 겨누었던 검이 천천히 내려갔다. 그녀의 고개도 내려갔다. 억지를 부려 민망했다. 귀가 후끈거렸다.

왜 자꾸 마음을 흔들까. 듣기 좋은 말만 할까. 뭐든 해 줄 것처럼 말할까.

시에나가 고개를 들었다. 눈이 마주친 그는 조심스럽게 그녀의 표정을 살폈다. 비굴한 게 아니다. 시에나는 조세프와 그의 차이를 발견했다. 그의 진심이 보이는 게 기뻤다.

그리고 두려웠다. 변할지도 모르니까. 꿈에서 본 그의 차가운 눈빛을 생각하면 심장이 따끔따끔했다.

시에나는 그에게 바짝 다가갔다. 두 팔을 벌려 그를 와락 끌어안았다. 잠시 후 그의 팔이 등 뒤를 감싸 눌렀다. 완전히 밀착해 그의 가슴에 고개를 묻었다.

그를 뜨거운 시선으로 바라보던 파티마가 떠올랐다. 이 남자를 주고 싶지 않다. 이 품을 다른 여자가 아는 게 싫었다.

"혹시…… 파티마가 당신에게 무례하게 굴었어요?"

온실에서 시에나가 유난히 파티마를 자주 본다고 느꼈다. 우연이라기에는 횟수가 잦았다.

시에나가 빼꼼히 고개를 들었다.

"파티마?"

그녀가 되묻는 목소리 끝이 날카로웠다.

"파티마가 실수했으면."

"했으면?"

"당신에게 사죄하라고 말을 전해야 할 테니까……."

'너그럽게 용서해 줘라.' 따위의 말이 나왔으면 속이 뒤집혔을 것 같은데. 삐죽하게 솟아난 그녀 마음속의 가시가 다시 들어갔다.

"친한가 봐."

"그다지요."

"오늘 처음 본 건 아니잖아."

"제대로 이야기 나눈 건 오늘이 처음이에요."

거짓말. 말 한마디 나눈 적도 없는 여자가 그런 눈으로 쳐다본다고?

"사막에서 만난 적이 없다는 거야?"

"메르제 백작을 사막에서 왜 만나요?"

두 사람은 서로 다른 대상을 이야기하고 있었다. 쿤은 흔들리는 그녀의 눈동자를 보고 그녀가 당황한 것을 눈치챘다.

"백작 이야기가 아니었어요?"

"파티마 이야기를 하다가 왜……."

"파티마가 백작 저에 머물고 있으니까요. 백작을 통해 말을 전해야지요."

"……."

그녀의 반응이 이상했다. 어렴풋이 짐작 가는 부분이 있었다. 하지만 '설마, 그럴 리가.' 하고 자신의 망상을 비웃었다. 그래도 미련이 사라지지 않았다. 헛소리라는 건 알지만, 혹시 해서 물었다.

"내가 파티마와 친해 보여요?"

"……."

"어떤 점이요?"

"이름으로 부르고…….".

"사막인들은 서로 다 이름으로 불러요. 군장조차도요. 지위와 신분이 이름을 대신하는 관습은 아직 없지요."

"파티마가…….".

"파티마가?"

"……아니야."

파티마가 말실수한 것은 없다. '내가 꿈에서 봤는데 두 사람은 연인이었대.'라고 말할 수도 없는 노릇이다. 쿤은 아무 생각이 없는데 오히려 자신의 한마디가 계기가 되어 그가 파티마를 의식할지도 모른다.

이미 여러 번 겪지 않았는가. 아주 사소한 계기로 미래가 바뀌었다.

'우와.'

쿤은 자꾸 올라가려는 입술 끝을 억지로 끌어내렸다.

'내가 지금 꿈을 꾸나?'

질투? 그 정도로 자만하지는 않았다. 그녀가 다른 여자를 경계했다는 게 중요했다. 독점욕뿐이라도 좋다. 애정에 기반을 두지 않은 원초적인 욕구라도 상관없었다.

그녀가 사람을 독점하고 싶은 욕망이 무엇인지 알아야만 그녀의 주변을 맴도는 쿤의 마음을 조금이나마 이해할 수 있을 테니까.

'작전을 짜 볼까?'

그녀의 감정을 끌어내는 극단적인 상황을 만들면 어떨까. 파티마를 이용하면 괜찮은 효과가 나올 것 같다.

'……아니. 잔머리 굴리다가 망하지.'

그녀가 자신의 감정을 불쾌함으로 결론짓도록 몰아붙이면 안 된다. 자존심이 상해서 아예 원인을 잘라 낼지도 모른다.

그녀는 혈육의 정에도 흔들리지 않는 사람이었다. 디안한테 선대 리먼 공작의 박제 정보가 어떤 식으로 쓰였는지 들었다.

황녀는 포프 백작부인을 위해 적왕의 약점을 찾으려고 철왕을 찾아가는 과감한 행보를 했다. 세간에 아주 돈독하다고 알려진 모녀가 아닌가.

디안이 그 이야기를 하면서 웃으며 말했다.

「무섭더라. 솔직히 난 내 어머니한테 그럴 자신 없거든. 사람 일이 그렇잖아. 옳고 그름은 다 알지만, 인정과 엮이면 알아도 모르는 척하게 되지.」

쿤도 디안의 의견에 동감했다. 그녀가 자신의 기준에 '아니다'라고 판단하면 얼마나 냉정해질 수 있는지 간접 경험했다. 그녀 앞에서는 말 한마디라도 조심하자고 생각하면서도 단단한 주관을 가진 그녀가 좋았다.

'당신과 함께 걷고 싶어.'

어떤 변수가 발생할지 모를 인생이다. 그녀와 함께라면 흔들림 없이 미지의 세상으로 나아갈 수 있을 것 같다.

그는 그녀의 등과 어깨를 감싼 팔을 내려 허리를 감았다. 힘주어 당기자 시에나가 반사적으로 고개를 들었다.

쿤은 재빠르게 고개를 숙여 꾹 입술을 눌렀다가 뗐다. 당황한 시에나가 두 손으로 그의 가슴을 밀어냈다.

"누가……."

"안 와요. 알잖아. 내가 사람 기척에 예민한 거."

시에나의 손에서 힘이 빠졌다.

"검술 연습. 매일 혼자 해요?"

"하루 걸러서 가르쳐 주는 기사가 도와줘."

"하루는 수업. 하루는 연습?"

"응."

"연습하는 날, 내가 봐줄게요."

시에나가 미간을 찡그렸다.

"우리 처음 만났을 때도 그랬고. 연습할 때는 주변에 누가 있는 게 신경 쓰여서 혼자 하지요?"

"궁으로 안 오고. 여기서 보자는 거야?"

"궁으로 오지 말라면서요."

시에나가 생각에 잠겼다. 쿤은 그녀가 망설일 틈을 주지 않았다.

"실력이 일취월장할 거예요. 내가 가르치는 것도 잘하거든."

"못한다는 게 없네?"

"내가 좀 그래요."

시에나는 피식 웃었다. 이렇게 또 은근슬쩍 넘어가는가. 그가 손을 잡아끄는 방식은 일방적이지만 강압적이지는 않았다.

아니다. 다른 남자가 이런 수작을 부리면 어림도 없었다. 익숙해졌다. 그의 끈질긴 치근댐이 사라지면 이제는 허전할 것 같다.

"대신 건전하게 수업만 들을 거야."

"······건전?"

"키스는 안 돼. 불필요한 신체 접촉도 금지."

"왜요?"

시에나는 당연한 자신의 권리를 빼앗기는 것처럼 억울해하는 그를 흘겨보았다.

"남의 눈을 피하는 건 떳떳하지 못하다는 거지. 내가 누구에게서 검술을 사사하는지는 상관할 바 아니지만, 밀회는 얘기가 다르잖아? 내게는 엄연히 약혼자가 따로 있어."

쿤의 표정이 삐딱해졌다.

"약혼자에게 의리를 지키시겠다?"

시에나는 툴툴거리는 그를 빤히 보다가 손으로 그의 턱을 만졌다. 그가 미세하게 움찔했다. 그녀의 손이 좀 더 넓은 면적으로 그의 볼을 쓸었다.

"쿤."

"예."

"내 정부가 되고 싶어?"

그가 험상궂게 인상을 쓰며 음산하게 말했다.

"시에나."

"사람들은 우리 관계를 그렇게 말할 거야."

꿈에서 본 대로 쿤과 결혼할지는 아직 알 수 없다. 분명한 건 자신과 그의 관계는 꿈속의 미래와 이미 달라졌다.

추측건대 또 다른 미래에서는 시에나가 파혼할 때까지 딱히 그와 어떤 접점이 없었을 것이다. 그에게는 따로 연인이 있었으니까.

조세프의 사생아 존재가 밝혀져 파혼하면 시에나는 피해자다. 하지만 파혼 전에 스캔들이 나면 사람들은 오히려 조세프를 동정할 것이다.

'말 많은 자들이 온갖 더러운 이야기를 만들어 내겠지. 그런 건 싫어.'

시에나는 속으로 중얼거리며 그의 뺨을 톡톡 두드렸다.

"인내심을 가져. 천천히 생각해 보라고 말한 사람은 당신이잖아."

쿤이 뭐라 말하려다가 입을 다물었다. 미심쩍은 표정으로 방금 자신이 제대로 들었는지 확인했다.

"당신? 지금 내게……."

시에나의 눈동자가 구르더니 시선이 옆으로 돌아갔다. 그녀는 새초롬하게 말했다.

"명색이 후작님인데 말조심은 해야지."

'너'에서 '당신'으로 호칭이 격상되었다. 언짢았던 쿤의 기분이 단번에 흐물흐물 풀어졌다. 바짝 좁혀진 그녀와의 간격을 느꼈다.

고난의 가시밭길을 지나 드디어 평지를 밟는가. 이러다가 함정에 푹 빠지는 건 아니겠지. 그녀의 감정 변화는 도무지 가늠할 수가 없었다. 잘못 건드리면 파삭하고 깨지는 유리 벽을 타고 오르는 기분이다.

어쨌든 지금 그는 기분이 최고로 좋았다. 부풀어 오르는 자신의 감정을 어떻게 해서든 쏟아 내고 싶어 견딜 수가 없었다.

"오늘까지는 봐줘요."

쿤이 몸을 숙여 그녀의 다리 안쪽에 팔을 집어넣어 안아 들었다. 갑자기 땅을 디딘 발이 허공에 떠오르자 시에나가 놀란 비명을 질렀다.

"내려 줘. 누가 오면!"

"근처에 아무도 없어요."

"쿤!"

"가만있어요. 떨어뜨리겠네."

쿤이 그녀를 안고 정원 안쪽으로 들어갔다. 담쟁이 정원이었다. 철골조로 세운 기둥과 천장으로 담쟁이가 빽빽하게 타고 올랐다.

제국 수도의 겨울은 춥지 않았다. 쌀쌀한 날씨를 잘 견디는 담쟁이는 사계절 내내 푸르렀다. 천장 가장자리에서 아래로 길게 늘어진 덩굴들이 커튼 같았다. 가까이에서 들여다보지 않는 한 멀리서는 안쪽의 사람이 보이지 않았다.

쿤이 덩굴을 옆으로 걷어내고 안으로 들어갔다. 천장 골조에 매단 나무 그네에 그녀를 앉혔다. 그가 두 손으로 그넷줄을 잡으며 상체를 숙였다.

"당신을 보러 가는 길에 여길 발견했는데. 아주 좋아 보이더군요."

"처음부터 이럴 작정이었다는 거네."

쿤이 대답 없이 웃었다. 시에나는 다가오는 그의 입술을 피하지 않았다. 그녀의 눈이 스르르 감겼다. 그의 날숨이 입술을 간질이자마자 그녀의 입술이 저절로 벌어졌다. 파고드는 혀가 단번에 그녀의 입안을 가득 채웠다.

허벅지에 내려놓은 시에나의 두 손이 주먹을 쥐었다. 그녀의 혀를 휘감은 그의 혀가 쓸어올리듯 그녀의 입천장을 느릿하게 훑었다. 진미를 맛보는 것처럼 그는 신중하면서도 탐욕스럽게 그녀의 안쪽을 핥고 빨았다.

키스는 길었다. 그가 입술을 떼며 나직이 웃었다. 시에나가 의문의 시선으로 바라보자 그가 말했다.

"이제는 호흡 조절에 꽤 익숙해지셨군요."

시에나는 또 다가오는 그를 피해 고개를 돌렸다.

"그만해."

그가 그녀의 턱 아래를 쥐어 자신을 바라보게 했다.

"한동안 당신을 못 만지잖아. 잘 참으라고 보상을 줘야지요."

"말이 되는 소리를……. 흡."

쿤은 욕심껏 그녀의 입술을 맛본 후 배부른 짐승처럼 느른한 표정으로 황궁에서 나왔다.

'약혼자가 문제라면 치워야지. 슬슬 파혼을 진행해 볼까.'

*　　*　　*

마틴이 집무실 문을 두드렸다. 잠시 기다렸다가 안으로 들어갔다. 책상에 앉아 있던 쿤이 고개를 들었다가 다시 보고 있던 서류로 시선을 내렸다.

"레반은?"

"아직 안 들어왔습니다."

"오면 내가 보자 한다고 해."

"예. 보고 드릴 게 있습니다. 간단한 거니까 그냥 들으셔도 됩니다."

"음."

"검은 집의 경비들을 물갈이했습니다. 철왕께 말씀 전해 주세요."

"알았다."

마틴은 나가려다가 문고리를 잡은 채 고개를 뒤로 돌렸다. 의아한 눈빛으로 쿤을 살폈다. 서류를 넘기는 쿤이 콧노래를 흥얼거렸다. 주변 사람이 느낄 정도로 좋고 싫음을 드러내는 분이 아닌데 별일이 다 있다.

해 질 무렵, 레반이 들어왔다.

"찾으셨습니까?"

"맡아서 해 줄 일이 있다."

쿤은 레반과 소파에 마주 앉았다. 레반은 쿤이 건네는 문서를 받았다. 읽는 동안 레반의 표정이 시시각각 변했다.

"제대로 터뜨려야겠다. 시끌벅적하게 만들어야 해."

문서는 에비타가 알아낸 조세프의 뒷 정보였다. 신사로 알려진 조세프는 상당히 폭력적인 이면의 모습을 감추고 있었다.

대놓고 누군가와 얼굴을 붉힌 적은 없었다. 대신 조용히 처리했다. 심기를 건든 자는 아랫것들을 시켜 납치하다시피 끌고 와 흠씬 두들겨 팼다. 대부분 보잘것없는 신분이라 공작가 도련님의 폭력에 대항하지 못했다. 적당히 치료비를 받고 입을 다물었다.

사실 고명한 집안의 자제가 비뚤어진 성품으로 문제를 일으키는 일은 드물지 않았다. 살인도 덮는 마당에 폭행 정도는 아무것도 아니다.

쿤이 회심의 미소를 지은 결정적인 약점은 따로 있었다. 조세프는 공작가에서 일하는 하녀에게 종종 손을 댔다. 그런데 하녀 중 하나가 아이를 가졌고 몰래 낳았다.

그 하녀는 조세프에게 들키면 자신과 아들이 죽을 거라고 믿었다. 그래서 뒷골목 빈민가로 숨어들었다. 에비타는 모자의 신병까지 확보했다.

"사생아의 존재를 사교계에 파다하게 소문이 나도록 만들어라. 살을 붙여 자극적인 이야기를 꾸미는 것도 괜찮지. 두 사람만 모이면 이야기할 정도로 최고의 화젯거리가 되어야 해. 그리고 그걸 터뜨리는 사람은 리바이 모튼일 것."

"소문 시작점을 리바이 모튼으로 만들라는 말씀이지요?"

"그래. 그리고 그 사실을 조세프 루크가 알아야 하고."

파혼으로 조세프를 떨궈 봤자 다음 후보자가 대기하고 있다. 리바이 모튼은 조세프보다 훨씬 영악한 놈이었다.

여기저기 약점을 만든 조세프와 다르게 리바이는 자기 관리를 잘했다. 그자가 은왕의 약혼자가 되면 대처하기가 훨씬 어렵다. 그래서 쿤은 아예 둘을 한 번에 쳐낼 생각이었다.

'파혼의 빌미를 제공한 자가 리바이라는 것을 알게 되면 조세프는 눈이 돌아가겠지.'

조세프가 약혼자 지위를 가져가는 리바이를 순순히 지켜볼 리가 없었다. 어떤 비겁한 수단을 써서라도 리바이를 끌어내릴 것이다. 유력한 후보 둘이 불미스럽게 사라지면 적왕은 새 후보자를 고르는 데 더 신중해질 테고 시간을 벌 수 있다.

"리바이 모튼은 조심성이 많아. 몇 단계로 작업해야 한다."

"예."

레반의 대답은 쉬웠다.

"언제까지 처리하면 됩니까?"

"연말까지. 늦어도 내년 초 안으로."

"예."

레반이 자리에서 일어날 때 바깥에서 문을 쾅쾅 두드렸다. 벌컥 문을 열고 우스가 들어왔다.

"쿤."

"넌 몇 번을 애기해도……!"

쿤이 이마를 짚으며 한숨을 내쉬었다.

"무슨 일이야?"

"손님이요."

"누구?"

"파티마가 쿤을 만나고 싶대요."

쿤이 말없이 우스를 노려보았다.

"혹시 기억 못 해요? 파티마, 투이사 군장의 딸이요. 수도에 온 지 꽤 되었대요."

"그 여자가 왜."

"몰라요. 저택 앞에서 만났어요. 쿤을 꼭 만나서 할 얘기가 있다 길래 데리고 들어왔죠. 일 층 응접실에서 기다리고 있어요."

"행동 조심하라고 했지. 누가 멋대로 손님을 데리고 들어오래!"

쿤이 버럭 소리쳤다.

우스가 눈을 둥그렇게 떴다가 어깨를 움츠렸다.

"너 나중에 보자."

쿤이 이를 악물고 사납게 으르며 나갔다.

레반이 쯧, 쯧, 소리가 나도록 혀를 찼다. 풀 죽어 있던 우스의 눈꼬리가 위로 올라갔다.

"마침 잘 만났다. 너 말이야. 누구 맘대로 칼리 성을 써?"

"안 써."

미친개처럼 짖을 작정이었던 우스가 움찔했다.

"내가 듣기로는!"

"이미 네놈 형이 한바탕 지랄했다. 그래서 안 써."

"내가 형이야!"

언제나처럼 레반은 마틴 우스 형제의 손위 논쟁을 무시했다.

"내 어머니 이름을 쓸 거다."

"뭔데?"

"글린. 근데 넌 손님은 왜 데려온 거냐? 왜 안 하던 짓을 해."

"아는 사람이라⋯⋯."

우스가 뒷머리를 긁적였다. 우스는 겉보기에는 단순해도 쉽게 이용당하는 성격은 아니었다. 은근히 까다로워서 사람에 대한 호불호가 뚜렷했다. 마음에 드는 사람이 아니면 자신의 공간 안으로 들이지 않았다.

"뭐 하는 여자야?"

"사막에서 만났는데. 되게 세. 그런 여자는 처음 봤어."

"힘이?"

"아니. 뭐랄까……. 아무튼 강해."

레반은 시에나 황녀를 떠올렸다. 그래 봤자 황녀보다 강하지는 않을 거라고 생각했다.

"그래서 마음에 들었냐?"

이 녀석이 혹시 사랑에 눈을 떴나? 레반이 우스에게 심상치 않은 눈길을 보냈다.

"괜찮은 여자야."

"호오."

"쿤과 잘 어울려."

"뭐?"

"파티마는 쿤을 좋아해."

레반이 당황한 헛기침을 했다.

"어울리지 않게 중매쟁이 노릇이라도 하려는 거야?"

"못할 건 뭐야."

쿤은 지금 다른 여자에게 정신이 나가 있다. 그 증거가 지금 레반의 손에 있었다. 황녀의 약혼을 파혼시키라는 임무를 막 받은 참이었다.

"얌전히 있어라. 안주인 될 분은 따로 계시니까."

레반은 평소 즉흥적인 우스가 무슨 엉뚱한 짓을 할지 몰라 불안했다. 다는 말하지 못해도 슬쩍 얘기를 흘렸다. 우스가 알면 조만간 소문이 쫙 나겠지만, 예기치 못한 사고가 나는 것보다는 나았다.

우스의 눈이 휘둥그레졌다.

"여자가 있어? 누구?"

"그렇게만 알고 있어."

"마틴은 알아?"

레반이 움찔했다. 아차 싶었지만 이미 우스는 씩씩거렸다.

"왜 나만 몰라!"

우스는 남들이 다 아는 일을 혼자 모르는 건 상관없지만, 마틴이 아는 것은 반드시 자신도 알아야 했다.

"어디 가!"

우스는 슬금슬금 도망치는 레반에게 소리쳤다.

*　　*　　*

쿤이 응접실 문을 열고 안으로 들어갔다. 소파에 앉아 있던 파티마가 고개를 들었다.

쿤은 눈이 마주친 파티마에게 묵례로 인사했다. 파티마가 일어나려 하자 쿤이 손을 내저었다.

"일어나지 않으셔도 됩니다."

파티마의 눈빛이 흔들렸다. 정중한 태도에서 거리감이 느껴진다. 그녀가 기대한 반응은 이게 아니었다. 그녀가 반쯤 일어난 자세에서 도로 앉았다. 쿤은 그녀의 앞자리에 마주 앉았다.

"오랜만……. 아, 어제 뵈었지요. 나도 참."

파티마가 수줍게 중얼거렸다.

"어제는 자리가 마땅치 않아 제대로 인사를 드리지 못했습니다. 그간 평안하셨어요?"

"예. 레이디 파티마. 제국 생활은 어떠십니까?"

"많이 배우고 있어요. 고집을 부려 사신단과 함께 오기를 잘했다고 생각합니다."

미혼의 여자가 집을 떠나 먼 여행을 떠나는 것은 사막의 율법으로는 거의 불가능했다. 하지만 파티마는 특별했다. 왕의 총애를 받는 유일한 자식이기 때문이다.

연합국의 왕이 된 투이사 군장은 자식이 스무 명이 넘었다. 그중 유독 파티마를 어여뻐 했다. 파티마는 아들로 태어나지 못한 게 한이었다.

하지만 여자인 덕분에 부친의 사랑을 받으면서 무탈하게 자랐다. 파티마가 남자였으면 형제들의 견제를 받아 여러 번 죽을 위기를 넘겼을 것이다. 이미 죽었을지도 모른다.

"메르제 백작부부는 좋은 사람들입니다. 소개해 주신 쿤 님께 감사드려요."

"제가 받을 인사는 아닙니다. 철왕께서 중간에 다리를 놔주셨지요."

메르제 백작은 넓은 인맥을 쌓는 일에 무척 관심이 많았다. 디안은 백작을 연합국 사람들과 연결해 주어 호의를 표현했다.

메르제 백작 가문은 역사가 긴 정통 있는 가문이었다. 특별히 부유하지도 강한 권력도 없지만, 가문의 이름 자체가 영향력이 있었다. 친하게 지내면 반드시 도움이 된다.

실제로 메르제 백작은 종종 비공식적인 외교 임무를 맡았다. 그만큼 예상치도 못한 곳에 인맥이 있었다.

"저는 쿤 님께서 한 번쯤은 만나러 와 주실 줄 알았습니다. 그래도 제가 제국에서 아는 분이라고는 쿤 님뿐이니까요."

"제국은 사막과 다릅니다. 항상 남의 눈을 조심해야 합니다. 사소한 일이 빌미가 되어 온갖 말이 만들어지지요."

살짝 투정을 부려 분위기를 부드럽게 만들려 했다. 자신의 의도대로 풀리지 않아 파티마는 당황했다. 애써 웃음 지었다.

"아……. 예. 확실히 사막과 다르더군요."

파티마가 자신에게 남다른 감정을 품은 건 쿤도 알고 있었다. 개인적으로는 그녀가 괜찮은 사람이라고 생각했다. 군장의 딸로서 누리는 특권보다 개인의 성취를 더 중요시하는 여자였다.

부족 간의 전쟁 중에 파티마는 훌륭한 지휘자였다. 전투 자체를 직접 이끌지는 못해도 현장을 정리하고 전사자를 수습했으며 부상병을 돌봤다. 눈에 띄는 전공은 그녀의 오빠들이 다 가져갔지만, 그녀의 공도 만만치 않았다.

초반에는 사실 이상한 여자라고 생각했다. 쿤과 파티마, 두 사람은 수시로 충돌했다. 그녀는 외지인인 칼리고 용병들을 무척 경계했다. 파티마가 사사건건 걸고넘어져 여러 번 골탕도 먹었다.

극적으로 협의가 타결되어 세 부족이 하나의 국가로 연합하기로 했을 때.

'아마 그쯤이었지.'

쿤은 파티마의 감정을 알아차렸다.

'정확히 언제부터였는지는 모르겠군.'

사막에서의 하루하루가 피를 말리는 나날이라 누군가를 신경 쓸 겨를이 없었다. 그리고 당시에 군장들의 협상이 더디게 진행되어 하루에도 몇 번씩 다 때려치우고 제국으로 돌아갈까 고민했다. 황녀가 결혼할까 봐 안절부절못하던 때였다.

파티마의 마음을 알아서 달라질 건 없었다. 쿤은 그냥 모른 척했다. 의식하면 어색해질까 봐 다른 사람들과 다름없이 대했다. 데면데면하게 지내다가 연합국의 탄생을 지켜보고 그는 제국으로 돌아왔다.

"오늘 제가 갑자기 뵈러 와서 놀라게 해 드렸나 봅니다. 제가 아직 제국의 예절에 익숙지 않아서요. 너그럽게 이해해 주서요."

파티마는 오늘 그를 만나 고백하려 했다. 감정적인 호소가 먹히지 않으면 거래를 하려 했다.

나를 얻어 연합국의 왕이 되세요, 당신이라면 사막의 주인이 될 수 있다고, 당신과 함께 사막을 지배하고 싶다고, 말하려 했다.

'아직은 성급한 걸까?'

오늘은 왠지 날이 아닌 것 같다. 그녀는 재빠르게 계획을 수정했다.

"오늘 쿤 님께 어려운 부탁을 드리러 왔습니다. 염치없는 여자라고 흉을 보서도 어쩔 수 없지만요."

파티마가 얼굴을 붉혔다. 부끄러워하며 머뭇거렸다. 이런 상황에서는 천하의 불한당이라도 야멸찬 말은 못 할 것이다.

"말씀하십시오."

"백작부인에게서 곧 있을 황궁 파티에 관해 들었어요."

연합국의 사신단을 배웅하는, 송별 겸 송년 파티가 성대하게 개최될 예정이었다.

"쿤 님께 에스코트를 부탁드립니다. 제국에서는 숙녀가 절대 혼자 연회장에 입장하지 않는다지요."

"……예. 마땅히 제가 모셔야지요."

거절할 수 없었다. 쿤은 연합국의 대리인이다. 제국에 머무는 사신단의 사정을 살펴줘야 하는 의무가 있었다.

파티마가 환하게 웃었다.

"감사합니다. 쿤 님."

"제가 먼저 말씀드렸어야 했는데 어려운 말씀을 하시게 해서 죄송합니다."

"아니어요. 사실 저택 앞에서 한참 망설였답니다. 다행히 우스 님을 만나지 못했으면 수상한 자가 기웃거린다고 혼쭐이 났을지도 모르겠습니다."

"레이디 파티마. 다음부터는 심부름꾼을 보내 미리 약속을 잡으세요. 그게 올바른 제국의 예절입니다."

"아……. 예. 쿤 님. 사막에서 뵐 때와 다르게 군으셨어요. 전처럼 그냥 파티마라고 불러 주세요."

"말씀드렸지만 제국은 사막과 다릅니다. 저를 부르실 때도 격식에 맞는 호칭을 써주시기 바랍니다."

파티마의 표정이 잠시 굳었다.

"……예. 후작님."

"백작 저로 모셔다드리라고 하겠습니다."

"후작님이 데려다주세요."

파티마는 금세 생글생글 웃었다.

"백작 저에 잠깐 들러 오라버니도 뵙고요. 마침 오늘은 외출하지 않으셨어요."

쿤은 작은 한숨을 내쉬며 일어났다.

"예. 제가 모셔다드리지요."

*　　*　　*

적왕궁에 더그가 찾아왔다. 꽤 오랜만이었다. 안에서 나온 젊은 사내가 더그를 발견하고 고개를 꾸벅 숙였다. 더그는 청년의 뒷모습을 보며 혀를 찼다.

처음 보는 녀석이지만, 그놈이 그놈이었다. 하나 같이 마른 체형에 예쁘장한 미형의 얼굴을 가진 어린 사내들이다. 누이의 취향은 한결같았다.

"어서 오세요. 오라버니."

장난감을 데리고 즐기는 중이었는지 패트리샤의 차림새는 흐트러져 있었다.

"노는 건 좋지만 해가 떠 있을 때는 자제해라. 은왕이 알면 어쩌려고."

"그건 알아서 해요. 잔소리는 그만두세요."

애첩이 한둘이 아닌 더그는 누이의 남성 편력을 뭐라고 할 주제가 못 되었다. 간섭할 생각도 없었다.

"협상은 마무리하셨어요?"

"그럭저럭. 틈만 보이면 물고 뜯으려고 달려드니, 원."

광산 운영권을 두고 벌어진 공작 가문들 간의 협상이 겨우 끝났다. 사람들은 리먼 가문에 적왕이 있으므로 그 덕을 본다고 생각했지만, 알고 보면 빛 좋은 개살구였다.

황제는 아내의 친정이라고 리먼 공작가를 특별 대우하지 않았다. 리먼 공작 가문이 누리는 특권 대부분은 선대 리먼 공작이 선황제의 생전에 받은 것들이었다. 이제 두 사람 모두 이 세상 사람 아니었다.

"그래도 루크 공작이 양보해 준 덕을 봤지. 결혼 이야기를 슬슬 꺼내도 되지 않겠니?"

"아직은 일러요."

"당장 하자는 게 아니라."

"황녀가 질색하더군요. 억지로 밀어붙이면 안 돼요."

패트리샤가 한숨을 쉬며 푸념했다.

"요즘 황녀가 반항기인가 봐요."

더그가 허허 웃었다.

"왜 웃으세요?"

"네가 자식을 둔 어머니 같아 그런다."

"어머니이지 않고요."

"네가 자식을 키우는 보통의 부모 같은 마음고생을 해 본 적이 있니? 황녀가 속을 썩이기를 해, 문제를 일으키기를 해. 다 알아서

혼자 잘하고 혼자 잘 크고."

"황녀가 잘 자란 건 제 공이 크다고요."

"그래, 그래."

더그는 대충 맞장구쳐 주었다. 자식을 둔 아버지 입장에서 누이가 부러운 적이 많았다. 황녀 같은 자식 하나만 있으면 먹지 않아도 배가 부를 것 같았다.

"무슨 문제가 있는 거냐?"

패트리샤는 부루퉁한 표정으로 얼마 전에 있었던 온실 파티 사건을 말했다.

더그가 껄껄 웃음을 터뜨렸다.

"그러니까 왜 백작부인을 건드려서."

"그 여자가 황녀와 제 사이를 이간질한다니까요!"

패트리샤는 시에나가 아직 마음이 풀리지 않아 보란 듯이 엇나간 행동을 한다고 생각했다.

"철왕과 어울려 파티라니요. 그건 황녀가 너무 나갔어요."

"친구는 가까이, 적은 더 가까이. 황녀가 아무 생각 없이 그러겠니. 단순히 너에 대한 반항심만은 아닐 거다."

"……그런 걸까요?"

"황녀가 철왕의 측근이라는 라드 후작과도 자주 만난다며. 그것만 봐도 알 수 있지. 황녀는 그들의 정보를 모으는 중이야."

"그런 문제는 나와 상의하면 좋잖아요."

"자식이 부모를 의지하고 싶지 않은 때가 있지. 황녀가 지금 그럴 나이다. 더 나이가 들면 세상에 자기편은 부모뿐이라는 걸 알게 되지."

패트리샤가 한숨을 내쉬었다.

"지금은 지켜봐라."

"오라버니 말씀대로 할게요. 그래도 완전히 손 놓고 있을 수는 없어요. 황녀가 올바른 길로 가는지 지켜보다가 내게 알려 줄 사람이 필요해요. 지금 황녀 측근의 사람 중에는 영⋯⋯."

"봐둔 사람이라도 있니?"

"스투스 경이라고. 충직한 기사가 한 명 있어요."

믿을 만한 사람은 찾기 어렵다. 패트리샤는 그러면 아예 만들자고 생각했다.

스투스는 패트리샤가 점찍어 키웠다. 재능도 욕심도 있으나 태생의 한계가 있는 빈민가 녀석을 데려다 먹이고 가르쳤다. 적당한 세뇌 교육을 병행하여 충성스러운 노예로 만들었다.

완벽한 신분 세탁을 거쳐 스투스는 급격히 세가 기울었으나 명망 있는 귀족가 출신으로 변신했다. 스투스가 가진 모든 것들은 패트리샤가 주었다.

욕심이 많은 스투스는 절대 그것들을 포기 못 한다. 그러므로 배신하지 못한다.

패트리샤는 사람을 믿지 않으나 사람의 욕망은 믿었다.

"오라버니가 손을 써 주세요. 지금은 내가 간섭하지 않는 것으로 보여야 해요."

"흠. 그래. 방법을 찾아보마."

*   *   *

시에나가 검을 비스듬히 그어 내리쳤다. 정면을 보는 척하며 옆을 쳤다. 회심의 일격은 전혀 통하지 않았다. 빤히 보인다는 듯 쿤은 정확히 막았다.

시에나가 미간을 찡그렸다. 검끼리 부딪치는 충격을 손이 흡수했다. 지잉, 손목이 울렸다. 시에나는 그에게 검을 배우며 한 가지 사실을 알았다.

'평생 검술만 파고들어도 절대 못 이겨.'

그는 딱히 특별한 기술이 없어 보였다. 오히려 너무 단순하고 쉬워서 누구라도 따라 할 수 있을 것 같았다. 하지만 시에나는 우습게 보지 않았다. 통달할수록 군더더기가 사라지고 단순해지기 때문이다.

죽어라 연습해서 어떻게든 기술은 흉내 낼 수 있다고 치자. 하지만 시에나가 절대 따라잡을 수 없는 게 있었다.

그의 힘은 평균적인 남자의 완력보다 우수한 정도를 넘어 훨씬 웃돌았다. 기사들과 연습할 때와 완전히 달랐다. 그는 시에나의 공격을 너무 가볍게 받았다.

'사막귀의 몸은 껍질로 싸여 있다고 들었어. 강철처럼 난난하다지.'

칼리고 용병들은 사막귀를 사냥한다고 들었다. 기술에 힘이 더해져야 괴물을 베어 낼 수 있을 것이다. 그리고 쿤은 용병단의 대장이었다.

'이 남자의 진짜 실력을 볼 일이 있을까?'

보고 싶다. 파티마, 그 여자는 봤을까?

시에나의 공격이 이어지지 않자 쿤이 검을 내렸다.

"오늘은 여기까지 할까요?"

시에나는 고개를 끄덕였다.

"왜 지적은 안 해? 계속 연습만 하잖아."

"음. 사실 지적할 건 없어요. 기초가 잘 잡혀 있고 눈에 띄는 습관도 없고. 부족한 건 실전이니까 그냥 나랑 이대로 연습만 하는 게 제일 나아요."

"그 말은 내 검술이 연습용이라는 거네."

"실전에서는 배운 게 사실 소용이 없어요. 위기에 처하면 머릿속이 텅 비니까."

"그럼 뭐하러 배워?"

"머리가 아니라 몸으로 기억해야 비상시에 움직여요. 그러니까 연습은 중요하지요."

"그 실전이라는 거 나도……."

"안 돼요."

말을 제대로 꺼내기도 전이었다.

"실전은 평생 한 번도 겪지 않는 게 제일 좋은 겁니다."

"……."

"당신이 무슨 엉뚱한 짓을 할까 봐 겁이 나. 만에 하나 검을 써야 하는 상황이 와도 무조건 도망부터. 알았어요?"

"……알았어."

가끔 그가 자신을 물가에 내어놓은 아이 취급을 할 때마다 시에나는 기분이 미묘했다. 어릴 때도 듣지 못한 잔소리다.

"내일부터는 오지 마. 연회 준비로 번잡해서 시녀들 눈에 띌 테니까. 당분간 검술 연습은 쉴 거야."

새해가 머지않았다. 며칠 후 열릴 송년 황궁 파티가 한창 준비 중이다. 연합국 사신단 송별회를 겸하는 자리라 성대한 규모로 기획했다.

'올해는 행사가 많네.'

시에나의 성년 생일과 책봉식, 황제의 자식 둘이 약혼했고 연합국이 제후국으로 합류했다. 시에나의 기억에 올해만큼 많은 일이 벌어진 적이 없었다.

"시에나. 파티에 참석해요?"

"당연히. 왜? 불참하려고?"

"아, 물론 나도 참석합니다. 그런데 그날……."

쿤이 슬쩍 시에나의 눈치를 살폈다.

"레이디 파티마를 에스코트합니다."

"흠."

"그게 어쩔 수가……."

"알아. 파티마는 연합국의 공주니까. 당신은 연합국의 외교 대리인이고. 자연스러운 일이지."

"예……. 그렇죠."

시시콜콜 상황을 설명해서 이해를 구하지 않아도 되는 건 고맙지만, 쿤은 그녀의 깔끔한 수긍이 마냥 좋지는 않았다. 파티마와 친밀해 보인다고 기분 상해했으면서 파트너가 되어 파티에 참석하는 건 대수롭지 않아 하고.

'벌써 파티마 효과가 사라졌나.'

그녀와 자신의 온도 차이를 다시 실감했다.

그날 그녀의 곁에는 약혼자 조세프가, 자신의 곁에는 파티마가 있을 것이다. 두 사람이 각각 파트너를 대동해서 연회장에서 마주치겠지. 그는 눈앞에 그려지는 그 상황이 영 달갑지 않았다.

시에나는 쿤을 보며 엊그제 어머니와 나눈 대화를 떠올렸다. 패트리샤는 이번 연말 파티를 의욕적으로 준비했다. 테이블에 놓을 접시까지 검수한다고 들었다. 바쁜 와중에 시에나를 불러 차를 마시자고 했다.

『무심한 따님. 잠깐 들르세요. 얼굴이 보고 싶네요.』

시에나는 말 그대로 받아들이지 않았다. 당연히 목적이 따로 있다고 생각했다. 어머니가 무슨 말을 할지 궁금해서 적왕궁에 갔다. 처음에는 소소한 이야기를 하다가 역시 패트리샤는 본론을 꺼냈다.

『요즘은 라드 후작을 만나지 않나 봅니다.』

『예. 어머니가 바라신 것 아닙니까?』

『그렇다기보다는……. 은왕을 염려하는 노파심이었지요. 후작과 만나면 보통 무슨 이야기를 했나요?』

『루크 경도 함께 있었습니다. 중요한 이야기는 하지 않았습니다.』

시에나는 뒤늦게 탐색하려는 패트리샤가 의아했다. 이미 조세프를 불러 캐물었을 게 뻔했다.

「음…….」

「어머니. 제게 바라는 게 있으면 분명히 말씀해 주세요.」

「……그래요. 궁금한 게 있어요. 황제 폐하께서 페로 연합국과 무슨 거래를 하셨는지 들은 얘기는 없나요? 내가 정성껏 연말 파티를 준비하고 있답니다. 사신단을 송별하는 자리인데 정보가 부족해서 원. 뭐라도 알아야 참고를 하지요.」

「뭔가 알게 되면 말씀드리겠습니다.」

외교적 비밀 거래가 송별 파티와 무슨 상관이란 말인가.

적왕궁을 나오며 시에나는 어머니의 어설픈 접근이 우습다고 생각했다.

하지만 과거의 자신이라면 어땠을까 곰곰이 생각하니 오싹했다. 반신반의하면서도 어머니의 의도가 순수하다고 믿었을지도 모른다.

그때는 어머니가 정치를 모른다고 믿었으니까. 지금은 어머니가 누구보다 정치적인 사람이라는 것을 안다.

'물어보면 쿤이 말해 줄까?'

어머니에게 정보를 물어 나를 생각은 전혀 없었다.

개인적인 호기심이었다. 그는 과연 어디까지 말해 줄까. 어디까지 숨길까. 그를 시험하고 싶었다.

'……비겁해지지 말자.'

정답이 없는 질문이 될 것이다.

그가 말해 주면 그의 신의 없음에 실망하고 말해 주지 않으면 서운해서 실망하겠지.

쿤은 반칙을 한 적이 없다.

한 번도 민감한 질문을 하지 않았다. 가끔은 그가 철왕의 사람이라는 걸 잊었다.

"연회가 끝나고 사신단을 배웅하러 한동안 수도를 떠나게 될 수도 있어요."

"사막까지 가?"

"사막까지는 아니겠지만. 연회가 끝나고 다음에 볼 때는 해가 바뀌어 있을지도 모르겠네요."

돌아왔을 때 그녀는 이미 파혼했거나 파혼 논의가 한창일 것이다.

그는 새해 첫 황궁 연회에 반드시 그녀를 에스코트하겠다고 마음먹었다. 그리고 본격적인 구애를 시작할 것이다.

그는 그녀를 만지고 싶어 근질거리는 손을 꼭 주먹 쥐었다.

'아직은 아니야.'

그와 헤어져 궁으로 돌아오는 길에 시에나는 입술을 삐죽였다.

"에스코트해 줄 남자가 없는 것도 아니잖아. 제 오라버니도 있고, 사신 행렬에 함께 온 남자가 한둘인가."

그녀는 혼잣말로 구시렁거렸다.

                    *   *   *

　손에 쥔 와인잔 밑바닥의 채운 자줏빛 액체가 출렁거렸다. 손목을 돌리는 반동으로 잔 속에서 와인이 빙그르르 돌았다.

　─꿈.

　시선이 위로 올라갔다. 마주 앉은 중년 사내의 얼굴이 보였다.

　─이건 꿈이야.

　시에나는 담담히 중얼거렸다. 똑 닮았다고 생각했던 중년의 쿤이 어딘지 모르게 낯설었다.

　저 남자는 시에나가 아는 그 사람이 아니다. 이 미래는 현재 시에나의 것이 아니었다. 이미 어긋나기 시작했고 많은 것이 바뀌었다.

　꿈속 미래에서 두 남녀는 타의로 억지 인연을 맺었다. 두 사람은 남의 눈을 피해 몰래 만나지 않았고 남자는 여자에게 키스하자고 매달린 적도 없을 것이며 검술을 가르쳐 주지도 않았을 것이다.

　그럼에도 불구하고 두 사람은 결혼했다.

　─그와 나 사이에 도대체 뭐가 있는 걸까.

　시에나는 자신과 그를 잇는 질긴 끈을 느꼈다.

　"선황께서는 눈을 감는 그 순간까지 나를 원망하셨을 거요."

　"그랬을지도 모르지요. 저는 그분이 아니니까요. 그분의 속마음을 완전히 읽을 재주는 없습니다. 그래도 한 가지만은 믿으셔야 합니다. 그분이 폐하를 증오하지만은 않았다는 사실을."

"……."

"아마 폐하께서도 짐작하셨겠지요."

황제가 천천히 고개를 끄덕였다.

"내가 살아 있으니까. 이보다 확실한 증거가 어디 있겠소."

두 사람의 이야기를 숨죽여 듣던 시에나는 움찔했다. 그리고 곧 허탈하게 웃었다.

─맞는 말이군.

중년의 쿤이 철왕을 일컬어 '모질지 못한 분'이라고 한 말이 와 닿았다.

철왕과는 고작 몇 번의 대화만 나누었다. 그를 파악했다고 자신하기는 어렵다. 그런데 지난번 포프 백작부인의 일을 겪으며 느꼈다.

철왕은 그때 모른 척해도 되었다. 모녀 사이를 갈라놓을 작정이었다면 더 교묘한 수를 쓸 수도 있었다. 거래라고 했으면서 아직 아무것도 요구하지 않았다.

그는 악독한 사람이 아니다. 이 말을 들으면 길길이 뛸 어머니의 반응이 떠올라 피식 웃었다.

"공왕."

"예. 폐하."

"미안하오."

남자의 눈동자가 흔들렸다.

"평생 이 말은 못 할 줄 알았는데. 우리 사이에 있었던 모든 일은 대부분 내 잘못이오. 물론 그대 탓도 일부분 있지. 손뼉도 부딪쳐야 소리가 나는 법이라고 하지 않소. 그대도 그건 인정해야 하오. 내게 꽤 고약하게 굴었지."

"……폐하."

"우리는 첫 단추부터 잘못 끼웠소. 중간에 몇 번 고칠 기회가 있었지만, 그게 기회라는 것조차 나는 알지 못했다오."

"제가 폐하께 믿음을 드리지 못했습니다."

"변명 한마디만 하겠소. 나는 그대들에게 배척받는다고 느꼈소. 그대의 수하들은 나를 인정하려 하지 않았지."

황제가 낮게 웃었다.

"술이 참 좋구려. 이렇게 말이 술술 나오고."

황제는 잔에 담긴 와인을 쭉 들이켰다.

"내 가장 큰 실수는 결혼 후 내 사람들을 데려갔다는 거요. 그대의 사람들과 물과 기름처럼 섞이지 못했지. 나는 노력하지 않았고 그대의 말보다 내 측근의 말을 믿었소."

"스투스 경 말씀이군요."

황제가 잔을 꽉 쥐었다. 힘이 들어간 손이 허옇게 변했다.

"나는 진실과 거짓도 구별하지 못하는 머저리였소."

황제가 나직이 중얼거렸다. 분노와 슬픔이 모두 담겼다.

'왜 하필 오늘.'

시에나는 눈을 뜨자마자 생각했다. 오늘은 차분히 꿈의 내용을 되짚을 여유가 없었다. 한 해를 성대하게 마무리할 송년 파티의 첫날이었다.

'파티에 집중할 수 있으려나.'

온종일 겉돌지도 모르겠다.

그녀는 침대에서 몸을 한 바퀴 굴렀다. 엎드려 누운 자세로 베개에 얼굴을 푹 묻었다. 꿈에서 황제는 말했다.

「**우리 사이에 있었던 모든 일은 대부분 내 잘못이오.**」

수치심이 밀려왔다.

'전부 내 잘못이었어?'

이미 죽은 미래라고 해도 어쨌든 시에나의 또 다른 모습이었다. 꿈으로 미리 보지 못했다면 그대로 반복했을 것이다.

몇 시간에 걸친 몸단장이 끝나 시에나는 거울 앞에 섰다. 오늘 드레스 디자인은 꽤 독특했다. 등허리에 매단 큼직한 리본은 정면에서 보면 마치 날개 같았다. 요정의 날개를 연상하게 하는 귀여운 느낌을 파격적인 노출로 상쇄했다.

최근 제국의 문학계 거장이 숙녀들의 차림을 보며 '원단값이 줄어 의상실이 돈을 벌겠다.'라고 개탄한 일화는 유명했다.

한때 여자들이 손목을 드러내는 것조차 꺼리던 시절이 있었다. 이제는 고리타분한 옛이야기가 되었다. 파티복 디자인이 날이 갈수록 과감해졌다. 팔을 드러내는 건 예사이고 가슴 노출도 자연스러웠다.

오늘 시에나의 드레스는 최근 유행을 철저히 따랐다. 가슴을 아래에서 받쳐 올리고 앞쪽 목선은 넓게 팠다. 풍만하게 위로 솟은 가슴 사이의 가슴골이 노골적으로 드러났다.

전에는 이런 드레스를 입은 적이 없었다. 유행과 상관없이 성년 전에는 노출을 자제했다. 시에나의 성년 생일이 지난 지 반년이 훌쩍 넘었고 곧 해가 바뀐다. 보이지 않는 한계선이 사라진 것이다.

"잘 어울리세요. 전하."

"……."

"마음에 안 드셔요?"

"좀…… 춥겠소."

베스가 웃음을 터뜨렸다.

"연회장 안은 사람들 열기로 오히려 더울 텐데요. 아름다우십니다. 오늘 다들 넋 나간 표정으로 전하만 쳐다볼 거예요."

"그건 평소에도 그랬고."

베스가 또다시 웃었다.

"그렇고말고요."

시녀가 들어와 꾸벅 고개를 숙였다.

"전하. 루크 경이 오셨습니다."

"루크 경이 늦지는 않았지만, 전하의 준비가 예상보다 빨리 끝났군요. 전하. 차 한잔 올릴까요?"

남자가 데리러 왔다고 기다렸다는 듯 바로 나가는 건 모양새가 좋지 않다. 베스가 조세프를 기다리게 하겠느냐고 물었다.

"그럴 필요는 없소."

"예. 전하."

베스는 또 권하지 않았다. 황녀는 숙녀의 내숭을 부리지 않아도 된다. 그럴 자격이 있었다.

조세프는 안에서 나오는 황녀를 보자마자 눈이 커졌다. 어릴 때부터 받은 예절 교육은 헛되지 않았다. 시선으로 무례를 범하는 실수는 다행히 하지 않았다. 그는 황녀의 앞으로 다가가 정중히 고개를 숙였다.

"연회장으로 모시겠습니다. 전하의 아름다움에 눈을 뗄 수가 없군요."

"고맙소."

조세프는 그녀의 옆으로 나란히 서서 팔을 내밀었다. 팔등에 그녀의 손이 올라왔다. 그는 소리 없이 심호흡을 크게 했다.

이 천상의 미를 지닌 여인이 자신의 약혼녀다. 더없이 뿌듯했다. 잔뜩 사람들이 모인 자리에서 과시할 생각을 하면 짜릿했다.

베스는 복도로 나가 배웅했다. 미남 미녀는 뒤태도 근사했다. 그들의 모습이 완전히 보이지 않자 뒤에서 엠마가 속삭였다.

"두 분이 참 잘 어울리는데……. 왜 저는 아쉬울까요. 은왕 전하의 곁에 다른 분이 서 있는 모습을 자꾸 그리게 돼요."

누구를 그리는지는 말하지 않았다. 그래도 베스는 알아들었다. 베스는 침묵으로 엠마의 말에 동의했다.

늦은 오후, 수백 대의 마차가 이미 연회홀 주변의 뜰을 꽉 채웠다.

철왕 주변에 잔뜩 몰려든 사람들은 달라진 철왕의 위상을 짐작하게 했다. 여전히 리먼 공작가의 눈치를 보는 자들은 자기들끼리 모여 철왕을 외면했다.

하지만 그들조차 가끔 철왕을 돌아보며 미련을 흘렸다. 선대 리먼 공작의 타계 후, 리먼 가문의 이름값이 전만큼은 못했다.

"라드 후작 각하, 페로 연합국의 파티마 공주님, 입장입니다!"

시종이 외쳤다. 모두의 시선이 일제히 돌아갔다. 사교계 사람들의 폭발적인 관심 대상이 드디어 등장했다.

라드 후작은 강렬한 첫 등장 이후 꼭꼭 숨어 버렸다. 다들 혹시 후작을 만날 수 있을까 싶어서 온갖 사교 모임을 수소문하고 찾아다녔지만, 후작은 어디에도 나타나지 않았다.

딱 한 번, 그는 황궁의 온실에서 열린 작은 파티에 참석했다고 알려졌다. 그 자리를 함께한 메르제 백작 부부가 덕분에 한동안 최고의 인기를 독차지했다.

"어머나."

"어머나, 어머나."

귀부인들의 부채질이 빨라졌다. 여기저기서 의미 없는 감탄사만 중얼거렸다.

파티 의상의 화려함은 여성들만의 전유물이 아니었다. 남자들의 연미복도 나날이 발전했다. 기본 바탕은 대부분 검은 원단이지만, 금사로 수를 놓고 세공한 은단추를 달았으며 어깨와 가슴이 넓어 보이도록 디자인했다.

사신단 환영 축하연 때 후작은 기괴한 갑옷을 입고 있었다. 오늘 후작은 잘 맞는 연미복을 입었다. 잘 차려입은 파티복은 평범한 외모도 돋보이게 한다. 외모가 뛰어나면 옷이 주는 날개 효과가 몇 단계로 뛰었다.

그는 객관적으로 아주 잘생긴 남자였다. 그뿐만이 아니었다. 제국 유일한 후작, 외교적 권한은 공작에 준하며 제국 최고의 부자일지도 모르는 남자.

어마어마한 후광이 덧씌워졌다. 사람들은 오늘 쿤이 거지꼴로 나타났어도 감탄했을 것이다.

쿤은 전에도 황궁 연회에 참석했었다. 하지만 말 많고 탈 많았던,

황녀의 성년 생일의 쿤을 기억하는 사람은 많지 않았다. 그때는 디안 황자의 곁을 일부러 멀리 돌아서 지나가는 사람도 있을 정도였으니까.

모두 라드 후작이 파트너와 함께 걸어가는 방향을 확인했다. 그곳에 철왕과 약혼녀가 있었다. 사람들은 의미심장하게 시선을 교환했다.

'정말 소문대로?'

'철왕과 라드 후작이?'

철왕의 주변에 모인 사람들이 알아서 비켰다. 인파 사이로 만들어진 길을 따라 라드 후작과 파티마 공주가 철왕의 앞에 이르렀다. 쿤과 파티마가 깊이 고개 숙여 인사했다.

"늦었소. 라드 후. 나보다 먼저 와 있어야 하는 것 아니오?"

듣기에 따라서는 뼈 있는 농담이었다. 디안은 정말 농담으로 던진 말이고 쿤도 알고 있다. 하지만 파티마는 아니었다. 그녀는 적극적으로 후작을 변호했다.

"송구합니다. 전하. 늦어진 이유는 전부 저 때문입니다. 제가 서두르지 못해서 후작님은 저를 기다리느라 지체했습니다."

"그저 해 본 말이니 개의치 마시오. 숙녀를 기다리는 건 당연하지. 라드 후. 좋으시겠소. 편을 들어주는 미인도 있고."

농담인 듯 들리나 이번에는 정말 뼈가 있었다.

디안은 얼마 전부터 쿤을 엄격한 기준으로 뜯어보기 시작했다. 쿤은 신뢰하는 정치적 동지다. 믿음이 흔들린 적은 없다. 하지만 '매제'로서의 심사는 진행 중이었다.

리먼 공작가의 약점을 황녀에게 건네주었던 날. 디안은 시에나의 순진할 정도로 올곧은 부분을 발견했다. 황녀가 얼마나 똑똑한지, 딱 부러지는 성품을 가졌는지와 별개의 문제였다.

쿤과 시에나를 나란히 두고 생각하니까, 아뿔싸. 이건 맹수 아가리에 연약한 꽃사슴을 던져 준 것 같지 않은가.

아마 대다수 사람은 시에나 황녀를 '꽃사슴'에 비유한 디안의 판단에 의구심을 품겠지만, 어쨌든 디안이 보기엔 그랬다. 쿤의 황궁 출입을 도운 사람은 자신이다. 디안은 책임감을 느꼈다.

쿤은 디안의 집요한 시선을 넘기며 차분히 대답했다.

"공주께서는 배려심이 깊은 분입니다. 제가 사막에 머물 때 많은 은혜를 입었습니다."

"파티마 공주. 라드 후에게 은혜를 베풀었다면 꼭 몇 배로 계산해 돌려받으시오. 후작은 충분히 감당할 수 있는 거부라오."

"……예. 전하."

파티마는 웃으며 대답했다. 내심 떨떠름했다.

오늘은 라드 후작이 작위 수여 후 처음 참석하는 공식적인 자리였다. 후작 본인뿐만 아니라 파트너에 관한 관심도 높다.

파티마는 연회장에 들어서는 순간 자신에게 꽂힌 수많은 시선에서 희열을 느꼈다. 호기심 가득한 사람들의 눈빛이 말했다. 두 사람은 무슨 사이일까. 공식적인 연인 선언을 하지 않아도 자연스레 이런저런 말이 돌 것이다.

그런데 철왕은 파티마가 은근히 기대한 효과를 무너뜨렸다. 마치 두 사람이 오직 공적인 이유로 함께 참석했다고 못 박는 것 같았다.

'오지랖이 넓은 분이군.'

파티마는 디안이 일부러 그랬다고는 전혀 생각하지 못했다.

비올렛이 반갑게 인사를 건넸다.

"파티마. 오늘 드레스가 잘 어울려요."

"감사합니다. 비올렛. 조언 덕분입니다."

온실 파티 이후 파티마는 몇 번 비올렛과 만났다. 낯을 가리지 않는 파티마는 금방 비올렛과 친해졌다.

"파티마. 우린 저쪽으로 갈까요? 신사분들 얘기는 영 재미가 없어요."

파티마는 흘끔 라드 후작을 돌아본 후 대답했다.

"예."

솔직히 그의 곁에서 떨어지고 싶지 않았다. 파티마는 제국의 사교계 관습을 이해할 수 없었다. 함께 참석한 남녀가 부부라 해도 내내 붙어 있으면 유난스럽다고 생각했다. 파트너가 다른 이성과 대화하거나 춤을 춰도 불편해서는 안 된다. 폭넓은 교류는 사교계의 미덕이었다.

그래서 귀부인들은 동반자보다 마음이 잘 맞는 여자 친구를 만드는 데 더 신경 썼다. 대화를 나눌 친구 한 명만 있어도 꿔다 놓은 보릿자루처럼 볼썽사나운 꼴이 되지는 않을 테니까.

"파티마. 제국에 머물겠다는 생각은 여전한가요?"

"예. 이곳에서 지내며 배우고 싶은 게 많습니다."

파티마는 신문물에 푹 빠졌다. 하나부터 열까지, 제국은 사막과 달랐다.

언제 모래 돌풍이 불까 걱정하지 않아도 되고 사막귀를 두려워할 필요가 없었다. 아름다운 의상, 조곤조곤한 말투로 이야기하는 귀부인들, 화사한 색감을 자랑하는 요리……. 모든 게 새로웠다.

사막에서는 신분에 따른 삶의 격차가 크지 않았다. 군장의 딸이어도 매일 머리카락에서 모래를 털어 내야 하고 가죽을 기워 만든 옷을 입었다. 제국 귀족의 사치스러운 삶은 충격 그 자체였다.

파티마는 한 달 가까이 백작 저에 머물며 이곳의 삶이 얼마나 풍요롭고 편안한지 알게 되었다. 그녀는 이 생활을 더 누리고 싶었다.

그리고 사막으로 돌아가면 라드 후작과 기약 없이 떨어지게 된다. 제대로 마음을 나누지 못한 상태로 눈에서 멀어지면 그는 틀림없이 자신을 곧 잊을 것이다.

"그러면 연합국의 사신단이 떠날 때 함께 가지 않겠군요."

"저는 오라버니를 배웅하러 부두로 나가겠지요."

"다 돌아가고 혼자 남으면 쓸쓸하지 않겠어요?"

"좋은 분들이 주변에 많으신걸요. 비올렛을 포함해서요. 계속 제 친구가 되어 주셔야 해요."

"그럼요. 전 파티마처럼 용감하지 못해서 부럽네요. 파티마는 제가 동경하는 분과 분위기가 조금 닮았어요."

"영광인데요. 누구신가요?"

비올렛의 눈빛이 바뀌었다.

"은왕 전하요."

"……아름다운 분이시지요."

"눈으로 보이는 모습만이 아니에요. 그분은 모든 게 완벽해요."

"사람이 완벽할 수가 있을까요?"

"그분은 신족이에요. 보통 사람이 아니랍니다."

"아……. 예."

사막에서 온 파티마는 제국의 신을 믿지 않았다. 사막 부족은 척박한 자연환경 때문인지 토템 사상이 발전했다.

그리고 신앙에 접근하는 태도로 달랐다. 신은 완전무결하지 않았다. 정말 신이 위대하다면 사막귀 같은 괴물이 활보하게 두지 않을 테니까.

파티마는 비올렛의 열렬한 찬양가를 흥미 있는 척 받아 주었다. 은왕을 바라보던 라드 후작이 떠올라 마음 한구석이 불편했다.

*   *   *

연합국 사신단 대표인 왕의 아들, 투이사 군장에게 더그가 다가가 말을 붙였다.

"연회가 끝나면 고국으로 돌아가신다지요. 곧 해가 바뀌는데 신년의 첫 연회까지는 참석하지 않고요."

『아닙니다. 새해는 고향에서 맞이하고 싶군요.』

"지내는 동안 불편함은 없었소?"

『아주 편안히 잘 지냈습니다. 메르제 백작님이 가족처럼 대해 주셨습니다. 넘치는 대접을 받고 돌아갑니다. 언제든 연합국에 오시면 귀빈으로 모시겠습니다.』

군장이 메르제 백작에게 눈을 맞추며 감사를 표했다. 백작이 흐

못하게 웃었다.

"꼭 가겠습니다. 군장님과의 인연을 기쁘게 생각합니다."

'크음.'

더그가 불편한 심기를 감추었다. 군장을 공작가로 데려오려 했으나 한발 늦었다.

'여우 같은 놈.'

철왕이 메르제 백작에게 주선했다는 사실을 알고 한 대 얻어맞은 기분이었다. 메르제 백작은 대외적으로 리먼 가문과 친하다고 알려졌다. 철왕이 자신의 측근이 아닌 사람을 소개한 관용적인 태도가 귀족들의 호감을 샀다.

'이놈도 여우과지. 철왕 그놈과 아주 장단이 잘 맞는군.'

메르제 백작도 고까웠다.

메르제 가문과 리먼 가문의 관계는 소문과 달랐다. 메르제 가문은 원래 박쥐 같은 행보로 지금껏 가문을 유지했다.

나서지 않으며 대세에 따른다. 그리고 반드시 자기 가문의 이익을 우선했다. 메르제 백작이 눈치를 보던 대상은 죽은 선대 공작이었다.

더그는 아버지의 장례 이후 알랑대던 가문 몇이 거리를 두는 것을 느꼈다. 메르제 가문도 그중 하나였다.

'괘씸한 것들. 내가 다 기억해 두겠다.'

더그를 병풍처럼 세워두고 백작과 군장의 친근한 대화는 이어졌다.

"공주님은 함께 가지 않으신다지요."

『그 철없는 것이. 백작님께 괜한 폐를 끼치는 건 아닌지 모르겠습니다.』

"별말씀을 다 하십니다. 공주님은 총명한 분이라 양국의 우호 관계에 도움이 되실 겁니다."

군장의 곁에는 한 몸처럼 통역이 따라다녔다. 대화는 통역을 거치므로 느릿하게 진행되었다.

더그는 혀를 찼다.

'이거 참, 답답하군.'

말이 통해야 비공개적인 사담도 나누고 돈독한 관계를 만들어 나갈 텐데. 사신단이 지내는 한 달 동안 아무것도 건지지 못했다.

연합국이 황제와 무엇을 거래했는지, 연합국은 진심으로 라드 후작에게 대리권을 일임할 생각인지. 정보가 너무 없어서 어디서부터 접근해야 할지 모르겠다.

선대 공작의 생전에는 이런 적이 없었다. 선대 공작은 모든 상황을 앉은 자리에서 꿰었다. 제국은 선대 공작의 손아귀에서 벗어나지 않았다. 그래서 모든 게 예측 가능했다.

사막의 통일과 연합국의 탄생이라는 어마어마한 사건에 리먼 가문의 입김이 전혀 닿지 않았다. 더그는 초조함을 느꼈다. 아버지보다 못한 자신의 무능을 드러내는 것 같아서다.

『내 생각엔 그 애가 앙큼한 속셈을 가지고 있어요.』

"속셈이요?"

『라드 후작 말입니다.』

"예?"

당황한 백작이 껄껄 웃음으로 무마했다. 뜻밖의 정보를 얻은 더 그의 눈이 번뜩였다.

'그놈이 가장 문제지.'

라드 후작은 느닷없이 굴러온 돌이었다. 작은 돌이 아니라 집채만 한 바위였다.

'둘이 그런 관계인가? 하긴, 그러면 납득이 가는군. 연합국의 왕이 사위로 삼을 작정이면……. 공주 쪽으로 접근해 볼까.'

시종이 연회장 입구에서 외쳤다.

"은왕 전하, 루크 경, 입장입니다!"

＊　　＊　　＊

무르익은 연회장의 분위기는 은왕의 등장으로 정점에 도달했다. 시에나의 감상은 간단했다.

'춥지는 않군.'

어제 갑자기 기온이 떨어져 바깥 날씨는 싸늘했다. 하지만 연회장 안은 봄 날씨처럼 포근했다.

'아아, 정말.'

'은왕 전하의 미모는 날이 갈수록 꽃처럼 피어나는군요.'

'한창 아름다울 나이지요.'

'스무 살이라니. 얼마나 좋을 때인가요.'

귀부인들이 한숨을 쉬며 수군거렸다. 그리고 다들 눈을 굴리며 은왕이 입은 드레스 디자인을 머릿속에 저장했다.

패트리샤는 은왕의 드레스를 항상 제국 최고로 꼽히는 디자이너 세 명에게 한 벌씩 의뢰했다. 은왕의 드레스 제작자로 간택되면 그 디자이너는 실력자로 이름값이 치솟아 돈방석에 앉았다.

셋 중 한 벌만 선택되므로 선택된 드레스의 제작자는 그야말로 최고로 인정받는 셈이었다. 그래서 디자이너들은 경쟁자들을 의식하며 드레스를 제작했다. 남다른 작품을 뽑아내야 한다는 강박증에 시달렸다.

은왕은 흠잡을 곳이 없는 뮤즈였다. 신체적인 단점이 없으니 뭘 가져다 입혀도 다 어울렸다. 디자이너들은 과감히 새로운 시도에 도전했다. 자연스레 시에나가 입은 드레스는 유행을 선도했다.

사교 활동에 관심 없는 딸을 사교계에서 무시하지 못할 영향력 있는 인물로 만들었다. 패트리샤의 꼼꼼함이 드러나는 작업이었다.

"전하."

뜻밖의 인물이 시에나에게 가장 먼저 접근했다. 철왕의 약혼녀 비올렛이었다.

"평안하셨습니까?"

"그대는 괜찮소? 감기는 다 나은 거요?"

시에나는 온실 파티의 화답으로 비올렛을 궁에 초대했다. 그런데 비올렛이 감기에 걸려 무산되었다.

"예. 염려해 주신 덕에요. 보내 주신 차를 마시며 푹 쉬었더니 다 나았습니다. 전하께서 주신 초대장에 거절 답을 보내며 얼마나 속이 상했는지 모릅니다."

"적당한 시간을 정해 다시 초대하겠소."

"정말이세요? 약속하셨습니다."

사람들은 미묘한 표정으로 은왕과 비올렛을 번갈아 보았다. 가식적으로 보이지 않았다. 그럴 리가 없으니 혼란스러웠다. 절대 친해질 수 없는 두 사람이니까.

"파티마 공주. 연회는 즐기고 있소?"

시에나는 비올렛의 곁에 있는 파티마에게 인사를 건넸다.

"예. 전하. 전하의 어머니이신 적왕께서 오늘 연회를 준비하셨다고 들었습니다. 훌륭하고 완벽합니다."

'지난번에 봤을 때보다 자신에게 잘 어울리는 드레스를 찾아 입었군.'

온실 파티 날, 파티마의 옅은 분홍색의 드레스는 갈색의 피부색에 어울리지 않아 붕 뜨는 느낌을 주었다. 오늘 파티마는 밤하늘 색의 드레스를 입었다. 그리고 공작새의 날개 깃털을 연상하는 현란한 자수로 포인트를 주었다.

'매력 있는 여자야. 제국에서 미인 기준으로 내세우는 흰 피부는 아니지만……'

쿤은 제국인이 아니다. 그의 기준은 다를 수 있다. 꿈속 미래에서는 쿤의 연인이었다. 즉, 쿤이 이 여자에게 매력을 느꼈다는 뜻이다. 현재에도 그러지 않으리라는 보장이 없었다. 시에나는 파티마가 몹시 신경 쓰였다.

'정말…… 완벽한 아름다움이라는 말이 어울리는 사람이 있구나.'

파티마는 좌절감을 느꼈다. 온실 파티에서 처음 봤을 때 황녀의 아름다움에 감탄했지만, 부럽지는 않았다. 인간 같지 않았다. 여신의 경외 대상이지 세속적인 사랑의 대상이 아니니까 자신이 여성으로서의 매력은 뒤지지 않는다고 자신했다.

파티마는 연회장으로 출발하기 직전, 거울 앞에 서서 자신의 모습을 보며 만족스러웠다. 그런데 충만한 자신감이 순식간에 쪼그라들었다. 오늘의 황녀는 인간으로 화해서 내려온 여신 같았다.

파티마는 처음으로 누군가의 앞에서 작아지는 자신의 모습을 봤다. 정말 끔찍했다.

"내 약혼녀는 은왕을 감지하는 능력이 있나 보군."

철왕이 약혼녀를 찾아온 것처럼 자연스럽게 합류했다.

"은왕. 이게 얼마 만이지요? 온실 파티 이후 처음인가요?"

"예."

"그런데 난 어제도 만난 기분이군요. 비올렛이 어찌나 은왕 이야기를 하는지. 은왕이 우리 대화 지분의 반을 차지하고 있어요."

시에나가 비올렛을 쳐다보았다. 비올렛의 얼굴이 목덜미까지 빨갛게 물들었다.

"은왕의 초대를 받았는데 못 가게 되었다고 얼마나 하소연을 하던지. 은왕이 바쁜 건 알지만 조금만 시간을 내어 비올렛과 놀아 주면 안 되겠어요?"

"전하. 좀⋯⋯."

비올렛이 억누른 목소리로 디안을 만류했다. 작은 주먹을 쥐어 콩콩 디안의 팔을 때렸다.

"그 이야기를 하던 중이었습니다. 그로시 영애에게 조만간 다시 초대장을 보내 드리지요."

"참 좋은 소식이군요. 은왕. 내가 지금 무서워서 옆을 못 쳐다보겠네요. 비올렛이 날 노려보고 있습니까?"

시에나가 풋, 웃음을 터뜨렸다. 그리고 바로 정색하는 표정으로 대답했다.

"예. 아주 무시무시하게요."

비올렛이 디안을 흘겨보다가 울상을 지으며 고개를 푹 숙였다. 디안이 즐겁게 웃었다.

주변에 서 있는 사람들의 표정이 애매했다. 그들 중 일부는 양측의 극단적인 지지자들이었다. 언제든 편 가르기를 할 준비가 되어 있었다. 은왕과 철왕이 충돌하면 각자 편에 서서 상대를 비방하려고 잔뜩 기합을 넣었다.

그런데 충돌은커녕 작은 신경전도 없었다. 농담을 나눌 정도로 아주 화기애애했다. 얼떨떨해하거나 당황하거나 못마땅해하거나. 각각 반응이 다양했지만, 누구도 대놓고 불만을 표하지는 못했다.

"은왕은 라드 후와 초면이 아니었지요. 굳이 내가 소개하지 않아도 되겠군요."

시에나와 쿤의 시선이 마주쳤다. 쿤이 고개를 숙여 인사했다. 시에나가 가벼운 묵례로 인사를 받으며 그의 옆자리를 차지한 파티마를 흘끔 보았다.

디안이 다가와 말을 붙였을 때 비올렛이 약혼자의 옆에 붙어 선 것처럼 파티마도 마치 제 자리인 듯 후작의 옆에 섰다. 짧게 지나간 그 장면은 시에나의 눈앞에서 느릿하게 재생되었다.

짙은 밤색 머리카락과 갈색 피부의 이질적인 파티마의 외모가 쿤의 곁에서는 독특해 보이지 않았다. 거슬린다. 가슴 속 밑바닥에서 슬금슬금 불쾌한 기운이 올라왔다.

"아, 그리고 보니 루크 경. 라드 후와 친하다고 들었소."

"아, 그게……."

조세프는 후작의 눈치를 살피며 말꼬리를 흐렸다. 당사자가 눈앞에 있는데 '우리는 친하지요.'라고 말할 강심장은 아니었다. 후작이 부정하면 이런 망신도 없다. 당분간 사교계에서 얼굴도 들지 못할 것이다.

후작이 그럴듯하게 한마디만 해 주면 대충 맞장구쳐서 넘기련만. 조세프는 딴청을 피우는 후작이 원망스러웠다.

"소문이 과장되었습니다. 그저 오다가다 인사만 나누었습니다."

"내가 듣기에는 그렇지 않던데. 루크 경은 한동안 라드 후와 매일 만나 차를 마셨잖소. 아마 그대보다 라드 후와 많은 시간을 보낸 사람이 없을 거요."

철왕의 말만 들으면 그럴싸했다. 조세프는 자기 이야기인데도 '내가 정말 후작과 친한가?'라는 생각마저 들었다.

하지만 셋이 어색하게 마주 앉아 차를 마셨던 그 시간은 괴로웠다. 남에게 말 못 할 고통이었다.

'도대체 무슨 속셈이었나. 라드 후작.'

처음엔 황녀에게 관심이 있어 기웃거리는 줄 알았다. 그런데 생각할수록 후작이 다른 목적이 있었던 게 아니었을까, 의심스러웠다.

"루크 경이 아무 말도 못 하는 걸 보니 아주 중요한 대화가 오간 모양이오. 라드 후."

"저는 그저 두 분이 사막에 관심을 보이시기에 관련한 이야기를 해 드렸을 뿐입니다."

"사막? 어떤? 라드 후의 경험담?"

"두루두루요."

디안이 과장된 감탄사를 토했다.

"루크 경. 귀한 이야기를 들으셨소. 부럽소이다."

조세프의 낯이 미세하게 일그러졌다. 미치고 팔짝 뛸 노릇이다. 사막? 기억에 남을 만한 대화는 딱 하나 있었다.

'사막의 기후는 어떻습니까?'라고 물었더니 후작은 짧게 대답했다.

「덥소.」

'왜 저런 거짓말을 하지?'

조세프는 황녀에게 시선을 돌렸다. 그녀가 당찬 호통으로 후작을 비난해 주기를 바랐다. 하지만 황녀의 표정은 평소처럼 무심했다.

'도대체 이 여자는 속내를 모르겠단 말이야.'

조세프는 분통을 터뜨렸다.

'아, 그렇군. 후작이 뭔가 교묘한 수를 쓰고 있어!'

소문대로 라드 후작은 철왕의 측근이 분명했다. 무슨 꿍꿍이인지는 몰라도 음흉한 음모가 있다.

'난 은왕의 약혼자니까. 은왕 전하의 핵심 측근이라고 할 만하지. 정신 바짝 차려야 해.'

"저는 오히려 철왕 전하가 부럽습니다. 약혼녀와 참 다정해 보입니다. 곧 좋은 소식이 있습니까?"

조세프가 말을 돌렸다. 디안이 웃으며 고개를 끄덕였다.

"내년 봄에는 혼인하게 될 거요."

"축하드립니다."

"축하드립니다, 전하."

사방에서 축하 인사가 날아왔다. 조세프 역시 축하를 건넸다. 진심으로 부러웠다.

'나는 언제……'

적왕께 넌지시 운을 띄워 봤으나 답이 없었다. 황녀와의 관계는 진전이 없고, 조바심이 들었다.

잔잔하게 흐르던 배경 음악에 화음이 많아졌다. 사람들은 슬그머니 바뀌는 분위기를 알아차렸다. 조세프가 가슴에 손을 얹으며 시에나에게 허리를 숙였다.

"전하. 한 곡 청합니다."

첫 춤은 파트너와 춘다. 사교계의 관행이었다. 시에나는 조세프가 내민 손을 잡았다. 두 사람이 홀의 중앙으로 걸어갔다. 사람들이 멀찍이 원을 그리며 둘러섰다.

왈츠가 흘러나왔다. 사람들은 오늘의 첫 왈츠를 은왕과 약혼자에게 양보했다. 넓은 홀이 두 사람 것이었다. 사람들의 관심을 한 몸에 받는 커플을 음울한 눈빛으로 바라보는 사내가 있었다.

'저 자리에 내가……'

리바이가 불끈 주먹을 쥐었다. 자신의 것이 될 수도 있었다. 한 때 근처까지 가 보았던 터라 좌절감은 더 컸다. 적왕은 마치 리바이에게 약혼자 자리를 줄 것처럼 말해 놓고 달라진 상황을 일방적으로 통보했다.

그때의 모멸감이란. 으득, 리바이는 입안을 깨물었다. 분했지만 아무것도 할 수 없었다. 은왕의 배우자는 적왕이 고른다. 암묵적인 사실이었다.

리바이는 두 사람의 왈츠를 다 보지 못하고 돌아섰다.

'집에 가자.'

올해 송년 연회는 도저히 즐길 마음이 들지 않았다. 그는 무거운 발걸음으로 걷다가 사람들 틈에서 걸어 나오는 중년의 귀부인과 부딪쳤다.

"어멋!"

"엇, 죄송합니다. 레이디."

귀부인이 손에 든 샴페인 잔을 치마에 쏟았다. 흰 치맛자락에 붉은 물이 들었다.

"어머, 이를 어째."

"이런! 죄송합니다."

"제대로 앞을 보지 않은 내 잘못도 있지요."

귀부인은 주변을 둘러보더니 말했다.

"함께 온 남편이 보이지 않네요. 휴게실까지만 에스코트 부탁해도 될까요?"

"물론입니다. 당연히 도와드려야지요."

리바이는 귀부인과 연회장을 나와 휴게실로 향했다. 복도는 한산했다. 귀부인이 가려는 휴게실은 가장 안쪽에 있었다. 휴게실 앞쪽 복도는 물론이고 안도 텅 비었다.

"저는 리바이 모튼 백작입니다. 모튼 가문으로 연락 주시면 망가진 드레스 비용을 꼭 보상하겠습니다."

"다정한 신사분이 누구신가 했더니 모튼 경이었군요. 보상은 해주지 않으셔도 됩니다."

리바이는 휴게실을 나오며 안도의 숨을 내쉬었다. 얼굴을 붉히지 않고 잘 해결한 것 같다. 그는 사람이 없는 복도를 걸었다. 앞쪽의 휴게실 문이 반쯤 열린 것을 발견했다.

'아까도 열려 있었던가?'

별생각 없이 지나치려 했다. 열린 문 앞을 막 지나는데 안에서 목소리가 들렸다.

"조세프 루크?"

리바이의 걸음이 멈췄다.

"그게 정말이냐? 다른 루크가 아니라?"

"예. 틀림없습니다."

리바이는 기척을 숨기고 조심히 접근했다. 열린 문틈 사이를 들여다보았다. 남자 둘이 있었다. 한 명은 연미복을 입었다. 오늘 연회 참석자 같았다.

'누군지는 모르겠군.'

또 다른 남자는 차림새가 마부나 하인 같았다. 원래 고용인들의 출입을 금지하지만, 규칙은 잘 지켜지지 않았다. 자잘한 심부름을 하러 하인이나 하녀가 휴게실에 들락날락했다. 연회장 안으로 들어가지만 않으면 묵인했다.

"네 말이 사실이면 이건 파혼감이야."

리바이의 몸이 움찔했다.

"왜 그런 얘기를 이제 하는 거냐?"

"저도 몰랐습니다. 누이가 웬 놈과 눈이 맞아 야반도주했는지 알았지요. 도와주십시오. 주인님. 제 누이를 살려 주십시오."

연미복 차림의 남자는 고민하다가 고개를 저었다.

"너무 위험 부담이 크다. 내가 나서서 득 볼 일도 아니고. 난 못들은 거로 하겠다. 너도 누이 하나 없는 셈 쳐. 괜한 치도곤 당하지말고. 내 구두는 곧바로 수선공에게 맡겨라."

남자가 몸의 방향을 바꾸어 돌아섰다. 리바이는 재빠르게 문 뒤로 바짝 붙었다. 연미복 남자가 안에서 나와 복도 저편으로 사라질때까지 리바이는 숨소리조차 죽이고 서 있었다.

리바이는 주변을 다시 확인했다. 조심히 안으로 들어갔다. 사내는 무릎을 꿇고 바닥에 손을 짚은 자세로 고개를 푹 숙이고 있었다. 절망스러운 심경이 느껴졌다.

리바이는 조용히 문을 닫았다. 잠금장치를 돌리는 소리를 듣고 사내가 고개를 들었다. 화들짝 놀라는 그를 보며 리바이는 쉬잇, 손가락을 입으로 가져갔다.

"자네 누이 얘기. 내가 들을 수 있겠나?"

이것은 기회다.

리바이는 자신의 귓가에 속삭이는 목소리를 들었다.

*　　*　　*

'흠'

디안이 눈살을 찌푸렸다. 왈츠를 추는 황녀와 조세프를 보고 있
자니 심기가 불편했다. 정확히는 조세프가 못마땅했다.

"거 참, 이상하군."

분명히 전에 봤을 때는 이런 기분이 아니었다. 조세프에게 개인
적인 유감은 없는데 오늘따라 조세프 루크가 얼간이처럼 보였다.
쿤의 편을 들어주자는 게 아니다. 그냥 조세프가 저 자리에 있기에
는 한참 자격이 부족한 것 같았다.

옆에서 비올렛이 물었다.

"무슨 말씀이세요?"

"아, 그냥 혼잣말이오."

디안은 비올렛의 의견을 물었다.

"그대가 보기에는 저 두 사람, 어떻소?"

"잘 어울리는 두 분이에요."

디안이 쩝, 입맛을 다셨다.

'내가 이상한 건가.'

비올렛이 주저하면서 덧붙였다.

"……그런데 조금. 은왕 전하는 루크 경에게 과분한 분 같아요."

"오, 그대 생각도?"

"전하도 그렇게 생각하세요?"

두 사람은 의견 일치에 기뻐했다. 목소리를 낮추어 조세프의 부족함을 성토했다. 둘이 소곤소곤 대화를 나누자 주변에서는 사이가 좋은 두 사람에게 흐뭇한 눈빛을 보냈다.

그사이 왈츠가 끝났다. 간주가 흘렀다. 은왕과 조세프가 퇴장하고 다시 홀이 텅 비었다. 디안이 약혼녀에게 손을 내밀었다.

"한 곡?"

"예. 전하."

비올렛이 웃으며 그의 손을 잡았다. 두 사람이 눈을 마주친 채다시 한 번 웃었다.

여기저기에서 파트너의 손을 잡고 중앙 홀로 나왔다. 그중에는 라드 후작과 파티마 공주도 있었다. 시에나는 두 사람을 스쳐보고일부러 아예 외면했다.

'조심해야 해.'

그녀를 주시하는 시선이 사방에 있었다. 작은 행동 하나가 빌미가 된다. 이곳은 방심하면 등을 찔리는 살벌한 전쟁터였다. 시에나는 공식적, 비공식적 사교 예법에 통달했다. 스승이 누구보다 사교계를 잘 아는 어머니, 패트리샤였으니까.

두 번째 왈츠는 길었다. 커플이 곡의 중간에 춤추러 나오거나 곡이 끝나기 전에 이탈하기도 했다.

왈츠가 끝나고 다시 간주가 흘렀다. 조세프가 조심스럽게 황녀의 기분을 살폈다. 표정으로는 좋은지, 나쁜지 알 수가 없어 속이갑갑했다.

그는 숙맥이 아니었다. 말솜씨도 제법 좋았다. 여인들은 그의 농담에 깔깔거렸다. 그런데 황녀 앞에만 서면 목이 막힌 것처럼 말이 안 나왔다.

"전하. 괜찮으시면 한 곡 더⋯⋯."

황녀가 다른 곳을 보고 있었다. 그녀의 시선을 따라갔다가 조세프는 미간을 구겼다. 어느새 라드 후작이 다가와 황녀에게 손을 내밀었다.

"한 곡, 부탁드립니다. 전하."

조세프는 황녀가 후작의 손을 잡는 모습을 지켜봐야 한다는 게 몹시 언짢았다. 질투는 아니었다. 본능적인 위기감이었다. 후작의 처신에 딱히 트집 잡을 구석은 없었다. 그런데 조세프는 왠지 후작이 껄끄러웠다.

'찜찜한 기시감이군.'

조세프는 이 불쾌한 상황을 마치 전에 겪었던 것 같았다.

황녀가 라드 후작과 함께 중앙 홀로 나오자 사람들이 관심을 보였다.

왈츠가 시작되었다. 발랄하고 경쾌한 곡이었다. 그래서 곡의 속도가 빨랐다. 왈츠는 배우기 쉬워 초보자도 잠깐의 교습으로 곧잘 출 수 있지만, 배울수록 어려운 춤이었다. 왈츠 교사가 추구하는 완벽한 왈츠의 교본이 사람들 눈앞에서 펼쳐졌다.

왈츠의 도입부가 끝날 무렵, 홀을 누비는 사람은 은왕과 후작 두 사람뿐이었다. 아무도 두 사람의 무대에 끼어들지 못했다. 다들 구경꾼을 자처했다.

"아……."

여기저기서 감탄사가 흘렀다.

후작의 손을 잡고 빙그르르 도는 은왕의 드레스가 우아하게 펼쳐졌다. 박자의 오차 없이 후작은 은왕의 손을 당겼다. 이어지는 스텝은 물 흐르듯 자연스러웠다.

왈츠곡이 끝나는 것과 동시에 두 사람은 처음 왈츠를 시작했던 그곳, 홀의 중앙에 섰다. 후작이 가슴에 한쪽 손을 얹고 상체를 숙였다. 은왕이 치맛자락을 잡아 널찍이 펼치며 무릎을 굽혔다.

군중의 박수갈채가 쏟아졌다.

᛫　　᛫　　᛫

사흘째, 송년 연회의 마지막 날이었다. 앞선 이틀과 다르게 저물녘에 입장을 허용했다. 늦게 시작한 만큼 오늘은 새벽까지 홀을 개방할 예정이었다.

첫날 못지않은 다수의 참석자가 넓은 연회장에 북적거렸다. 철왕과 라드 후작은 각자 파트너를 동반하여 동시 입장했다.

의도한 건 아니었고 들어오는 길에 마주쳤을 뿐이지만, 일부 사람은 철왕과 후작의 유대감을 보여 주기 위한 연출이라고 생각했다.

"오늘 드레스도 멋지군요. 파티마."

비올렛이 강렬한 붉은색의 드레스를 칭찬했다. 아무나 소화하지 못할 색이었다. 자신에게 잘 어울리는 스타일을 찾는 게 절대 쉽지 않은데 비올렛은 파티마의 적응력이 놀라웠다.

"감사합니다. 비올렛도 오늘 아름다우세요."

"고마워요. 오늘도 정말 사람이 많네요."

"예."

파티마는 질린 표정으로 연회장을 둘러보았다. 그녀는 오늘이 첫날인 듯 활기찬 표정으로 파티를 즐기는 제국의 귀족들이 신기했다.

"제국 사람들은 겉보기와 다르게 체력이 정말 대단한 것 같아요. 저는 오늘 아침에 일어나는 게 정말 힘들었거든요."

사막의 거친 삶에 비하면 파티를 즐기는 일이 뭐가 힘든가, 우습게 봤다.

파티마는 결코 만만한 일이 아님을 몸소 체험했다. 귀부인들은 드레스가 구겨질까 봐 제대로 앉지 못했다. 온몸을 죄는 드레스를 입고 몇 시간 내내 방긋방긋 웃어야 한다. 차라리 사막을 횡단하며 모래바람을 맞는 일이 쉬웠다.

"체력이 좋은 게 아니에요. 다들 쏟아붓는 거죠. 아마 연회가 끝나면 앓아눕는 사람이 많을걸요."

파티마의 표정이 미묘했다. 비올렛이 쿡쿡 웃었다.

"나도 그게 이해가 안 갔어요."

비올렛은 철왕과 약혼한 이후 사교계에 본격 데뷔했다. 그 전에는 저택에 은둔하며 한가한 나날을 보냈다.

"아직 난 초심자예요. 그래서 이제 겨우 조금 이해하고 있어요. 여기는 전쟁터라는 것을요."

"……전쟁터요?"

"미소는 방패예요. 혀는 날카로운 검이고요. 파티를 즐기는 사람도 있겠지요. 하지만 누구도 여기가 놀이터라고 생각하지는 않을 거예요."

"전쟁터라면 승자도 있나요?"

"그럼요. 최고의 승자는 사교계를 지배하는 거죠."

"지금은 누가 지배하고 있나요?"

예민한 질문이지만 비올렛은 망설임 없이 대답했다.

"적왕이요. 은왕 전하의 어머니 되시지요."

아마 사람들은 비올렛의 대답에 이견을 내지 못할 것이다.

"은왕 전하께서 자리를 이어받게 될까요?"

"으음. 그렇지 않을 것 같아요. 은왕 전하께서는 사교 활동에 크게 관심을 두지 않으세요."

"적왕께서는 황제 폐하의 아내이시지요?"

"네. 그런데 그분이 적왕이라서 사교계의 여왕이 되신 게 아니에요. 신분으로 주어지는 자리가 아니니까요. 실제로 제국 역사상 적왕이 아닌 경우가 더 많았고요."

"그럼 비올렛도 가능하다는 거군요."

비올렛이 웃으며 손사래를 쳤다.

"난 안 돼요. 자신 없어요. 나보다 파티마가 더 가능성 있어 보이는데요."

"제가요? 가능해요?"

"타국의 귀부인이 사교계를 주도했던 적이 있었지요. 오래전 일이지만요. 아!"

비올렛이 눈을 동그랗게 떴다. 첫사랑을 발견한 소녀처럼 기뻐했다.

"은왕 전하께서 저기 계시네요. 오늘은 일찍 오셨나 봐요."

쪼르르 달려가는 비올렛의 뒤에서 파티마는 천천히 따라갔다.

'사교계의 여왕.'

파티마의 눈동자가 흥분으로 반짝거렸다. 그녀는 호화로움의 극치를 보여 주는 연회장을 돌아보았다. 천장에 매달린 샹들리에가 찬란하게 빛을 뿌렸다. 색색의 다양한 귀부인들의 드레스는 눈을 현혹했다.

또 하나의 작은 세상. 이 세계를 지배한다.

'내가 쿤 님과 결혼하면.'

이틀 동안 라드 후작이 제국에서 어떤 위치인지 실감했다. 사람들은 모두 라드 후작과 말을 나누고 싶어 근처를 서성거렸다. 라드 후작 부인은 제국에서 손꼽는 지위를 갖게 될 것이다.

후작 부인이 사교계의 여왕이 되는 건 충분히 그림이 그려지는 시나리오였다. 궁극적으로는 사막의 지배를 꿈꾸지만, 사교계의 여왕 자리도 탐났다.

영광된 미래를 상상하며 잠시 단꿈에 젖었던 파티마의 눈동자가 흐려졌다. 사람들에게 둘러싸인 은왕이 보였다. 키가 큰 은왕은 아무리 많은 무리 속에 묻혀도 존재감이 뚜렷했다.

'불공평해.'

애초에 출발선이 달랐다. 파티마는 여자로 태어나 현실의 벽 앞에서 수없이 좌절해야 했다. 하지만 은왕에게 성별은 장해가 아니었다.

태어나면서부터 제왕학을 배웠다고 들었다. 사람들을 내려다보는 오연한 눈빛이 자연스러웠다. 곧은 자세는 누구의 앞에서도 움츠러드는 법이 없었다.

파티마는 고개를 돌렸다. 철왕과 함께 있는 라드 후작이 보였다. 역시 두 남자 주위에도 사람이 많았다. 파티마의 눈빛이 무겁게 가라앉았다.

'쿤 님은 은왕에게 마음이 있으셔. 최소한의 호감 이상.'

파티마는 이틀의 연회 동안 틈만 나면 후작을 눈으로 좇았다. 아마 그녀만큼 집요하게 후작을 살핀 사람은 없을 것이다. 그래서 후작이 가끔 은왕을 보는 순간을 목격했다.

모르는 사람은 진허 짐작도 못 하게 아주 조심스러웠다. 그 신중함에서 파티마는 눈치챘다. 후작의 마음이 가볍지 않다고.

첫날의 왈츠 외에 후작과 은왕은 접촉하지 않았다. 그런데 그 점이 오히려 신경을 건드렸다.

'내가 과민한 거라면 좋겠지만.'

두 사람이 일부러 내외한다는 느낌을 받았다.

'은왕에게는 약혼자가 있어. 쿤 님의 짝사랑이겠지. 그러니 쿤 님도 표현하지 못하는 거고.'

반드시 그래야만 했다.

*　　　*　　　*

연회장을 흐르던 잔잔한 음악이 멈추었다.

둥, 둥 북소리가 울리기 시작했다.

자유롭게 웃고 떠들던 사람들이 긴장했다. 누구나 드나드는 바깥으로 난 출입구가 아닌, 황궁의 안쪽으로 이어지는 통로에서 시종이 외쳤다.

"황제 폐하! 적왕! 납시옵니다!"

연회장을 가득 채운 소음이 즉시 가라앉았다. 귀족들은 들고 있던 술잔을 내려놓고 자세를 바로잡았다.

황제가 적왕과 함께 연회장으로 들어섰다. 부부 각자의 어깨에 걸쳐 두른 털 망토가 사람의 키보다 길게 늘어져 바닥을 쓸었다.

적왕은 머리에 관을 연상하는 모양의 티아라를 썼지만, 되레 황제의 머리 위에는 아무것도 없었다. 황제의 관은 오직 신목의 관이다. 그리고 신목의 관은 대관식에서만 쓴다. 황제가 황금 등 다른 재질로 만든 관을 쓰지 않는 것은 황제의 머리 위에는 오직 신만 존재한다는 의미가 있었다.

황제 부부는 사람들이 갈라져 만든 길을 따라 마련된 자리로 향했다. 지난 이틀의 연회에는 없었던 것이 오늘 생겼다. 연회장이 한눈에 들어오는 자리에 몇 겹의 대리석을 쌓아 높이고 보석으로 장식한 두 개의 의자를 가져다 놓았다.

오늘 연회장에 들어서는 귀족들은 당연히 누구의 자리인지 알아차렸다.

황제 부부가 자리에 앉았다. 가장 먼저 자식들, 은왕과 철왕이 다가가 인사를 올렸다. 그 후 제국의 공작들이 한 명씩 인사했다.

제국의 공작 가문은 총 여섯이다. 그런데 다섯 명은 공작 본인이었고 한 명은 공작의 후계자였다. 제국의 여섯 공작 중 오직 블레스 공작 가문만 수도에서 멀리 떨어진 영지에 공작이 머문다. 가문의 전통이었다.

수도에 저택은 있으나 주된 기반은 전부 영지에 두었다. 특별한 행사가 있어도 공작이 직접 수도에 방문하는 일조차 거의 없었다.

공작들의 인사가 끝나고 황제가 직접 다음 사람을 지목했다.

"투이사 군장."

『예. 폐하. 위대한 제국의 주인께 경배를 올립니다.』

"연회는 충분히 즐겼는가?"

『이토록 훌륭한 자리를 마련하여 배웅해 주시니 몸 둘 바를 모르겠습니다.』

"제국에서 지내는 데 불편함은 없었나?"

『소소한 것마저 관심을 두시니 그저 감읍할 따름입니다. 융숭한 대접을 받고 돌아갑니다. 폐하께서 보여 주신 우호의 뜻을 반드시 돌아가 국왕께 말씀 올리겠습니다. 하옵고 감사의 뜻으로 선물을 올리려 합니다.』

"이미 선물을 많이 받았거늘."

『부디 받아 주시옵소서. 마음으로 올리는 선물입니다.』

"그대의 뜻이 정 그렇다면."

군장이 뒤를 돌아보았다. 그러자 사람들 틈에서 흑색 망토로 머리부터 온몸을 감싼 사내가 걸어 나왔다. 사내는 오늘 군장과 함께 등장했다. 내내 말없이 인형처럼 군장의 곁에 서 있었다.

사내가 망토를 벗자 갑옷이 드러났다. 사신단의 환영식 날 봤던 기괴한 검은색 갑옷이었다. 투구를 써서 여전히 얼굴은 보이지 않았다. 사내는 군장의 옆으로 걸어가 황제를 향해 한쪽 무릎을 접어 앉았다.

"짐에게 준다는 선물이 사람인가?"

『하하. 아닙니다. 폐하. 이자가 입은 갑옷입니다.』

"갑옷?"

『특별한 갑옷입니다. 폐하. 이 갑옷의 재질은 사막귀의 거죽입니다.』

사람들의 눈에 휘둥그레졌다.

"사막귀의 거죽이라니. 그것으로 갑옷을 만들 수 있다는 건 처음 알았군. 가죽이나 철로 만든 갑옷과 다른 게 있나?"

『사막의 전사들은 이 갑옷을 입고 사막귀를 사냥합니다. 장담하건대 제국의 기사가 이 갑옷을 입으면 실력의 두 배는 발휘할 수 있습니다. 방어는 신경 쓰지 않고 오직 공격만 하면 될 테니까요.』

사람들의 눈빛이 달라졌다. 저 흉물스러운 갑옷이 그렇게 대단한 귀물이었다니. 기사단을 운용하는 공작들의 눈빛이 특히 번뜩였다.

『허락하신다면 이 자리에서 직접 보여 드리겠습니다. 기사를 붙여 주십시오.』

황제의 지시로 황제의 곁을 지키던 기사가 한 명 아래로 내려갔다. 군장이 고개를 내저었다.

『일대일 겨룸이 아닙니다. 갑옷의 효능이 잘 보이도록 일대 다수의 상황이 필요합니다.』

황제가 두 명을 더 내려 보냈다.

군장이 사막귀 갑옷을 입은 사내에게 물었다.

『몇 명이 좋겠나?』

사내가 두 손의 손가락을 쫙 펼쳤다.

황제의 기사들 표정이 사나워졌다. 황제가 껄껄 웃었다.

"좋다. 열 명. 그 호기만큼 실력이 되는지 봐야겠구나."

검은 갑옷의 사내 주변으로 기사들이 에워쌌다. 황제의 지시에 따를 수밖에 없는 그들의 표정이 딱딱했다.

한 명을 상대로 열 명이라니. 그들은 제국 최고의 실력을 갖춘 기사였다. 듣도 보도 못한 놈이 높은 자부심을 깔아뭉갰다.

기사들은 서로 눈빛을 주고받았다. 말하지 않아도 뜻이 통했다. 저 건방진 녀석에게 호된 맛을 보여 줘야겠다.

"시작하라."

황제가 신호를 보냈다.

사람들은 승부 자체에는 관심이 없었다. 기사 열 명을 혼자 상대한다는 것 자체가 말이 안 되었다. 주목하는 부분은 하나였다. 사막귀 거죽으로 만든 갑옷이 과연 얼마나 단단한가.

기사 열이 동시에 검을 들고 덤볐다. 기사들의 움직임은 날랬다. 찌르기와 베기 등 각자 다양한 방식으로 급소를 노리며 공격을 가했다.

"하앗!"

검은 갑옷 사내는 부드러운 회전으로 공격을 피했다. 일부의 공격은 검으로 받아쳤다. 일부의 공격은 검을 들지 않은 다른 팔등으로 막았다.

기사들의 첫 공격은 전부 무위로 돌아갔다. 검술을 아는 일부 사람의 눈에 감탄이 어렸다.

기사들은 당황했다. 그들이 예상한 결과가 아니었다. 기사들이 눈빛을 교환하며 고개를 끄덕였다. 그들의 기세가 더욱 매서워졌다. 두 번째 공격이 시작되었다.

연회장이 조용했다. 날카로운 금속성 소리만 울렸다. 이 말도 안 되는 대결이 순식간에 끝날 거라는 기대와 달리 공방은 오래 이어졌다.

"대단해."

"대체 저자는…… 누구지?"

일 대 십이라는 압도적으로 불리한 상황에서 갑옷은 톡톡히 제 몫을 다했다. 갑옷의 사내는 과감히 방어를 포기하며 막지 못하는 기사들의 검을 그대로 여러 신체 부위로 맞았다. 아마 갑옷의 도움이 없었다면 이 정도로 기사들을 상대할 수 없었을 것이다.

하지만 구경하는 사람들은 검술의 문외한조차 오로지 갑옷 덕분이라고 생각하지 않았다. 사내는 거구라는 말이 어울릴 정도로 덩치가 컸다. 그런데 전혀 둔하지 않았다. 움직임이 예술에 가까웠다.

제국에서는 정기적으로 최고의 기사를 뽑는 검술 대회를 개최한다. 제국의 축제나 다름없는 행사였다. 우승을 거머쥐는 실력자들은 대부분 아슬아슬한 승부를 치렀다. 일방적으로 상대를 농락하는 경우는 없었다.

즉, 기사들의 실력은 대체로 평준화되어 있었다. 그런데 정체 모를 저 무인의 실력은 압도적으로 우월했다.

'만약 일 대 일의 대결이면……'

'황궁 기사는 도저히 상대가 안 되겠는데.'

'사막의 전사는 다들 저렇게 강한가?'

"그만."

황제가 손을 들었다. 즉시 기사들이 검을 거두고 물러섰다. 기사들은 굴욕감을 감추지 못했다. 갑옷 탓만 할 수 없다는 것을 그들이 누구보다 잘 알았다.

"군장."

『예. 폐하.』

"짐은 갑옷보다 갑옷을 입은 자가 더 탐이 나는군. 함께 주지 않겠나?"

매사에 심드렁한 황제가 모처럼 감정을 드러냈다.

군장이 웃었다.

『폐하. 저는 저자의 주인이 아닙니다. 주인의 뜻을 물으셔야 할 듯합니다.』

"사막의 전사가 아니라는 건가?"

『예. 폐하. 안타깝게도 그렇습니다.』

"주인이 누구냐? 이 자리에 있는가?"

사람들 사이에서 연미복 차림의 사내가 나왔다. 사람들은 사내의 흑발을 보며 나직이 신음했다.

"라드 후."

황제가 헛웃음을 흘렸다.

"그대가 주인인가?"

"예. 폐하."

"그럼 그대에게 물어야겠군. 짐에게 주겠나?"

"폐하. 아뢰옵기 송구하오나, 그는 제게 형제나 다름없는 귀한 사람입니다."

"짐이 귀하게 쓰겠다."

"폐하께서는 자신의 몸의 반을 갈라 타인에게 맡길 수 있사옵니까?"

"뭐라?"

황제가 언성을 높였다.

"고약하다. 짐이 두 번은 청할 수 없게 봉쇄하는구나. 그래도 짐이 그대의 의지를 꺾어 서자를 거둬야겠다면?"

"황제 폐하께오서는 이치에 어긋나는 판단은 내리지 않으실 것입니다."

"짐이 곧 이치다."

황제가 오만하게 선언했다. 제국은 세상을 지배하며 황제는 제국의 주인이다. 이 시대의 진리였다.

"라드 후. 그대는 무슨 기준으로 짐이 옳은지 그른지 판단할 것인가?"

"제가 어찌 감히 폐하를 재단하겠습니까. 기준은 오롯이 폐하께서 세우는 질서 아래에 있습니다. 그리고 그 질서 아래에 또한 제국이 존재할 따름입니다."

"즉, 짐의 기준이 흔들리면 제국이 흔들리겠구나. 제국을 망국으로 이끌 폭군으로서 역사의 죄인이 되지 않으려면 자중하라는 말이렷다."

제국에서 황제의 권위는 엄청났다. 공작일지라도 황제가 몇 마디만 토를 달면 물러났다. 황제가 이 정도로 물고 늘어지면 제국 귀족이 보일 태도는 오직 하나였다. 납작 엎드린다.

사람들은 황제의 시선을 받으며 태연하게 서 있는 젊은 후작을 주시했다. 후작은 신색의 변화 없이 담담히 대답했다.

"폐하. 흔들리지 않는 기준은 오직 신의 말씀뿐입니다. 절대자께서 제국을 굽어살피시는 한 폐하께서 곧 제국이신데 무엇이 문제겠습니까."

황제가 말없이 후작을 응시했다.

'보통 녀석이 아니로고.'

노회한 귀족이라면 이만큼 받아치는 게 대단할 건 없지만.

'저놈 나이가 고작 스물다섯이란 말이지.'

후작은 나이에 비해 굉장히 잘 다듬어졌다. 많은 경험을 하고 사람을 만나고 무수한 의사결정을 통해 시행착오를 겪어야 나오는 단단함이었다.

황제는 제국 귀족 중에 비슷한 또래를 대충 눈으로 훑었다.

'쯧.'

나약한 애송이들뿐이었다.

'라드 일족……'

그들이 철왕을 돕는 건 진즉 알았다. 제국 안에서 황제의 눈이 미치지 않는 곳이 없다. 처음 알았을 때는 괘씸했다. 라드 일족은 외부의 세력이었다. 제국을 함부로 들쑤시는 건 용서할 수 없었다.

흔적 없이 짓밟아 버릴까, 철저히 굴복시킬까. 둘 다 썩 좋지 않았다. 잘못 건드리면 제국에 골치 아픈 적이 생기고 어설프게 품었다가는 배 속의 칼이 될 테니.

황제는 지켜보자고 결론 내렸다. 내 치세 동안은 감히 까불도록 내버려 두지 않을 것이다. 하지만 후대의 일은 알 바 아니다. 황제의 이기적인 성격이 드러나는 결정이었다.

'잘만 쓰면 훗날 철왕이 제 자리 지키는 데 한결 수월하겠지. 저 놈을 잘 다독여 쓸지 오히려 잡아먹힐지는 철왕 할 나름이고.'

아들에게 특별한 애정은 없다. 하지만 도와주기로 했으니 힘은 실어 주겠다.

디안의 생모는 황제의 평생에 걸친 단 하나의 후회였다. 황제는 완벽주의자다. 자신의 실수를 만회하기 위해 꽤 무리한 일까지 감수할 생각이었다.

황제의 침묵이 길어질수록 분위기는 스산하게 가라앉았다. 여기저기 꿀꺽 숨을 삼키는 자들의 목울대가 넘어갔다.

황제가 탁, 황좌의 팔걸이를 내리쳤다. 그리고 파안대소했다.

"라드 후. 짐이 남의 사람이 욕심난 건 처음이로다. 얼굴이라도 봐야겠다. 그마저도 거절하지는 않겠지?"

분위기가 순식간에 부드럽게 풀렸다. 후작이 꾸벅 고개를 숙인 후 검은 갑옷의 사내를 돌아보았다. 사내를 보며 고개를 끄덕였다.

사내가 투구를 위로 당겨 벗었다. 밤색 머리카락의 청년은 뜻밖에 평범했다.

'어머, 귀엽네.'

험상궂은 범죄자 상이나 얼굴을 다 덮은 흉터 따위를 상상했던 귀부인들의 반응이 호의적이었다.

'마틴.'

사내의 정체를 알아차리는 사람이 있었다. 그녀의 금색 눈동자가 흔들렸다. 반가운 얼굴을 본 시에나의 입술이 슬며시 휘었다.

황제가 마틴의 얼굴을 유심히 뜯어보았다.

"자네 같은 무인을 짐이 오늘에서야 처음 보다니. 세상은 정말 넓도다. 훌륭하다. 짐의 기사들이 상대가 안 되는구나."

"과분하신 칭찬이십니다. 폐하."

"기사인가?"

"아닙니다."

"그럼 직책이 무엇이냐?"

"저는 따로 가진 직책이 없습니다."

"라드 후. 어찌 된 일인가? 이만한 인재를 직책도 주지 않고 거느리다니."

"기사라는 신분을 실력만으로 얻을 수 없기 때문입니다. 그는 제국 출신이 아니므로 위로 삼대 조상의 내력을 증명하지 못합니다. 제국에서 필요로 하는 조건을 충족하지 못했습니다."

"으음."

황제가 무겁게 중얼거렸다.

"제국의 편협함이 인재를 포용하지 못하였구나. 짐이 이 자리에서 짐의 권한으로 기사의 단추를 내리노라. 벤트리 경."

황궁 기사단 단장이 대답했다.

"예. 폐하."

"금단추를 가져오라."

무뚝뚝한 표정의 단장이 당황했다. 사람들도 술렁거렸다.

황제가 복잡한 표정을 짓고 서 있는 더그를 불렀다.

"리먼 공."

"예. 폐하."

"그대의 생각은 어떻소? 짐이 과한 결정을 내렸소?"

더그는 신중하게 말을 골랐다.

"폐하께오서 인재를 귀하게 여기시는 높은 뜻을 어찌 과하다고 하겠습니까. 하오나 금단추는 제국 최고의 기사에게 내리는 큰 명예입니다. 실력과 인품과 충성심을 모두 천천히 살피신 후 내리실 결정이라고 사료됩니다."

"벤트리 경. 경의 생각도 그런가?"

벤트리는 잠시 머뭇거렸다. 황제는 한 번 꺼낸 말을 무른 적이 없었다. 자신의 대답이 황제의 결정에 아무 영향도 끼치지 못한다는 사실을 잘 알았다.

"좀 더 시간을 두고 지켜보심이 어떨는지요? 무엇보다도 당장 주인이 정해지지 않은 금단추가 없습니다. 비치해 놓는 물건이 아닙니다. 폐하."

황제가 상체를 기울여 손으로 턱을 괬다. 다른 쪽 손의 손가락이 팔걸이를 두드렸다.

"훌륭한 기사가 갖추어야 하는 덕성이 실력과 인품과 충성심. 무엇 하나도 소홀히 할 수 없다. 하지만 기사의 본질은 무인이다. 기사는 실력으로 우선 자신을 증명해야 한다. 무예는 자신을 치열하게 갈고닦는 수련이므로 저열한 자는 결코 뛰어난 실력을 얻을 수 없다. 안 그런가, 벤트리 경."

"폐하의 말씀은 틀림이 없사옵니다."

"짐의 기사도 아니거늘 짐이 허상뿐인 충성 맹세를 받아 무엇에 쓸 것이며 지닌 품성을 무슨 방법으로 지켜본단 말이냐. 그렇지 않소, 리먼 공."

더그가 쓴웃음을 삼켰다. 대답이 정해진 질문이었다.

"지당한 말씀이십니다."

황제가 시선을 돌려 후작을 응시했다.

"라드 후. 그대는 수하의 인품을 보증할 수 있는가?"

"제 목숨과 명예를 걸고 보증합니다."

"그럼 그대는 누가 보증하지?"

"후작 위를 내리신 황제 폐하께서 보증하실 것입니다."

"대답 하나는 발군이로고."

황제가 웃음을 터뜨렸다. 사람들이 시선을 교환했다. 진심이건 연출이건 드문 일이다. 공식적인 자리에서 황제는 거의 감정을 드러내지 않았다.

"단검을 가져오라."

벤트리가 허리춤에 맨 단검을 두 손으로 받쳐 올렸다. 황제는 시종을 돌아보며 말했다.

"너는 가까이 와서 떨어뜨리지 않게 잘 받아라."

시종이 영문을 모르는 표정으로 주춤주춤 황제의 곁으로 다가왔다.

황제가 단검을 쥐고 소매에 달린 단추의 매듭을 잘랐다. 아래로 툭 떨어지는 단추를 시종이 화급히 두 손을 뻗어 받았다. 다행히 떨어뜨리지 않았다. 손에 잡힌 금색의 단추를 보며 시종은 가슴을 쓸어내렸다.

"마침 짐의 단추가 금이로구나. 당장 준비된 금단추가 없다니 짐의 소매 단추로 대신하겠다. 라드 후. 보잘것없는 물건을 그대의 수하에게 내린다고 서운해하지 말라."

"보잘것없다니요. 천부당한 말씀이십니다. 황은이 망극하옵니다."

후작이 황제를 향해 깊이 허리를 숙였다.

황제가 직접 소매에서 자른 단추. 공교롭게도 그게 바로 기사에게 단추를 내리는 전통의 시작점이었다.

제국의 건국 태조는 건국 과정에서 자신을 지키다가 장렬히 전사한 기사 둘의 장례식 날, 관을 끌어안고 슬피 울다가 양쪽 소매에서 단추를 잘라 관에 넣었다고 전해진다.

사람들의 눈빛이 몽롱했다. 역사서 속 전설이 오랜 시간을 뛰어넘어 재현되는 광경을 목격했다. 두고두고 자손에게 남길 이야깃거리가 될 것이다.

"이름조차 아직 묻지 않았군. 이름이 무엇이냐?"

"마틴…… 칼리입니다. 폐하."

마틴 칼리. 그 이름이 제국 귀족 사회에 순식간에 퍼질 것이다.

현 황제의 소매 단추를 받은 유일한 기사다. 제국의 기사라면 꿈꾸는 최고의 영예를 쥐었다. 마틴을 바라보는 사람들의 시선에 부러움과 호감이 가득했다.

하지만 정치적인 계산에 골몰하는 일부 사람의 표정이 어두웠다. 황제는 절대 충동적인 성품이 아니었다. 아무리 황제가 마틴의 뛰어난 실력에 감탄했다 해도 상이 과했다.

'폐하께서 라드 후작에게 힘을 실어 주시는가.'

'무슨 이유로? 저자가 철왕의 측근이라는 게 상관이 있나?'

그새 시종들은 발 빠르게 그럴싸한 준비를 마쳤다. 은쟁반을 공수해 검은 벨벳을 깔고 위에 금단추를 얹었다. 시종장이 엄숙한 태도로 쟁반을 마틴 앞으로 가져갔다. 마틴이 쟁반을 받으며 황제를 향해 고개를 조아렸다.

"마틴 칼리. 그대는 오늘부터 짐이 인정한 기사다."

"황공하옵니다. 폐하."

마틴이 천천히 뒷걸음으로 황제 앞에서 물러났다.

시에나는 마틴이 '칼리 경'이 되는 현장에서 기이한 감회에 젖었다. 꿈에서 본 미래가 어긋나면 어긋나는 대로 재현되면 그건 그것대로 특별하게 다가왔다. 마틴과 쿤을 번갈아 보다가 문득 궁금했다.

'누가 더 강할까?'

검술을 배운 그녀는 보는 눈이 웬만큼 있었다.

'그날, 마틴이 어떤 식으로 날 도와줬는지 직접 보지는 못했지.'

저 정도로 대단한 실력자였다니. 소름이 돋았다.

"들으라!"

딴생각에 잠겼던 시에나가 황제를 쳐다보았다. 황제는 황좌에서 일어나 앞으로 한 걸음 나왔다.

"한 해를 마무리하는 오늘. 짐이 그대들 앞에서 결심한 바를 선언하노라."

사람들이 어리둥절한 표정으로 마주 보았다. 전혀 들은 바가 없는 고위 귀족들은 안색이 굳었다.

"진명이다."

황좌 주변을 지키던 기사들이 즉시 바닥에 무릎을 꿇었다.

"받드옵니다!"

연회장 곳곳에서 기사들이 무릎을 꿇으며 입을 모아 우렁차게 소리쳤다.

"받드옵니다!"

하나가 된 목소리는 분위기를 몰아가는 효과가 있었다.

"짐은 이십오 년 전 벌어진 혈사의 재조사를 명한다. 진명으로 이르니 그대들은 마땅히 따라야 할 것이다. 이견이 있다면 말하라."

황제는 숨죽인 군중들을 천천히 둘러보았다. 아무도 나서는 자가 없었다. 나중에 황제에게 따로 알현을 청할지언정 지금은 입을 다물어야 했다.

장소가 문제였다. 제국의 내로라하는 귀족들이 모두 모였고 제후국 사람들도 있는 자리다. 진명을 선언한 황제의 체면을 깎았다가는 황제의 눈 밖에 날 것이다.

"이미 아득한 세월이 지난 일. 짐은 과거의 일을 끌어들여 현재

피를 볼 생각은 없다. 하지만 억울함이 있다면 마땅히 밝혀져야 하지 않겠는가."

피를 보지 않겠다는 황제의 말에 안색이 밝아지는 자들이 있었다.

"라드 후."

"예. 폐하."

"그대가 조사관의 책임을 맡으라."

놀라 고개를 드는 후작과 황제의 시선이 마주쳤다.

"그대는 연합국의 대표나 연합국의 백성이 아니고 제국의 후작이나 제국의 백성이 아니다. 소속이 없는 그대의 위치가 짐의 뜻을 왜곡하지 않을 것이며 옛 혈사와 아무런 얽힘이 없는 그대는 객관적인 눈으로 과거를 되짚을 수 있겠구나. 어떤 압력에도 굴하지 않을 힘도 스스로 지니고 있으니 그대만 한 적합자를 찾기가 어렵다."

쿤의 머릿속이 맹렬히 회전했다. 수많은 경우의 수가 무한하게 가지를 쳐 갈라졌다. 결론이 나왔다. 미끼인지 선물인지는 몰라도 지금 걷어찰 이유가 없었다.

"받드옵니다. 폐하."

그는 깊이 허리를 숙였다.

"폐하의 뜻에 어긋남이 없도록 대임을 완수하겠습니다."

"조사관의 행보는 곧 짐의 행보다. 조사관에게 모두 협조를 아끼지 말라."

"분부 받잡겠사옵니다. 폐하."

사람들이 입을 모아 대답했다.

　　　　＊　　　＊　　　＊

　"차가운 물. 얼음을 넣어 가져오너라."

　"예. 전하."

　시녀가 고개를 꾸벅 숙이고 휴게실에서 나갔다. 시에나는 다른 시녀들도 내보냈다. 널찍한 휴게실에 그녀만 남았다.

　시에나는 긴 소파에 욱신거리는 다리를 올렸다.

　"하아……."

　한숨이 절로 나왔다. 시에나는 휴게실이라는 곳에 처음 들어와 봤다. 지금껏 휴식이 필요할 정도로 연회장에 오래 머문 적이 없었기 때문이다.

　'이십오 년 전.'

　사람들이 떠드는 그 이야기를 얻어듣느라 시간 가는 줄 몰랐다. 시에나는 그때의 일을 자세히 모른다. 그녀가 태어나기 전에 벌어진 사건이었다. 그때는 승하하신 선황제께서 제국을 다스렸고 그분은 시에나가 태어난 후 얼마 안 되어 돌아가셨다고 들었다.

　당연히 시에나는 조부에 관한 기억이 없었다. 오직 기록으로만 선황제의 업적을 접했다.

　'그때는 공작 가문이 일곱이었다지.'

　지금 여섯 공작 가문의 위상을 생각하면 공작 가문이 멸문할 정도의 죄가 무엇이었는지 짐작 가지 않았다.

　당시의 혈사는 많은 사람이 죽고 다쳤다는 사실 외에 제국 역사상 중요한 분기점이 될 만한 사건이 아니었다. 그래서 학구열 높은 시에나가 굳이 파고들지 않았다.

'폐하는 그 사건을 지금 파헤쳐 무엇을 얻으려 하시는가.'

황제가 연회장에 머문 시간은 한 시간이 채 안 되었다. 그런데 여파가 대단했다. 황제가 퇴장한 후 연회장의 분위기는 뭐랄까. 회오리가 한바탕 휩쓸어 아무것도 남지 않은 벌판 같았다.

'악취미시라니까.'

시에나는 피식 웃었다.

'항상 그런 식이시지.'

혼자 결정하고 통보하고 일방적이다. 전에는 황제의 모습을 강한 군주의 모범이라고 생각했고 동경했다. 그런데 지금은.

'……폐하께서 잘못하신다는 건 아니야. 다만 나는 그런 군주가 되고 싶지 않아.'

황제를 생각하던 시에나의 머릿속에 어느새 다른 남자가 들어왔다.

'조사관…….'

쿤. 그는 번번이 자신을 놀라게 한다.

'폐하는 진심으로 그를 기용하실 건가? 그게 중요한 건 아니지. 폐하께서 무슨 생각이시든 그를 강력히 밀어주실 테니까.'

그가 황제의 명을 앞세우면 무적이다. 공작이라도 꼼짝없이 그의 요구조건을 들어줘야 할 것이다. 당분간 그는 무소불위의 힘을 갖게 되리라.

'그 남자 것이 내 것은 아닌데.'

왜 자신의 어깨에 힘이 들어갈까.

연회장에서 그는 다른 사람이었다. 어떤 귀족보다도 귀족 같았다. 그림 같은 표정을 짓고 사람들을 응대했다. 과하지도 부족하지도 않았다. 갓 후작이 된 그를 제국의 귀족들이 우러러봤다. 오히려 그 남자가 제국의 명문가 출신처럼 당당했다.

시에나는 괜히 우쭐했다. '점잖은 척 무게 잡고 서 있는 저 남자가 사실은 얼마나 유치한 면이 있는데.'라고 혼잣말을 하면서. 그의 또 다른 얼굴을 그의 주변에 구름처럼 몰려든 자들은 모를 테니까.

하지만 그의 곁에서 웃는 파티마를 보며 기분이 가라앉았다. 멀리서도 파티마의 감정이 선명하게 잘 보였다. 파티마는 틀림없이 쿤에게 마음이 있었다.

시에나는 우울한 한숨을 내쉬었다. 조용한 휴게실에 그녀의 한숨 소리가 유독 크게 울렸다.

'시녀는 왜 이리 늦지.'

시에나는 굳게 닫힌 휴게실 문을 쳐다봤다. 저 문을 열고 쿤이 들어오는 모습을 상상했다. 그는 정말 생각지도 못했던 장소에서 불쑥 나타나곤 했다.

문이 조금 열렸다. 시에나는 소파에 올렸던 다리를 내렸다. 그런데 조심스럽게 열리는 문으로 시녀가 아니라 남자가 들어왔다. 시에나의 눈이 동그랗게 커졌다.

쿤이 싱긋 웃으며 얼음이 가득 담긴 컵을 들어 올렸다.

"얼음물. 대령입니다."

시에나는 웃음을 터뜨렸다. 소녀처럼 까르르 웃었다. 제대로 터진 웃음이 멈추지 않았다. 한참 만에 겨우 진정했을 때 이미 자신의 옆에 앉아서 뚫어지게 쳐다보는 그와 눈이 마주쳤다.

잔웃음을 흘리며 그에게 손을 내밀었다. 그가 시에나의 손에 컵을 쥐여 주었다. 시에나는 찬물을 단번에 들이켰다. 물이 무척 달았다.

"내가 대단한 희극 배우가 된 기분입니다만. 나쁘지 않군요."

"미안. 당신이 웃겨서가 아니라."

"괜찮아요. 화내는 것보다 훨씬 좋으니까."

그녀가 웃는 모습이 너무 예뻐서 가슴 안쪽이 뻐근했다. 감동이 지나치면 통증이 된다는 사실을 알았다. 왜 순간은 영원할 수 없는 걸까. 시간이 흐르는 게 아까웠다.

'이대로 당신을 데리고 어디론가 가 버렸으면 좋겠다.'

아무도 찾지 못할 곳에 그녀를 감추어 두고 누구에게도 보여 주고 싶지 않았다. 먹지 않아도, 잠자지 않아도 그녀만 바라보면서 살 수 있을 것 같다.

송년 연회는 쓸데없이 길었다. 사흘이라니! 그녀를 홀린 듯 쳐다보는 사내들을 견제할 자격이 없다는 게 짜증이 났다. 울컥거리는 속을 얼마나 눌렀는지 모른다.

"왜?"

"예?"

"용건 있어서 온 거 아니야?"

쿤이 실망스러운 한숨을 내쉬었다.

"용건 없이 오면 안 됩니까?"

시에나는 손끝이 찌릿해 주먹을 쥐었다. 그의 낙담하는 표정에 반응하는 자신의 신체가 이상했다.

"시녀는 어디 갔냐, 여자 휴게실은 들어오는 거 아니다, 누가 오면 어쩌려고 그러냐. 타박은 안 들었으니 나름대로 발전이 있다고 만족해야 하려나요."

"어련히 알아서 했겠지."

쿤이 '호오.' 하고 감탄했다.

"무척 고무적입니다. 시에나. 우리 사이에 신뢰가 점차 쌓이는군요."

쿤이 그녀의 곁에 바짝 붙어 앉았다. 그러나 성급하게 뻗은 손은 차마 그녀의 얼굴에 닿지 못하고 물러났다. 그녀의 부드러운 피부를 만지면 절제하지 못할 것이다. 자신의 인내심을 믿을 수 없었다.

시간이 없다. 잠깐의 틈을 디안의 도움으로 겨우 만들었다. 아마 오늘 일로 디안이 두고두고 생색을 낼 것이다.

그는 장갑 낀 그녀의 손을 쥐었다. 손등에 입술을 꾹 눌러 아쉬운 마음을 대신했다.

"오래는 못 있어요. 내일 아침 일찍 연합국 사신들이 떠납니다. 그들을 배웅하러 함께 나도 배를 타요. 당신에게 인사는 하고 가고 싶어서."

"언제 와?"

"길면 한 달. 그렇게까지는 안 걸리겠지만요."

시에나가 미간을 찌푸렸다.

"황제 폐하께 조사관으로 임명받았잖아. 그런데 한 달이면."

"조사 대상이 될 자들이 시간을 벌겠지요."

"그걸 알면서?"

"상관없어요."

"자만하지 마."

"이십오 년 전은 아주 오래전이에요. 누구를 조사해야 할지 대상을 파악하는 것만도 큰일입니다. 감출 게 있는 자들은 내가 없는 동안 움직일 거고."

"수상한 거동을 파악하겠다?"

"바로 그겁니다."

시에나는 '흐응' 중얼거리며 시선을 내리깔았다. 그는 가볍게 말했지만, 말이 흘러나가면 곤란한 작전이었다. 그가 주저 없이 얘기해 주는 게 기뻤다.

"그리고 감사하게도 황제 폐하께서 내가 없는 동안 대신 내세워도 아무도 무시 못 할 사람까지 만들어 주셨거든요."

"누구? 아……. 칼리 경."

"……."

"칼리 경 아니고 다른 사람?"

"……맞아요. 헛갈렸어요. 칼리 경이라……."

쿤이 낮게 웃었다.

"그 이름은 낯설군요. 당신은 그 녀석이 오래전부터 기사였던 것처럼 부르네요."

시에나에게 '칼리 경'은 익숙한 이름이었다. 처음 꿈에 등장한 날부터 계속 생각했으니까.

"칼리 경에게 금단추의 기사가 된 것을 축하한다고 전해 줘."

쿤이 인상을 썼다.

"당신이 왜?"

"내가 축하하면 안 돼?"

"그 녀석을 알아요?"

"당연히 알지. 날 구해 줬잖아."

"아……. 그랬지."

쿤이 손으로 이마를 짚었다. 허탈한 웃음이 나왔다. 바보가 된 것 같다. 그녀와 관련한 일에서 그는 종종 시야가 좁아졌다.

"만약 칼리 경에게 도움이 필요하면 내게 오라고 해. 난 큰 도움을 받았는데 보답을 못 했어."

"……예."

쿤은 떨떠름하게 대답했다. 그녀의 말을 마틴에게 전할 생각은 없었다.

"조심해. 폐하는 의중을 알 수 없는 분이야. 당신을 눈가림으로 이용하시는지도 몰라."

"걱정해 주는 거예요?"

반색하던 쿤이 멈칫했다. 빠르게 출입문 쪽을 돌아봤다가 다시 그녀를 쳐다보았다.

"가야겠어요."

시에나는 자신이 듣지 못한 신호를 그가 감지했다고 짐작했다. 그에게 고개를 끄덕였다.

쿤은 소파에서 일어났다가 다시 앉았다.

"하나만."

"응?"

"나 없는 동안 그놈과 같이 공작령에 가지 마요."

시에나는 그의 말을 이해하지 못했다. 그녀는 말없이 눈만 깜빡거렸다. 그가 굳은 표정으로 '가려고요, 정말?' 하고 다시 물었을 때 시에나는 비로소 '그놈'이 조세프라는 걸 알아차렸다.

호기롭게 다녀오라고 할 때는 언제고. 그녀는 풋, 웃음을 터뜨렸다. 안절부절못하는 그를 더 애태우고 싶은 짓궂은 마음이 들었다.

하지만 시간을 지체했다가 누가 들어오면 라드 후작은 황녀 혼자 쉬는 휴게실에 난입한 파렴치한이 될 것이다.

"안 갈게."

그의 얼굴이 갑자기 확 다가와 시에나는 흠칫했다. 비스듬히 기울어진 그의 입술이 그녀의 입술에 맞물렸다. 시에나의 입이 조금 벌어졌지만, 키스가 더 깊어지지는 않았다. 그는 맞닿은 입술을 문지르기만 했다.

입술을 떼면서 그의 눈이 웃었다.

"다녀올게요."

그는 벌떡 일어나 휴게실에서 서둘러 나갔다. 잠시 후 바깥에서 문을 두드리는 소리가 들렸다.

"전하. 길버트입니다."

"들어오시오."

길버트가 시녀와 들어왔다. 길버트의 눈이 빠르게 휴게실 내부를 훑었다.

"괜찮으십니까?"

"무슨 일이 있나?"

"송구합니다. 순번이 어긋나 잠시 전하의 호위에 빈틈이 있었습니다."

얼버무려도 될 일을 길버트는 솔직히 보고하고 용서를 구했다.

"황궁 안인데 큰일이야 있겠소."

시에나는 소파에서 일어났다.

"곤하군. 그만 궁으로 돌아가겠소."

"예. 전하."

연회장으로 다시 나갔다가 쿤을 보면 이번에는 표정 관리를 못할 것 같았다.

해가 바뀌었다.

새해 첫날부터 더그는 입궁했다. 패트리샤는 계속 서성대는 더그를 보다 못해 말했다.

"그래서 안 될 일이 된답니까. 와서 앉으세요. 차분히 생각하면 수가 나오겠지요."

더그는 한숨을 푹 쉬고 패트리샤가 권하는 대로 소파에 앉았다.

"어제 공작들이 비밀 회동을 하셨다더니 잘 안 풀리셨어요?"

"음."

"모여서 무슨 말씀들을 나눴어요?"

"각자 폐하를 알현해 무슨 이야기를 나눴는지 털어놨지."

황제가 송년 연회에서 진명을 선언한 후. 공작들은 개별적으로 황제를 알현했다.

"다들 소득 없이 물러났더군. 에잉. 줏대 없는 인사들 같으니."

더그는 공연히 다른 공작들을 탓했다. 정작 그도 황제 앞에서 진명의 부당함을 거론하기는커녕 황제의 심중이 담긴 말을 듣지 못했다.

"별일이야 있겠어요. 어차피 그 일에 발 담그지 않은 공작가는 블레스뿐이에요. 그리고 블레스 가문은 이름만 공작가죠. 영지에 틀어박혀서 수도에 세력이 전혀 없으니까요."

더그의 굳은 표정은 펴지지 않았다.

"폐하께서는 피를 보지 않겠다고 하셨어요. 폐하는 공작 가문들 전부와 척을 지실 분이 아니에요."

"마음에 걸리는 게 있어 그렇다. 폐하께서는 억울함을 풀겠다고 하셨지. 혹시 그게…… 아케론 가문이 아닐까 싶어서 말이야."

패트리샤가 고개를 갸웃했다.

"아케론이요?"

이십오 년 전 패트리샤는 어렸다.

혈사가 벌어진 시기와 패트리샤의 사교계 데뷔 시기가 맞물렸다. 어수선한 분위기 때문에 그녀의 데뷔는 늦추어졌고 그게 짜증 났던 기억만 있었다.

"아버지께서 깊이 관여하셨다."

"하지만 제가 알기로는 공작가 전부가……."

"정확히는 나머지 가문들이 묵인했지. 아케론 가문 멸문은 아버지가 적극적으로 주도하셨어."

"왜요?"

"선황 폐하께서 원하셨으니까."

"아버지가 그런 일에 나설 이유가 뭐가 있어요?"

더그가 패트리샤를 지그시 보더니 말했다.

"그래서 네가 지금 그 자리에 있지 않니."

패트리샤가 입술을 깨물었다. 거칠게 찻잔을 내려놓았다.

"오라버니는 뭘 염려하시는 거예요?"

"아케론 가문의 복권."

"복권……?"

"아케론 가문이 무고하다고 밝혀지면 리먼 가문에게 책임을 묻겠지. 폐하께서 혹시 우리 가문을 견제하시려는가, 싶어서 말이야."

"굳이 그 오래된 일을 들춰서요?"

더그가 침묵했다. 패트리샤는 더그의 표정을 살폈다.

"뭐가 더 있죠?"

"……알려지지 않았지만, 아케론 공작의 딸이 황제 폐하의 핏줄을 잉태했었다."

"선황 폐하의 아이를요?"

"아니. 황제 폐하. 당시의 광왕 전하."

패트리샤의 얼굴에서 핏기가 가셨다. 그녀의 눈 밑이 파들파들 떨렸다.

"낳았어요?"

"아들을 낳았지."

"뭐라고요?!"

흡사 비명을 지르는 것 같았다.

"진정해라. 어미와 아들. 둘 다 죽었으니까."

아케론 공작은 임신한 딸을 영지로 내려보내 출산하게 했다. 군사들이 황명을 받아 공작령에 도착했을 때 이미 공작의 딸은 아이와 함께 행방이 묘연했다.

끈질긴 추적으로 몇 년 만에 아들과 붙잡혔다.

"설마…… 아버지가 죽였어요? 황손을?"

"선황 폐하의 명이었다."

하, 패트리샤가 기막힌 웃음을 터뜨렸다.

"손자잖아요. 황손이라고요. 대체 선황께서는 아케론 가문을 왜 그렇게 미워하신 거예요?"

"나도 그것까지는 모른다. 아버지는 끝내 말씀해 주지 않으셨다."

"죽은 게 확실해요? 설마 철왕이……."

"아버지가 죽었다고 하셨으니 죽었겠지. 그리고 철왕은 나이가 안 맞아."

                    *   *   *

"전하. 새해 첫 달에 태어나셨다고 하셨지요. 이제 곧 스물여섯 번째 탄생일이 돌아오시겠네요."

디안은 철왕궁에서 비올렛과 차를 마시고 담소를 나누며 느긋하게 새해 첫날을 맞이했다.

"그렇군."

디안이 웃으며 대답했다.

"사실 알려진 것과 다르다오."

"탄생일 날짜가요? 그럼 진짜는 언제인가요?"

"나중에 알려 주겠소. 우리가 결혼하면."

비올렛의 얼굴빛이 발그레해졌다.

"아, 그럼 어쩌지요. 제가 선물을 추운 계절에 어울리는 것으로 준비했는데요."

"염려 마시오. 추운 계절은 맞으니까."

다행이라는 듯 비올렛이 배시시 웃었다.

"근데 다른 사람에게는 말하지 마시오. 공연히 번거롭소."

"예. 전하. 추운 계절이라고 하시니 큰 차이는 없나 보네요."

비올렛은 디안이 황궁에 처음 들어왔을 때 착오가 있었나 보다, 생각했다.

디안은 속으로 중얼거렸다.

'날짜가 다른 게 아니라오. 곧 다가올 생일이 스물여섯 번째가 아니라는 것이지.'

디안 아르젠트는 곧 스물일곱 살이 된다.

* * *

길버트가 호위대 중 한 명의 사임을 보고했다.

"부친의 병세가 악화해 거동이 힘드시다고 합니다. 돌아가실 때까지 곁에서 시중을 들고 싶다고 했습니다. 휴직을 권했습니다만, 한 달이 될지 일 년이 될지 기약이 없다며 사임을 청했습니다."

"효도하겠다는데 어쩔 수 없지. 부친 병간호에 금전 문제로 어려움을 겪지 않도록 잘 챙겨 주시오."

"예. 전하. 후임자로 고려하는 자입니다."

길버트가 서류를 책상에 올렸다.

인사 서류를 펼친 시에나의 미간이 굳었다.

벤 스투스. 익숙한 이름이 눈에 들어왔다.

"경이 아는 자인가?"

"개인적인 친분은 없지만 이름은 알고 있었습니다."

"어떻게?"

"저희끼리 공유하는 정보가 있습니다. 우수한 동기나 후배는 기사들 사이에서 유명합니다. 정형화된 정보라기보다는⋯⋯."

"아, 무슨 뜻인지 알겠소. 사교계 소문과 비슷한 거로군. 이자는 유명인인가?"

"예. 실력이 우수하고 평판이 좋습니다."

"그런 이유만으로 경이 이자를 택하지는 않았을 텐데."

"선임자가 추천했습니다."

인사 서류를 보는 시에나의 눈이 가늘어졌다.

"사임하는 자는 후임을 추천해야 합니다. 전하."

"알고 있소. 그리고?"

"적당하다고 생각하여 추린 몇 명 후보와 비교해 서류 심사로 선발했습니다. 그 후 직접 만나 면접을 봤습니다."

시에나는 벤 스투스의 인사 서류를 꼼꼼하게 읽었다. 전에 패트리샤가 보냈던 서류를 읽은 기억이 남아 있었다. 그때 읽은 정보와 큰 차이는 없었다.

벤은 수도에 오래전부터 터 잡고 살아온 정통 있는 귀족 가문 출신이었다. 하지만 가문의 덕은 보지 못했다. 가세가 기울어 오로지 자신의 실력만으로 두각을 나타냈다.

그의 우수한 성적이 기록된 증명서의 뒷장에 추천장이 빽빽하게 첨부되었다. 실력도 인망도 있다. 이상적인 인재였다. 그래서 거슬리는 점이 있었다.

"왜 아직 소속이 없지?"

"훈련 중 골절 부상이 있었습니다. 기사가 몸을 쓰지 못하는 상태로 직무를 맡는 것은 태만한 일이라며 여러 기사단의 입단 제안을 거절했다고 합니다."

훌륭한 핑계다. 부상을 이유로 출세를 사양하다니. 신중함도 갖추었다.

'마음에 드는군. 정말 마음에 들어.'

중얼거리는 내용과 다르게 그녀의 눈빛은 서늘했다.

스투스, 이자를 꿈에서 보지 않았다면 틀림없이 기용해 중책을 맡겼을 것이다.

'이자의 뒤에 어머니 혹은 외숙이 있겠지. 두 분 중 어느 쪽이든 무슨 상관일까.'

끈질기게 그녀의 주변에 사람을 심으려는 집요함에 질렸다.

'미래의 나는 얼마나 많은 것들을 보지 못하고 놓친 걸까.'

그녀는 결론을 내리는 데 망설이지 않았다. 벤 스투스는 바꿔야 하는 미래다.

"길버트 경."

"예. 전하."

"나는 그대를 믿소. 인재를 내게 추천할 순수한 의도로 이 서류를 가져왔다고 생각하오."

길버트의 표정이 굳었다.

말 속에 담긴 의미심장한 뜻을 감지했다.

"전하. 잘못이 있다면 기탄없이 꾸짖어 주시옵소서."

"벤 스투스. 나는 이자를 좀 알지. 이자는 내가 아는 사람의 후원을 받소. 하지만 이 서류 어디에도 그런 내용은 없군."

"후원이라 하시면……."

"후원의 대가로 이자는 충성을 바치고 있소."

길버트의 눈썹이 꿈틀거렸다. 윗전의 앞이라 화를 눌러 참았다. 길버트가 분노하는 대상은 당연히 벤 스투스였다.

스투스는 서류 심사에서 우월한 이력으로 통과했다.

결정적으로 길버트가 그를 최종 낙점한 데에는 면접의 좋은 인상이 큰 부분을 차지했다. 면접 내내 진솔했고 실력자 특유의 거만함이 없었다.

「은왕 전하를 곁에서 모실 수 있다면 일신의 영광으로 알겠습니다.」

스투스의 간절함은 진심 같았다. 길버트 자신이 가문의 후광 없이 오직 노력만으로 여기까지 왔기에 비슷한 처지의 스투스에게 마음이 갔다.

길버트는 은왕의 호위대장이 된 것을 일생의 행운으로 생각했다. 주변에서는 길버트를 부러워했다. 비결을 묻는 기사들도 적지 않았다.

처음에는 정작 자신도 믿기지 않아 얼떨떨했다. 임시직일지도 모른다고 생각했다. 그런데 보좌관 인선을 보며 깨달았다. 은왕은 사람을 쓰는 데 출신 가문을 고려하지 않았다.

길버트는 은왕께 감사했다.

마음을 다해 곁에서 보좌하겠다고 결심했다. 그래서 스투스가 괘씸했다. 충성을 바치는 대상이 따로 있는데도 은왕의 호위가 되려 하다니. 용서 못 할 기만행위였다.

"송구합니다. 전하. 돌이킬 수 없는 실수를 저지를 뻔했습니다."

"이자를 후임자로 받으시오."

"예?"

"곁에 두고 지켜봐야겠소."

놀란 길버트가 깨달음을 얻은 표정으로 고개를 끄덕였다.

"오늘 경과 나눈 이야기는 호위대 다른 기사들은 모르게 합시다. 경도 그자가 들어오면 예사로 대하시오."

"예. 전하."

"그리고 사임한 기사. 경이 그 주변을 조사해 줘야겠소."

"예."

길버트가 무겁게 대답했다. 수하였던 자를 의심해야 하는 마음이 좋지 않았다.

"경이 직접 나서지는 말고. 내가 사람을 소개할 테니 그쪽을 통해 알아보시오. 아마 은밀한 조사는 그쪽이 적임자일 테니."

시에나는 에비타를 소개해야겠다고 생각했다. 지난번에 에비타가 반당의 정보를 전해 주러 왔을 때 연락할 방법을 알아 뒀다.

"예. 전하."

"후임자는 오늘내일 중으로 데려오시오. 시간 끌 필요는 없소."

"예."

"가 보시오."

"……드릴 말씀이 있습니다. 전하."

스투스의 서류를 다시 한 번 읽으려던 시에나가 고개를 들었다. 길버트가 평소답지 않게 주저하며 말했다.

"라드 후작님께서 과한 선물을 보내서서 받아도 되는지 모르겠습니다. 되돌려 보냈는데도 다시 보내시니 어찌해야 할지……."

높은 신분의 사람이 보내는 선물을 여러 번 사양하는 것도 결례였다. 그래서 길버트는 이러지도 저러지도 못하고 끙끙거렸다.

시에나의 표정이 조금 부드러워졌다. 그녀는 의식하지 못하는 변화였다.

"받으시오."

"하오나……."

"경이 깃펜 수집 취미가 있다지?"

"예. 부끄럽습니다."

"취미에 부끄러울 게 뭐가 있소. 보내 주면 사양할 필요 없소. 값비싸서 혹은 희귀해서 구하기 어려운 게 있으면 라드 후에게 전부 구해 달라고 하시오. 내가 그러라고 했다는 말을 덧붙여도 괜찮소."

"예?"

"라드 후는 부자요. 그쯤은 부담이 아니지."

"전하. 가격이 문제가 아닙니다."

"길버트 경. 귀한 깃펜을 몇 자루 얻으면 그 대가로 내 믿음을 저버릴 거요?"

"절대 아닙니다. 전하!"

길버트가 기겁했다.

"그러니까 됐소. 라드 후는 경에게 잘 보이고 싶어 그러는 거니까. 내가 경에게 주는 선물이라 생각하고 받으시오."

은왕의 집무실을 나오며 길버트는 어리둥절했다.

'후작이 내게 왜 잘 보이고 싶지? 그리고 왜 후작이 보낸 선물을 은왕 전하께서 준 것으로 생각하라고 하시지?'

풀지 못할 수수께끼였다.

*   *   *

시에나는 빈 종이에 짧은 줄을 가로로 그었다. 네 개를 긋고 세로로 하나를 그어 넷을 꿰다. 다섯 개를 하나로 묶었다.

'열둘, 열셋…….'

묶음이 총 세 개가 나왔다. 열다섯. 십오 일이다. 쿤이 연합국 사신들을 배웅하러 떠난 지 십오 일이 지났다. 길게 잡아 한 달이랬으니 아직 멀었다.

그녀는 턱을 괴고 의미 없는 낙서를 죽죽 그었다. 푹 잠을 자도 배부르게 식사해도 설탕을 잔뜩 넣은 차를 몇 잔 마셔도 기이한 허기가 사라지지 않았다.

할 일은 많았다. 봉토로 받은 남부 적토 지방의 지난 한 해 전반기를 정리한 대관의 보고서가 책상에 높이 쌓여 있었다. 황궁 도서관에 가면 읽을 책이 넘쳐나고 공부할 것은 끝이 없었다.

최소한 하루 한 번은 국정 회의를 참관하며 관료들은 수시로 만났다. 검술 연습도 빼놓지 않는 일과였다.

그녀의 하루는 빈틈이 없었다.

정신없이 바쁠 정도는 아니어도 늘 할 일이 있었다.

그런데 그녀는 분주한 와중에 지루함을 느꼈다. 자꾸 딴생각이 들었다.

머릿속에서 한 남자의 얼굴이 떠나지 않았다.

똑똑, 문을 두드리는 소리가 들렸다.

"전하."

시에나는 화들짝 놀라 옆의 서류로 낙서를 덮었다. 누가 와서 들여다볼 리도 없거니와 본다 해도 의미를 모를 텐데 시에나는 자신이 왜 이런 행동을 했는지 알 수 없었다.

잠시 후 문의 열리고 베스가 엠마와 들어왔다.

"방해되었다면 송구합니다."

"괜찮소."

"그로시 공작 영애가 알현을 청했습니다. 내일 찾아뵈어도 괜찮겠는지 여쭙는다고 합니다. 심부름꾼이 기다리고 있습니다."

"허락하오."

"예. 아, 그런데 동행인이 있다고 합니다. 파티마 공주와 함께 뵙겠다고요."

그 이름을 듣는 순간 시에나는 속이 뒤틀렸다.

"그러라고 전하시오. 내일 손님 맞을 준비는 그대에게 맡기겠소."

"예. 전하. 몇 시간째 앉아 계십니다. 잠시 산책이라도 다녀오시지요."

시에나는 베스의 권유를 받아들여 궁을 나왔다. 정원을 따라 걷다 보니 궁에서 꽤 멀리까지 갔다.

그녀는 미로 정원 앞에서 멈추어 섰다. 누가 부르는 소리를 들은 것처럼 안으로 들어갔다. 그녀는 미로 정원의 안쪽, 텅 빈 널찍한 곳에 오도카니 서서 고개를 위로 들었다.

구름 한 점 없이 맑은 하늘이 보였다. 어이없는 웃음이 나왔다. 남자 때문에 번민하는 자신의 모습이 기가 막혔다.

다음 날 오후, 비올렛이 파티마와 은왕궁에 방문했다.

궁 주변은 기본적으로 근위 병사들이 경비를 서고 은왕의 호위대 기사들이 순번을 정해 순찰했다. 오늘 순번은 호위대에 합류한 지 얼마 안 된 벤 스투스였다.

스투스는 안으로 들어가는 두 여인의 정체를 파악했다.

'철왕의 약혼녀와 연합국의 공주. 저들이 은왕 전하를 뵙는 이유가 뭘까.'

스투스는 패트리샤의 지원을 받아 어지간한 규모의 파티는 모두 참석했다. 중요 인물들의 얼굴을 눈으로 익혔다.

하지만 반대로 스투스를 기억하는 자는 거의 없었다. 눈에 띌 행동을 하지 않았고 파티장에서는 사람 눈을 피해 구석 자리만 지켰다.

스투스는 은왕궁 안쪽을 응시했다.

'어서 저기 들어가야 할 텐데.'

이글거리는 눈빛을 무표정으로 감추었다. 궁 안을 자유롭게 드나들며 은왕을 언제든 만날 수 있는 기사는 호위대장뿐이었다.

'차근차근 은왕 전하의 신뢰를 얻어 내가 호위대장이 되어야 해. 길버트에게는 과분한 자리지.'

그는 길버트를 떠올리며 입꼬리를 올렸다.

어떻게 호위대장이 되었는지 모를 일이다. 변변치 못한 출신에 능력이 남다른 것도 아니었다. 악착스럽거나 영악하지도 못했다. 그런 자를 밀어내는 것쯤은 일도 아니다.

시에나는 방문한 손님 둘과 소파에 마주 앉았다.

작년 마지막 날, 비올렛을 은왕궁으로 초대해 저녁 식사를 함께했다. 식사하고 차를 마시고 간단한 대화를 나누며 몇 시간을 보냈더니 시에나는 비올렛의 과도하게 반짝거리는 선망의 눈빛에 익숙해졌다.

"전하. 철왕 전하의 생신 파티 초대장입니다."

비올렛이 알현의 목적을 전했다.

시에나는 초대장을 펼쳤다. 열흘 후, 장소는 철왕궁이었다.

"초대장은 사람을 통해 보내도 되었는데."

"직접 뵙고 전하께 드리고 싶었어요. 작은 파티라 초대한 사람이 적습니다. 꼭 참석해서 자리를 빛내 주셔요."

"꼭 가겠소."

파티마에게 시선을 돌렸다.

"파티마 공주. 새해 첫날을 타국에서 보낸 감회가 남다를 것 같소."

시에나는 사신단이 떠난 이후에 파티마는 제국에 남았다는 사실을 알았다.

"예. 두렵기도 하고 벅차기도 했습니다. 전하. 사막에서는 미혼의 여자는 행동의 제약이 많습니다. 집을 떠나 먼 곳으로의 여행은 꿈도 꿀 수 없습니다."

"그럼 그대는 공주라서 특별 대우를 받는 거요?"

"제 부모 형제가 신뢰하는 분이 제국에 계시기 때문이지요. 절 맡기고 안심하시는 겁니다."

파티마는 황녀의 표정을 살폈다.

"라드 후작 말이로군."

"예."

"송년 연회에서 사흘 내내 후작이 그대를 에스코트했잖소. 후작이 그대를 많이 배려하고 있다고 생각했소."

파티마는 수줍게 웃었다. 속마음은 혼란스러웠다.

'내가 너무 넘겨짚었나.'

라드 후작 이야기를 할 때 황녀는 눈빛도 흔들리지 않았다.

주변의 이야기를 들어봐도 황녀와 후작은 가까울 수 없는 관계였다.

'쿤 님이 은왕을 바라보던 시선은 그냥 경외감이었던 걸까.'

"파티마. 전하께 청할 일이 있다고 하지 않았어요?"

비올렛이 말했다. 원래 비올렛은 혼자 오려 했지만, 꼭 은왕 전하께 간곡히 청할 것이 있다며 데려가 달라는 파티마의 부탁을 거절하지 못했다.

"청? 내게?"

"예. 전하. 황궁 안에 도서관이 있다고 들었습니다. 도서관의 책을 읽도록 허락해 주실 수 있는지요?"

"그대는 제국의 글을……. 아, 말을 배울 때 글도 배웠겠군."

"예. 부족하나마 읽고 해석할 수 있습니다."

"제국의 귀족이라면 출입증을 받아 들어가도 되는 도서관이 행관에 있소. 그대가 출입증을 받도록 조치하지."

"황공하옵니다. 전하."

파티마는 제국 사교계의 여왕 자리를 꿈꾸면서 그 길로 나아갈 현실적인 방안을 궁리했다. 우선 많이 배우고 익혀야 했다.

도서관 출입증은 두 가지의 이점이 있었다. 황궁에 비치한 책은 잡서가 아닐 것이다. 책을 통해 고급 지식을 얻을 수 있었다. 더 중요한 이점은 자유로운 황궁 출입이었다.

사막에서 파티마는 자신의 특별함을 몰랐다.

왕의 딸이라고 하면 제국 사람들이 '오오, 공주님이시군요.'라고 호들갑을 떠는 게 이상했다. 공주님 대접은 안 맞는 옷을 입은 것처럼 어색했다.

그러나 어색함은 금방 익숙함으로 바뀌었다.

파티마는 왕의 딸, 공주라는 신분이 얼마나 대단한지 자각했다. 그러자 생각이 바뀌었다. 주변의 지극한 공경이 당연해졌다.

어쩌다 신세를 지게 된 메르제 백작은 알고 보니 제국에서 손꼽히는 고위 귀족이었다. 친하게 지내는 비올렛은 공작의 손녀이며 철왕의 약혼녀였다.

문득 둘러보니까 대단한 사람들이 지인으로 곁에 있었다. 그녀는 행운처럼 쥔 지금의 위치를 놓치기 싫었다. 진정으로 그들과 동등해지고 싶었다.

제국에 관해 더 알아야 한다고 생각했다. 그래서 송년 파티 이후 시간을 내어 수도의 구석구석을 돌아보았다. 아주 인상적이었다.

제국은 신분에 따라 주거 지역이 나뉠 뿐만 아니라 형태도 달랐다. 신분에 상관없이 부유하면 좋은 집을 마련할 수 있지만, 신분이 높으면 대부분 부유했다. 그리고 높은 신분일수록 대저택을 소유했다.

황궁은 대저택의 정점이었다. 오직 지배자만 거주할 수 있는 제국에서 가장 크고 좋은 집.

파티마는 황궁에 처음 들어갔을 때 작은 도시와 다름없는 엄청난 규모에 압도당했다. 왜 사람들이 권력을 탐하는지 깨달았다.

제국의 귀족이라 해도 황궁 출입은 자유롭지 않았다. 출입 허가를 받기 위해 몇 개월을 기다리기도 했다. 입출궁의 자유는 일부 사람의 특권이었다.

'특권을 가진 귀족은 사교계에서 절대 소외되지 않아.'

도서관 출입증은 파티마의 사교 활동을 위한 큰 자산이 될 것이다.

손님들이 돌아간 후 시에나는 시녀에게 검을 가져오라고 했다. 루크 공작가의 가보이며 쿤이 선물한 그 보검이었다. 나무함을 열자 새하얀 검의 아름다운 자태가 드러났다. 흡족하게 바라보는 시에나의 눈빛이 부드러웠다.

그녀는 장갑을 꼈다. 조심스럽게 검을 꺼내 부드러운 천을 깐 테이블에 내려놓았다. 조금이라도 힘을 주면 깨지는 유리잔을 다루듯 섬세한 손길이었다.

검집에서 검을 빼 불빛에 검날을 비추어 꼼꼼하게 점검했다. 그후 마른 천으로 검날을 정성스레 닦았다. 일련의 모든 과정은 성스러운 의식 같았다.

시에나는 이삼일에 한 번씩 보검을 꺼내 직접 손질했다. 그녀는 이 시간이 즐거웠다. 지금껏 그녀는 목적 없이 어떤 일을 한 적이 없었다. 검 손질은 명백한 시간 낭비였다. 쓰지 않고 보관만 하는 검을 관리할 이유가 없었다.

그녀는 비로소 취미에 푹 빠진 사람들의 심정을 알았다.

성과가 없어도 과정 그 자체만으로 즐거운 일이 존재했다. 아무 생각 없이 단순한 작업을 하면서 마음이 편안해졌다.

파티마의 인사를 받을 때부터 속이 부대꼈다. 그리고 파티마를 불편해하는 자신의 속마음도 못마땅했다.

파티마가 거슬리는 이유를 알기 때문이다. 파티마가 싫은 게 아니다. 쿤의 곁에서 알짱거리는 파티마를 치워 버리고 싶었다. 아마 파티마가 아닌 다른 여자라도 마찬가지였을 것이다.

'이런 옹졸한 시기심이라니.'

그녀는 감정적으로 타인을 공격하는 것은 저열하다고 생각했다. 그래서 자신의 내면에서 발견한 추악함이 그녀를 고뇌에 빠뜨렸다.

시에나가 검을 손질하는 과정을 곁에서 베스가 말없이 지켜보았다.

'전하께서 마음에 드시는 쪽이 검일까, 선물한 사람일까.'

황녀는 물욕이 없었다. 바라기 전에 이미 부족함 없이 주어졌다. 하지만 단지 환경 탓은 아닐 것이다. 이미 많은 것을 가졌어도 더 원하는 탐욕스러운 자들도 있으니까.

'사적인 욕망을 드러낸 적이 없는 분인데. 검 한 자루에 이토록 집착하시다니.'

베스는 새롭게 발견한 시에나의 모습이 신기했다.

"전하. 새해 선물이 많이 들어왔습니다."

"하던 대로 목록만 정리해서 가져오시오."

"선물은 풀어 보는 재미가 반이라고 합니다."

"누가 뭘 보냈는지만 파악하면 될 일이오. 어차피 보낸 자들도 그러한 목적일 테니."

공들여 천으로 문지른 검날을 이리저리 돌려보며 시에나가 미간을 찌푸렸다.

"그리고 물건이 다 뻔하지 않소? 보석이나 장신구겠지."

"여인의 선물로 가장 무난하니까요."

"사람들이 창의성이 없소."

'그래도 전하만큼 다양한 종류의 선물을 받는 분은 없을 겁니다.'

황녀가 선물에 크게 관심이 없다는 건 이미 잘 알려져 있다. 그래서 사람들은 나름대로 머리를 썼다. 물량 공세의 틈바구니에서 눈에 띄기 위해 독특한 선물을 보냈다.

색다른 세공을 한 팔찌라든가, 보는 방향에 따라 다양한 색이 보이는 옥으로 깎은 빗이라든가.

베스의 기억으로는 개중에 검도 있었다. 황녀가 검술을 배운다는 정보를 얻은 누군가가 '검'이라는 파격적인 선물을 보냈다.

하지만 황녀는 단 한 번도 선물 목록을 살핀 후 흥미를 보이며 가져와 보라고 한 적이 없었다.

그러니 황녀가 보검을 애지중지하는 건 '검'이라서가 아닐 것이다.

"백작부인. 그대는 정략혼을 했지만, 부군을 마음에 품었다고 했지."

"예. 전하."

"어떤 점이 좋았소?"

"다정한 성품이 좋았습니다. 상대를 배려할 줄 아는 사람이라서 좋았습니다."

"처음 보자마자?"

"그럴 리가요. 처음에는 사실 마음에 들지 않았습니다. 말이 너무 없어서 차가운 사람인 줄 알았지요."

베스는 내심 황녀와 이런 대화를 나누는 게 신이 났다. 궁금했던 것을 알아볼 기회였다.

"첫눈에 반한다는 말이 있긴 하지요. 하지만 그 감정은 오래가지 못합니다. 상대를 알면서 감정이 식기도 하고 더 깊어지기도 합니다. 전하께서는 라드 후작의 첫인상이 어떠셨습니까?"

시에나의 대답은 조금 늦었다.

"……무례했소."

베스의 눈빛이 초롱초롱해졌다.

"말꼬리를 잡고 내 검술 실력을 비웃었어."

"저런. 아주 몹쓸 분이로군요. 라드 후작이 감히 전하께 위세를 부립니까?"

"아니, 그때는 후작이 아니었소."

"그럼 더더욱 무엄합니다."

"흐음."

시에나는 한 권의 책을 펼치듯 그와의 에피소드를 빠르게 머릿속으로 넘겼다.

"확실히 예의는 없지."

피식 웃음이 나왔다.

"그대 말을 듣고 생각해 보니. 라드 후는 처음과 지금이 같소. 그는 여전히 무례해."

베스는 묘한 시선으로 시에나를 바라보았다.

황녀는 말로는 무례하다면서 전혀 언짢은 기색이 없었다. 오히려 라드 후작을 화제 삼아 이야기하는 자체가 즐거워 보였다.

'그래. 그는 변하지 않았어.'

시에나는 베스와 대화를 통해 새삼 알게 되었다. 달라진 건 같은 사람을 보는 그녀의 마음이었다.

"얘기가 샜군. 백작부인은 그래서 부군과 순조롭게 결혼까지 간 거요?"

"순조롭지는 않았습니다. 중간에 양가 사이에 문제가 생겼거든요. 지금 생각하면 대단치 않은데 당시에는 큰일이었습니다. 그전까지는 남편과 결혼은 해도 괜찮겠다, 정도였습니다. 그런데 결혼을 하느니 마느니 말이 나오니까 겁이 나더군요. 남편의 곁에 다른 여자가 있는 모습을 상상하니까 견딜 수가 없었습니다."

시에나는 꼭꼭 숨긴 자신의 마음이 읽힌 것처럼 얼굴이 홧홧했다. 짐짓 태연하게 베스의 이야기를 재촉했다.

"그래서 어찌 되었소?"

"처음으로 부모님께 엄청난 거짓말을 했습니다. 남편과 이미 깊은 관계까지 갔다고요."

옛일을 떠올리며 베스가 호호 웃었다.

"사랑이라는 감정은 참 기이하더군요. 안 하던 짓을 하게 하고 없던 용기도 솟아나게 해 주지요. 그런데 아주 가끔은. 그때 괜히 그랬나, 생각도 한답니다."

베스가 또다시 웃었다.

"제가 별 이야기를 다 합니다. 주책스럽게."

'이상하구나.'

시에나는 얼굴을 붉히며 웃는 베스를 보면서 생각했다.

'백작부인의 그때의 심정이 이해가 되는 내가, 정말 이상하다.'

*　　*　　*

문을 열고 들어선 레반이 멈칫했다. 그리고 길게 휘파람을 불었다.

"이야. 이거 참."

레반은 연미복을 차려입은 덩치 큰 사내의 주변을 돌았다. 부루퉁한 표정의 마틴이 히죽거리는 레반을 쏘아보았다. 하녀 둘이 마틴의 곁에서 마무리 시중을 들었다.

"안 돼요!"

마틴이 자기도 모르게 손을 목으로 가져갔다가 얼른 내렸다.

"자꾸 잡아당기면 단추가 떨어진다니까요!"

하녀의 목소리가 날카로웠다. 이미 두 번 튕겨 나간 단추를 하녀가 다시 달았다.

마틴은 겸연쩍게 입맛만 다셨다. 목을 죄는 느낌이 거슬려 자꾸 손이 가는 걸 어쩌란 말인가.

하녀가 나가면서 조심하라는 경고의 눈빛을 보냈다.

"역시 옷이 사람을 만든다니까. 딴 사람으로 변신했군. 칼리 경."

"너무 끼어. 옷이 온몸을 만지는 것 같다. 아, 정말 끔찍해."

마틴이 한숨을 푹 내쉬었다.

"맞춤 주문했는데 작아?"

"새해부터 식단 조절을 시작했거든. 훈련법도 바꾸고."

"그새 몸이 더 커진 거냐? 야. 무식하게 자꾸 근육만 키워 뭐 할래."

"더 키운 게 아니라 원래대로 돌아온 거야. 수도에 오고 나서 제대로 훈련을 안 했으니까 게으름은 인제 그만 부려야지."

"웃기네. 우스에게 져서 충격받은 거겠지."

"……."

마틴이 '칼리 경'이 되어 귀가한 날, 분노에 찬 우스의 도전을 받았다. 그리고 마틴은 졌다.

마틴이 비교적 수도에서 편안히 지내는 동안 우스는 사막에서 험하게 굴렀다. 우열을 가릴 수 없었던 형제의 실력에 차이가 생겼다.

각자가 품은 치열함, 딱 그만큼.

"우스 녀석, 돌아오면 허구한 날 널 괴롭힐 텐데. 각오는 되어 있냐?"

우스는 쿤과 함께 사신단을 배웅하는 배에 탔다. 쿤이 귀환할 때 같이 돌아올 것이다.

"왜 심술이냐고. 그 녀석이 안 하겠다고 했으면서."

마틴이 하소연했다.

황제 앞에서 사막 전사들의 갑옷을 선보이는 날, 원래는 두 형제가 함께 나서기로 했다. 한 사람은 갑옷을 입고 한 사람은 입지 않은 상태에서 형제의 대결을 퍼포먼스로 보일 계획이었다.

그런데 우스가 딴지를 걸었다. 그런 광대 노릇은 하고 싶지 않다는 이유였다.

쿤은 명령이 아니라 두 형제의 참여 의사를 물었다. 둘 다 안 한다고 했으면 사막의 전사로 대체했을 것이다.

마틴만 하겠다고 대답했다. 그래서 결과적으로는 일 대 십의 대결이라는 훌륭한 화젯거리를 만들었다.

우스는 마틴이 획득한 '금단추의 기사'라는 명예를 부러워하는 게 아니었다. 사람들이 마틴을 '칼리'라고 부르는 데 약올라 했다.

"그리고 날 이겼으면 됐잖아!"

"그게 문제지. 네가 졌으니까."

"뭐?"

"우스는 이겨도 싫고 져도 싫은 거야. 너와는 영원히 승부가 안 나는 맞수여야 하거든. 근데 그건 너도 그렇지 않아?"

마틴이 두 손으로 머리를 움켜잡으려다가 멈칫했다. 머리 손질이 망가지면 잔뜩 잔소리를 들으며 그 지루한 작업을 또 해야 한다. 그는 두 손으로 허공만 움켜쥔 채 '으아아아!' 하고 괴성을 질렀다.

"뭐 잘못 먹었냐."

발터가 혀를 차며 안으로 들어왔다. 한 손으로 외눈 안경을 추어올렸다. 일부러 하는 짓이 어느새 습관이 되어 버렸다.

"자, 여기 오늘 초대장. 나갈 때 잊지 말고 잘 챙겨. 그리고 이건 너한테 온 거다."

발터가 한 뭉치의 봉투를 테이블에 올렸다.

"마틴에게? 뭐예요?"

"뭐긴. 각종 모임 초대장. 연서도 있고."

"연서요?!"

레반이 소리쳤다. 발터가 어깨를 으쓱하며 코웃음 쳤다.

"몰랐냐? 마틴, 이 녀석 앞으로 들어오는 우편물이 굉장하다. 중매쟁이도 몇 번 찾아왔어."

레반이 폭소를 터뜨렸다.

"부럽습니다. 칼리 경. 금단추의 기사여."

레반이 마틴을 보며 짝, 짝, 손뼉을 쳤다.

"부러우면 네가 나 대신 오늘 파티에 가든지."

마틴이 이를 악물고 대꾸했다.

"사양하지. 그리고 오늘은 네 역할이 중요하다고."

오늘 루크 공작의 아들 루크 백작이 자택에서 파티를 연다. 주최자가 거물인 데다가 금단추의 기사가 공식 석상에 처음 모습을 드러낸다고 해서 아주 화제가 되었다.

그리고 그 자리에서 조세프 루크의 사생아가 드러날 것이다. 조세프의 아들을 낳은 하녀가 아이를 데리고 나타나 직접 폭로할 예정이다.

이미 밑 작업은 해 놨다. 소문이 빠른 사람들 사이에는 쉬쉬하면서 말이 나돌았다. 전대미문의 사건이 터지는 것보다 은근히 뒷말이 돌다가 증거가 드러나는 쪽이 사람들이 진실로 받아들일 확률이 훨씬 높았다.

마틴은 루크 공작가에서 절대 매수하지 못할 증인 겸 만일의 경우 정의감에 불타는 기사가 되어 모자를 보호하는 역할을 맡았다.

"연기 잘해라."

"우스 흉내를 내면 되지 않을까."

레반이 '딱이네.'라고 말하며 큭큭 웃었다.

시시덕거리는 두 녀석을 유심히 바라보는 발터의 눈이 가늘어졌다.

"레반. 넌 알지?"

"뭘요?"

"쿤이 요즘 연애하신다며."

레반이 눈을 피했다.

"누가 그래요."

"다 알아. 쫙 퍼졌어."

레반이 한숨을 삼켰다. 범인은 뻔했다.

'입 싼 녀석. 기대를 저버리지 않네.'

"몰라요."

"왜 몰라. 우스가 너한테 들었다는데."

"아, 몰라요. 쿤 오면 물어봐요. 난 몰라요, 몰라."

발터가 도망치는 레반을 쫓아가며 소리쳤다.

"정말 말 안 해 줄 거냐! 레반! 다른 사람은 다 몰라도 나는 알아야지!"

마틴은 초대장을 펼쳐 보며 표정을 관리했다.

'난 절대 아는 척 말아야지.'

발터는 아주 집요했다. 마수에 걸리면 벗어날 자신이 없었다.

*   *   *

루크 백작이 주최한 파티는 훌륭한 무대였다. 꼼꼼한 각본은 준비됐다. 연기자들이 열연하는 일만 남았다.

조세프의 사생아에 관한 소문은 이미 루크 가문 쪽에서도 알고 있었다. 처음에는 공작가를 시기하는 자들이 퍼뜨린 뜬소문으로 여겨졌다.

조세프가 극구 부인하니, 그 말만 믿고 초기 대처에 안일했다. 그런데 소문이 가라앉지 않자 루크 공작이 손자를 직접 불러 추궁했다. 조세프는 조부 앞에서 하녀들과의 부적절한 관계를 실토했다.

그날 공작가의 고용인들은 무척 오랜만에 공작의 노여운 고성을 들었다.

공작은 손자의 어리석음에 한탄했다. 하녀들과 놀아난 게 문제가 아니었다. 뒤처리를 제대로 못 했고 거짓말로 사실을 덮으려다가 일을 초반에 수습할 시기를 놓쳤다.

공작가는 본격적으로 소문의 출처를 조사했다. 몇몇 말 많은 자들은 직접 압박해 침묵하게 했다. 괜한 말실수라도 할까 봐 조세프의 파티 참석도 금했다.

그런데 설마 다른 곳도 아닌 공작가 저택에 소문의 당사자가 당당히 나타날 줄 예상할 수 있었을까.

어린 사내아이의 손을 잡고 등장한 여자는 잡혀 끌려 나가기 전에 도움을 요청했다. 연회홀에서 가장 눈에 띄는 사람, 금단추의 기사 마틴 칼리에게.

"기사님. 제발 도와주세요. 분명히 저는 죄인으로 죽게 될 겁니다. 저는 죽어도 좋습니다. 제 아들을 살려 주십시오."

"내게는 사면권이 없소. 죄를 지었으면 제국법에 따라 벌을 받아야 하오. 하지만 어린아이에게 무슨 죄가 있겠소."

"기사님. 제 아들이 바로 죄의 증거입니다. 이 아이는 루크 백작님의 손자이며 조세프 님의 아들이기 때문입니다."

"생명의 탄생은 마땅히 축복할 일이지 어떻게 죄가 된단 말이오."

잠시 자리를 비웠던 루크 백작이 다급히 달려왔을 때 이미 아이의 존재가 사람들에게 드러난 후였다. 이날 일은 마른 수풀에 불길이 번지듯 사람들의 입을 타고 순식간에 퍼져 나갔다.

시에나는 다음 날 오후에 소식을 들었다. 여러 경로를 통해 상세히 알아낸 베스가 루크 공작가의 연회홀에서 벌어진 일의 전모를 고했다.

"그래서 루크 백작이 모자의 신병을 넘겨 달라고 요구했으나 칼리 경이 거절했다고 합니다."

"백작이 그냥 물러섰소?"

"백작이 확인이 필요하다며 여러 번 설득을 시도했지만, 칼리 경은 응하지 않았습니다. 그러자 백작이 집안일이니 참견하지 말라고 했답니다."

"집안일이니 나서지 말라?"

시에나가 피식 웃었다.

이미 그 말 자체가 사생아를 인정하는 꼴이었다. 백작은 자신이 무슨 말을 하는지 모를 정도로 다급했을 것이다.

"칼리 경이 모자의 안전이 보장될 때까지 보호자가 되겠다고 선언했습니다. 그리고 모자와 함께 파티장에서 나가려고 하자 백작은 고용인들에게 막아서게 했습니다."

"백작이 무리수를 뒀군. 칼리 경은 기사 열 명을 상대하는 실력자 아닌가."

"말씀대로 칼리 경에게 덤벼든 고용인들은 흩날리는 나뭇잎처럼 나가떨어졌다고 합니다."

그 장면을 상상하니 웃음이 나왔다. 시에나는 직접 구경하지 못한 게 유감스러웠다.

"그래서 칼리 경이 그 모자를 데리고 있소?"

"예. 칼리 경은 모자를 데리고 공작가 저택에서 유유히 걸어 나갔다고 합니다. 아무도 막지 못했다는군요."

시녀가 조용히 안으로 들어왔다. 시에나가 문가에 서 있는 시녀에게 물었다.

"무슨 일이냐."

"루크 경이 오셨습니다. 전하."

조세프는 송년 연회가 끝난 이후 은왕궁에 여러 번 찾아왔다. 올 때마다 공작령에 함께 가자고 졸랐다. 몇 번 거절해도 아주 끈질겼다. 패트리샤는 '겨울 여행이라니 근사하네요.'라고 넌지시 말하며 조세프를 지원했다.

조세프는 사흘 전에도 다녀갔다.

시에나의 표정이 싸늘하게 식었다.

"만나지 않겠다."

"예. 전하."

시녀가 꾸벅 고개를 숙인 후 나갔다. 잠시 후 바깥에서 요란한 소리가 들렸다.

"전하! 오해를 풀어드리겠습니다! 전하! 잠시면 됩니다! 음해입니다!"

조세프가 악을 썼다. 거칠게 갈라진 목소리가 절박함을 대변했다.

"백작부인. 기사들에게 저 무뢰한을 당장 끌어내라고 이르시오. 이후 다시는 내 궁에 발도 들이지 못하게 하고."

"예. 전하."

베스가 나간 후 곧 외침이 점점 멀어지더니 사라졌다.

"한심한 작자 같으니."

시에나는 혀를 차며 차갑게 중얼거렸다. 다시 돌아온 베스가 조심스레 물었다.

"괜찮으십니까, 전하."

"괜찮지 않으면. 그자의 파렴치한 짓거리에 내가 충격받을 줄 알았소?"

기대가 있어야 실망을 하는 법. 시에나는 이미 꿈을 통해 알았으므로 그저 언제 터질까 정도만 궁금했다.

'예상보다는 이르군.'

꿈에서 본 대로라면 시에나의 약혼 기간에 쿤은 파티마의 연인이 된다.

그리고 파혼 시기와 파티마의 죽음 시기가 거의 엇비슷할 것으로 예측했다.

하지만 현재 파티마는 제국에서 아주 잘 지내고 있다. 분명히 어딘가에서 시간 축이 어긋났을 것이다.

시에나는 대수롭지 않게 생각했다.

'파혼이라는 미래는 일치했으니 상관없지.'

"저는 전하께서 많이 불쾌해하실 줄 알았습니다."

"물론 불쾌하오."

무심히 대답했다가 시에나는 뭔가 석연찮았다.

"내가 어떤 반응을 보일 거라고 생각했소?"

"전하께서는 지금껏 이만한 모욕을 당한 적이 없으십니다."

"그렇지……."

처음 꿈을 통해 파혼의 미래를 알게 되었을 때 시에나는 수치심으로 부들부들 떨었다. 시간이 지나 괜찮아진 걸까, 미래를 알아 여유가 생긴 걸까.

그런데 베스의 말을 들으니 지나치게 태연한 반응은 좋지 않을 듯싶다.

'주변에서 내 반응으로 엉뚱한 오해를 할 수도 있고.'

약혼자의 사생아라는 치부가 만인 앞에 드러난 상황이다. 완벽한 자신의 인생에 오점이 생겼다. 시에나는 곰곰이 생각하다가 일어났다.

"적왕궁에 가야겠소."

　　　　*　　　*　　　*

적왕궁에는 리먼 공작이 와 있었다.

"자주 뵙습니다. 리먼 공."

며칠 전, 적왕궁에 방문했다가 돌아 나오는 길에 더그와 마주쳤다.

"예. 전하. 제가 적왕궁에 매일 들락거리지는 않습니다. 오해는 마십시오."

"두 분이 남매의 정이 두터운 것을 누가 뭐라고 하겠습니까. 남의 시선 때문에 억지로 멀리하는 게 오히려 자연스럽지 않습니다."

"다들 전하처럼 생각해 주면 얼마나 좋겠습니까. 전하. 전처럼 외숙으로 부르며 편히 대해 주십시오."

"예의는 가까운 사람부터 지켜야 합니다. 또한, 사적 관계가 공적 관계를 넘어서는 안 됩니다. 제가 리먼 공의 조카이기 이전에 은왕인 것처럼 말입니다."

"전하께는 못 당하겠습니다."

더그는 허허롭게 웃으며 황녀의 말 속에 숨겨진 가시가 있는 것일까, 의심했다.

"은왕은 예법에 너무 집착해요. 융통성이 없다니까요."

패트리샤가 푸념했다.

"어머니. 법은 올바른 예법에서 시작합니다."

모녀의 대화를 들으며 더그의 경직된 눈빛이 풀렸다. 황녀의 외골수적인 면은 가끔 답답해도 장점이 더 많았다. 가장 좋은 점은 예측 가능하다는 것이다.

"두 분이 무슨 대화 중이었는지 짐작이 갑니다. 저도 그 용건 때문에 어머니를 뵈러 왔으니까요."

패트리샤와 더그의 표정이 애매하게 굳었다.

"루크 경에게 아이가 있다지요."

"은왕. 그건 아직 확실하지 않아요."

"거짓 소문입니까?"

"그건……."

"어머니가 루크 경의 결백을 보증하실 겁니까?"

"……."

이미 드러난 사실이 명백했다. 그리고 루크 공작가에서는 아이를 확보하지도 못했다.

"어머니. 저는 루크 공작가를 믿고 루크 경과 약혼한 게 아닙니다. 그를 선택한 어머니를 믿었어요."

"……압니다."

"정말 실망스럽습니다. 아이라니. 약혼자의 사생아라니. 더구나 귀족들이 전부 모인 연회장에서요. 도대체 이 망신을!"

시에나는 분기를 겨우 억누르는 것처럼 가쁘게 호흡했다.

"전하. 루크 영랑이 실수를……."

"실수요?!"

시에나가 버럭 언성을 높였다. 은근히 조세프를 역성을 들려던 더그가 움찔했다. 노랗게 빛나는 금색 눈동자를 보며 긴장했다.

"세상 사람들에게 드러난 순간부터 더는 실수가 아닙니다. 리먼 공. 이 사태를 수습하실 수 있습니까? 칼리 경이 데려갔다는 루크 경의 사생아를 흔적 없이 지울 수 있습니까?"

더그는 대답하지 못했다. 마틴 칼리를 제압하려면 아예 기사단 하나를 보내야 할지도 모른다. 더구나 기사 칼리는 한창 기세가 오른 라드 후작의 사람이었다. 지금 잘못 건드렸다가는 뒷감당이 어려웠다.

"어머니. 저는 이 모욕을 절대 그냥 넘어가지 않겠습니다. 루크 공의 공식적인 사과를 받아야겠습니다."

"은왕. 진정하세요."

시에나는 벌떡 일어났다.

"이 일을 어떻게 처리할지는 어머니께 맡기겠습니다. 어머니는 절대 제 체면을 가볍게 생각하시면 안 됩니다."

"그럼요. 당연하지요."

"가 보겠습니다."

시에나가 나가자마자 패트리샤의 미소가 무너졌다. 오만상을 찡그리며 관자놀이를 눌렀다. 밤잠을 설쳤더니 골이 쑤셨다.

"황녀가 저렇게 길길이 뛸 줄이야……."

더그가 멋쩍게 중얼거렸다.

"저럴 줄 모르셨어요? 황녀의 자존심은 저도 못 당해요. 오라버니."

"약혼 유지는…… 아무래도 힘들겠지?"

"약혼은 무슨. 황녀는 루크 공작의 사과를 받겠다잖아요. 그거만이라도 좋게 넘어가도록 구슬려야죠."

"그렇지."

파혼하는 마당에 루크 공작이 노구의 몸을 이끌고 황녀에게 고개를 조아리며 사과를 한다? 그야말로 공작가의 대망신이었다. 그러면 루크 공작가와 리먼 공작가의 사이는 최악으로 벌어질 것이다.

"내 실수예요. 영악한 자가 차라리 나을 걸 그랬어요."

만만한 놈으로 골랐더니 만만함이 지나쳐서 멍청했다.

"오라버니가 루크 공을 만나 잘 얘기하세요. 파혼 과정이라도 잡음 없이 진행하도록요."

"조금 더 기다려 보다가 황녀가 좀 진정하면……."

"내 딸을 내가 몰라요? 황녀는 약혼자의 부정이 서운한 게 아니에요. 위신이 깎여 노여운 거죠. 신속한 처리가 지금은 황녀를 달래는 유일한 방법이에요."

"알았다."

"그리고 걸리는 게 있었는데. 차라리 잘됐네요."

"걸리다니?"

"루크 영랑이 라드 후작과 친하다는 소문 말이에요. 루크 영랑은 내 앞에서 헛소문이라고 부인했는데 미심쩍은 점이 있어요."

"뭐가?"

"루크 영랑의 얘기와 다른 말이 제 귀에 들어와서요. 이제 와서 그게 중요한 건 아니지요. 조만간 다시 약혼을 진행해서 이번 일을 덮어야겠어요. 새 약혼자가 생기면 말 많은 자들도 괜히 입을 놀리지 못하겠죠."

'역시 리바이 모튼이 낫겠지요?'라고 묻는 누이에게 더그는 건성으로 대답했다. 한숨이 나왔다.

간밤에 찾아온 루크 공작에게 손자 단속도 못 했느냐 나무라며 내게 맡기라고 큰소리쳤는데. 파혼하면 루크 공작 가문과의 관계가 서먹해질 것이 뻔했다. 두 가문 사이의 은밀한 공조가 깨지면 손해가 컸다.

*　　*　　*

철왕의 생일 파티는 철왕궁에서 조촐하게 열렸다. 작은 규모라고 해도 참석자의 수가 서른 명에 가까웠다. 그중 공작가 사람은 비올렛을 제외하면 슐츠 공작의 늦둥이 막내딸 에밀리뿐이었다.

슐츠 공작은 황제의 외사촌이므로 에밀리는 철왕과 육촌 간이다. 그런데 에밀리는 비올렛의 친구 자격으로 오늘 참석했다.

슐츠 공작가는 황가와 끈끈한 친족이라기보다는 강한 동맹 관계였다. 양쪽의 사적인 교류는 거의 없었다. 에밀리는 어색한 표정으로 자신의 육촌, 시에나 황녀를 멀찌감치 떨어진 곳에서 흘끔거렸다.

"레이디 슐츠."

비올렛이 자꾸 홀로 떨어져 있는 친구를 챙기러 다가왔다.

"저쪽에서 같이 어울려요."

"난 이대로가 좋아요. 저분들처럼 능숙하게 표정 관리를 잘 못하겠어요."

에밀리가 가리키는 방향에는 대화를 나누는 은왕과 철왕, 그리고 몇몇 귀족들이 있었다.

"은왕 전하 앞에서 실수할 것 같아요."

비올렛이 이해한다는 듯 고개를 끄덕였다.

바로 어제. 적왕은 은왕과 조세프 루크의 파혼을 선언했다. 그리고 루크 공작가에서는 파혼을 받아들였다. 이례적으로 신속한 결단이었다. 귀족 가문의 약혼이라 해도 파혼 절차를 마무리 짓기까지 몇 개월은 걸렸다.

어제 파혼하고 오늘 철왕의 생일 파티에 나타난 은왕의 심리는 대체 뭘까. 다들 묻지는 못하고 은왕의 안색만 살폈다.

"괜찮아요?"

거리낌 없이 묻는 딱 한 사람이 있었다. 둘만 된 기회를 틈타 디안이 물었다.

"유쾌하지는 않아요."

가벼운 질문에 시에나도 가볍게 대답했다.

"오늘 오지 말지 그랬어요."

"내가 숨을 이유가 없으니까요."

"그건 그래요. 차라리 잘됐어요. 루크 경은 사람이 영 아니었으니까."

"철왕께서 루크 경을 탐탁지 않게 생각하는 줄은 몰랐군요."

"개인적인 유감은 아니고……. 어쨌든 속상해 보이지는 않아서 좋네요."

"속상?"

시에나가 피식 웃었다.

"철왕. 황가의 혼인입니다. 그런 감정 문제는 전혀 관계가 없어요."

"아……. 그건 그렇지요."

디안은 쿤을 생각하며 '불쌍한 놈. 네 앞이 까마득하구나' 하고 중얼거렸다. 누이동생을 호시탐탐 노리는 녀석에 대한 반감이 수그러들었다. 대체 쿤이 무슨 수로 황녀를 공략하려는지 감이 잡히지 않았다.

디안은 여전히 시에나가 어려웠다.

"이만 가 볼게요."

"벌써요?"

"내가 자리를 피해 줘야 파티의 분위기가 살아날 것 같군요. 다들 내 눈치를 보느라 애쓰고 있어요."

"은왕은 그런 건 신경 쓰지 않잖아요."

비난도 비꼬는 것도 아니었다. '너는 여론에 일일이 신경을 곤두세우지 않을 텐데'라고, 있는 그대로 인정하는 말이었다.

다른 사람이 같은 말을 했다면 진의가 뭘까, 의심했을 것이다. 하지만 시에나는 철왕의 말을 들리는 그대로 해석했다. 철왕을 믿어서가 아니었다. 그를 악인이라고 생각하지 않듯 선인이라고 생각하지도 않았다.

그는 시에나를 밀어내고 황제가 되려는 사람이다. 어찌 위선이 없겠으며 거짓이 없겠는가. 다만, 시에나는 철왕이 몇 마디 말로 신경전을 벌이거나 감정을 건드릴 사람은 아니라고 생각했다. 믿음과 달랐다. 아는 것이다.

'난 철왕을 조금은 이해한 걸까?'

꿈속 미래에서 철왕이 왜 그랬는지 궁금했다. 그래서 철왕이 어떤 사람인지 알고 싶다.

"애초에 오래 있을 생각은 없었어요. 그로시 영애에게 참석을 약속했기 때문에 온 겁니다. 하루 일정은 최소한 며칠 전에 짜 두지요. 오늘 나는 어떤 일정도 바꿀 생각이 없거든요."

시에나가 오늘 방에서 두문불출하면 사람들은 파혼으로 타격받은 황녀의 심리 상태를 멋대로 추측하며 입방아를 찧을 것이다.

반대로 오늘 아무렇지 않게 일정을 소화하면 '감정이 없는 황녀'라고 수군거리는 말은 있겠으나 섣부르게 파혼을 시에나의 흠결로 여기지 못할 것이다.

"철왕이 내 입장이라면 어쩔 건가요?"

디안은 잠시 말이 없었다.

그의 얼굴에서 웃음기가 사라졌다.

"난 한 며칠 침실에서 꼼짝하지 않을 겁니다. 사람들이 날 동정하도록 연기를 할지도 모르겠네요. 난 피해자니까요."

"그게 철왕의 방식이군요."

"은왕의 방식은 나와 다르고요."

"황제는 신이어야 합니다. 그래서 약점이 있으면 안 돼요."

"하지만 황제는 신이 아니지요. 사람이니까 혼자서 살 수 없어요."

다르다. 하지만 다른 게 틀린 것은 아니다. 시에나는 어렴풋이 그 차이를 이해했다.

겉으로는 여유를 부리지만, 디안은 내심 긴장했다. 두 사람이 나누는 대화는 아주 민감했다. 황녀의 저의를 알 수 없었다. 하지만 그는 회피하지 않고 정면으로 부딪쳤다. 욕심 같아서는 황녀와 속을 터놓고 싶었다.

디안은 시에나가 훌륭한 토론 상대이자 조언자가 될 수 있을 거라고 믿어 의심치 않았다.

쿤이 비슷한 역할을 하고 있지만, 쿤은 제국인이 아니다. 디안과 쿤은 각자 보듬어야 하는 백성이 달랐다.

그런 점에서 황녀는 디안과 같은 눈높이로 세상을 볼 수 있는 유일한 사람이었다.

디안은 황녀와 자신 사이에 부족한 신뢰가 무척 아쉬웠다. 그리고 평행선 같은 거리감을 좁힐 가능성이 거의 없다는 게 안타까웠다.

"철왕께서는 칼리 경과 연락이 닿지요?"

갑자기 화제가 바뀌어 디안은 당황했다.

"칼리? 기사 칼리 경?"

"날 찾아오라고 말을 전해 줄 수 있나요?"

"……."

"칼리 경에게 물을 게 있어요. 어려운가요?"

"아니요. 전해 줄게요. 그런데 굳이 날 통할 이유가 있나요? 은왕이 직접 칼리 경에게 연락해도 될 텐데요."

"칼리 경은 유명인입니다. 날 만나러 오면 철왕께서도 곧 알게 되겠지요."

"난 은왕의 동태를 감시하거나……."

"그런 의심은 안 합니다. 소문이 날 테니 알게 된다는 뜻이에요."

디안이 머쓱하게 고개를 끄덕였다.

"칼리 경은 라드 후작의 사람이고 라드 후는 철왕과 가깝지요. 괜한 오해는 사고 싶지 않습니다."

"……내가 라드 후를 의심할까 봐서요? 왜요?"

"이간질할 의도는 없으니까요. 이게 내 방식입니다. 철왕."

시에나를 잠시 바라보던 디안이 한 방 맞았다는 듯 하, 헛웃음을 흘렸다.

"가 보겠습니다."

시에나가 고개를 숙였다. 디안도 묵례로 화답했다. 그는 파티마 공주에게 다가가는 황녀의 뒷모습을 바라보았다.

참 세상일은 오묘하다. 저 황녀가 탐욕스러운 패트리샤의 딸이라니. 곧다. 깨끗하다. 그리고 단단했다. 수석 시녀를 돕기 위해 동분서주하던 모습을 생각하면 인간미도 있었다.

'내가 멋대로 판단한 건가. 은왕이 황제가 되어도 적왕과 리먼 가문에 휘둘리지 않을지도 몰라.'

"전하."

디안이 고개를 돌렸다.

어느새 비올렛이 옆에 다가와 있었다.

"은왕 전하와 안 좋은 일이 있으신 건 아니지요?"

"무슨 소리요?"

"두 분이 워낙 심각해 보여서. 끼어들 수가 없었어요. 다른 분들도 저와 같은 생각이었을 거예요."

"심각?"

디안이 웃으며 고개를 저었다.

"진지한 얘기를 잠깐 했을 뿐이오."

다시 눈으로 황녀를 찾으니 파티마 공주와 짧은 대화를 끝낸 황녀가 이미 출입문에 도달했다. 비올렛이 '제가 전하를 배웅할게요.'라고 말하며 쪼르르 달려갔다.

다른 사람들과 마찬가지로 파티마의 시선도 황녀의 등을 향했다. 파티마의 가라앉은 눈빛이 흔들렸다. 입술을 지그시 깨물었다.

'파혼이라니.'

은왕의 약혼은 심리적인 방어벽이었다. 그게 무너졌다. 불안감이 엄습했다.

은왕은 파티마가 요청한 도서관 출입증 절차가 마무리되었다며 곧 소식이 전해질 거라고 직접 알려 주는 친절을 베풀었다.

하지만 은왕의 말이 귀에 잘 들어오지 않았다. 곧 손에 쥐게 될 출입증이 기쁘지 않았다. 모든 관심이 황녀의 파혼 자체에만 집중되었다.

예감이 좋지 않다. 이상하게 초조했다.

'쿤 님은 언제 오시지? 오실 때가 되었는데.'

파티마는 우스가 쿤과 함께 가서 수도에 없다는 게 아쉬웠다. 누구에게 물어봐야 할지 모르겠다.

'비올렛은 알까? 철왕께서는 아실 거야. 비올렛에게 부탁해서……. 아니야. 그건 너무 속이 보이니까 이따가 내가 쿤 님의 저택으로 가 봐야겠어.'

　　　　　*　　　*　　　*

베스가 집무실 문을 두드린 후 안으로 들어갔다.

"전하. 칼리 경이 뵙기를 청합니다. 전하의 부르심을 받아 왔다고 했습니다."

책상에 앉아 있던 시에나가 고개를 들었다.

'철왕께 말하기를 잘했군.'

디안에게 부탁한 후 몇 시간만이었다. 아마 시에나가 연락을 시도했으면 이 정도로 빠르지는 못했을 것이다.

"안으로……. 아니, 손님이니 응접실로 들이시오."

"예. 전하."

시에나는 약간 흥분한 상태의 베스의 표정을 살피며 물었다.

"무슨 일 있소?"

"예? 아닙니다. 제가 좀 놀라서요. 금단추의 기사님은 직접 뵈니 정말 거인처럼 크더군요."

'키는 쿤과 거의 차이 없을 텐데.'

"그분이 제국에서 가장 강한 기사라고 들었습니다. 황제 폐하의 친위 기사 열 명을 순식간에 이겼다지요?"

'순식간은 아니었고. 특수한 갑옷을 입은 덕을 봤지. 실력은 쿤도 칼리 경 못지않을 거야. 아마도…….'

"백작부인이 기사에게 관심이 많은 줄은 몰랐소."

"강한 기사님은 언제나 선망의 대상이지요. 그렇지? 엠마."

"네, 그럼요."

베스의 이동의자 뒤에서 엠마가 열심히 고개를 끄덕였다. 엠마의 얼굴은 열이 나는 것처럼 붉었다.

라드 후작이 방문할 때 두 사람은 차분했다. 호들갑스러운 지금의 반응과 비교하자 시에나는 심기가 불편했다. 그들에게 라드 후작은 너무 까마득히 높은 존재라 시시덕거리는 대상으로 감히 생각할 수 없다는 점을 알지 못했다.

'쿤이 더 낫지 않나?'

그녀는 꽁한 마음이 들었다.

시에나가 응접실로 들어가자 안에 서서 기다리던 마틴이 고개를 숙였다. 시에나가 소파에 앉아 마틴을 불렀다.

"이리 와서 앉으시오."

"괜찮습니다. 전하. 저를 찾으셨다고 들었습니다. 하문하십시오."

시에나가 한 번 더 권하자 마틴은 마지못해 앉았다.

마틴은 은왕궁에 가도 되는 건지 쿤이 돌아올 때까지 시간을 끌어야 하는지 고민했다. 루크 공작가 파티에서 데리고 나온 모자를 아직 마틴이 보호 중이었다.

아이를 달라는 루크 공작가의 압박과 회유는 코웃음으로 넘겼지만, 은왕이 그들의 신병을 요구하면 어떻게 처신해야 할지 모르겠다. 쿤이 그것까지는 지시하지 않았다.

어제 은왕과 조세프 루크는 파혼했다. 낯 뜨거운 추문으로 파혼했으니 은왕은 몹시 자존심이 상했을 것이다.

파혼의 빌미가 된 모자에게 화풀이할 가능성이 있다. 마틴이 지금껏 봐 온 왕족이나 귀족은 자신의 체면을 뭉개는 일을 절대 그냥 넘어가지 않았다.

"칼리 경."

"예. 전하."

"일전에 그대에게 은혜를 입었는데 제대로 보답하지 못했소."

"마음에 두지 마십시오. 저는 지시에 따랐을 뿐입니다."

"결과적으로 경이 아니었으면 내가 곤란한 일을 겪을 뻔했지. 내 도움이 필요할 일이 생기면 언제든 얘기하시오."

"황공하옵니다."

"그리고 경에게 물을 것이 있소."

마틴은 긴장했다.

"라드 후가 언제 돌아오는지…… 경은 알지 않소?"

생각 못 한 질문에 맥이 풀렸다.

"……이틀 후에 귀경하신다는 연락은 받았습니다."

"이틀 후 언제?"

"오후입니다."

"내가 라드 후를 만났으면 하는데."

"예. 말씀 전해 드리겠습니다."

"아니. 이틀 후 그날. 경은 라드 후를 마중하러 가겠지?"

"예. 마중하러……."

마틴이 멈칫했다.

"저와…… 같이 마중을 가시겠다고요?"

"안 되나?"

"아, 아니요. 됩니다. 예. 괜찮습니다."

마틴은 이 순간 쿤에 대한 색다른 존경심이 샘솟았다.

황녀의 파혼 작전에 동원되어 움직이면서 솔직히 걱정했다. 쿤이 황녀에게 애가 달은 건 확실한 것 같은데 실현 가능성이 있기는 한가.

'쿤이 혼자 애쓰는 건 아니었네.'

"비공식 외출이라 거창하게 움직일 생각은 없소. 경이 그날 내 궁에 올 필요도 없고. 나가는 길에 내 시녀에게 연락처만 남기시오. 경에게 사람을 보내 시간과 장소를 잡을 테니까."

"예. 전하."

은왕궁을 나오며 마틴은 얼떨떨했다. 한참 걷다가 뒤를 돌았다. 은왕궁이 저 멀리 보였다.

은왕은 마틴이 보호 중인 여자와 아이에 관해 전혀 묻지 않았다. 예측은 틀렸지만, 기분은 꽤 괜찮았다.

황궁을 나와 잡아탄 마차가 담쟁이 저택 앞에 도착했다. 삯을 치르고 마차에서 내렸다.

"칼리 기사님."

마틴은 고개를 돌렸다. 망토를 쓴 여인이 다가왔다. 후드를 벗은 여인은 아는 얼굴이었다.

"공주님이시군요. 여긴 어쩐 일로."

마틴은 루크 공작가의 파티에서 파티마를 만났다.

그날 그의 주변에 사람이 엄청 몰려들어 나중에는 누가 누군지 알 수 없었다. 하지만 '우스 님과 정말 똑 닮으셨어요.'라고 인사를 건넸던 파티마는 잊을 수가 없었다.

마틴은 주변을 돌아보았다.

"설마 수행원 없이 혼자 오셨습니까?"

"저는 종종 혼자 다녀요. 그게 편하더군요."

마틴이 미간을 찡그렸다. 그녀는 연합국의 공주다. 쿤에게 보호할 책임이 있었다.

"무슨 일이십니까?"

"후작님께 긴히 드릴 말씀이 있어서요."

"아직 돌아오지 않으셨습니다."

"언제 오시나요?"

"일단 안으로 들어가시지요. 제게 말씀해 주시면 전해 드리겠습니다."

"제가 직접 말씀드려야 해요."

"다급한 일입니까?"

"예."

마틴은 파티마가 대답 직전에 잠깐 머뭇거린 틈을 눈치챘다.

"언제 오실지 아직 모릅니다."

마틴은 '이틀 뒤'라고 솔직하게 말하지 않았다. 딱히 쿤의 귀경 시기가 비밀은 아니었다. 이유는 모르겠다. 말하지 않는 게 나을 것 같았다.

"알게 되면 연락드리겠습니다. 백작 저에 머물고 계시지요?"

"예"

"모셔다드리겠습니다."

"꼭 연락 주세요."

"예. 알겠습니다."

마틴은 파티마를 백작 저에 데려다주고 안으로 들어가는 것까지 확인했다.

'파티마 공주가 혼자 다니지 못하게 조치해야겠군.'

마틴이 걱정하는 사람은 파티마 공주가 아니라 공주에게 문제가 생기면 곤란해지는 쿤이었다.

4장

한 걸음 더 가까이

작은 쾌속선이 수도의 선착장에 도착했다. 배에서 쿤과 우스가
내렸다.

연합국 사신들과 출발할 때는 수행원을 포함해 인원이 많으니
느린 정기선을 탔지만, 돌아오는 길은 시간을 단축했다. 사신단을
거의 사막 초입까지 배웅하느라 시간이 생각보다 꽤 걸렸다.

부두의 일꾼으로 짐을 나르는 청년이 쿤의 옆을 지나가면서 쪽
지를 바닥에 흘렸다. 쿤은 뜻 모를 낙서가 적힌 쪽지를 스윽 보기만
하고 지나갔다. 올가의 수장, 에비타가 보낸 신호였다. 만나자는 뜻
이다.

"상회로 가자. 거기에서 뒷문으로 빠져나가야겠다."

우스가 알아듣고 짧게 대답했다.

쿤은 저만치에서 다가오는 낯익은 얼굴을 발견했다. 우스 역시 형제의 얼굴을 보고 기세가 자못 사나워졌다. 허약해진 마틴을 눈물 쏙 빠지게 굴려 주리라, 배를 타고 오가는 내내 부득부득 이를 갈았다.

마틴은 혼자가 아니었다. 로브를 입고 후드를 눌러 쓴 두 사람이 곁에 있었다. 가까이 다가온 마틴이 쿤에게 꾸벅 고개를 숙였다.

"다녀오셨습니까."

"나올 필요 없다니까."

쿤은 정체 모를 두 사람은 개의치 않았다. 마틴과 함께 있으니 수상한 자들은 아닐 거라는 믿음이었다.

길버트가 고개를 들어 후드 속의 얼굴을 드러냈다.

"후작님."

쿤은 뜻밖의 인물이 등장하자 당황했다.

"경이 어쩐 일로."

"호위 임무 중입니다."

"호위? 누구를?"

쿤은 알 수 없는 예감이 들었다. 후드를 눌러쓴 또 다른 사람에게 시선을 돌렸다. 후드 안쪽에서 미성이 흘러나왔다.

"그가 누구의 호위인지 잊었소?"

소매 안에서 하얗고 가느다란 손가락이 나와 후드의 앞쪽을 잡아 스윽 들어 올렸다. 옷 그림자에 감추어진 시에나의 얼굴이 드러났다.

그가 조금은 놀랄 줄 알았다. 하지만 그의 눈썹이 약간 치켜 올라갔을 뿐 시에나가 기대한 반응은 보이지 않았다. 지금껏 시에나가 보지 못했던 굳은 표정으로 쿤이 딱딱하게 말했다.

"조만간 찾아뵙고 말씀드리려고 했습니다만. 염려하신 일은 잘 해결되었습니다."

"……."

무슨 말인지 알 수가 없다. 하지만 그걸 당장 따져 묻지 않을 눈치는 있었다.

"중요한 이야기를 나누기에는 장소가 적절하지 않군요. 마틴. 상회로."

"예."

쿤은 최소한의 예의를 차릴 정도로만 묵례하고 돌아섰다. 성큼성큼 걸어가는 뒷모습이 냉정했다. 우스가 자꾸 뒤를 돌아보다가 쿤과의 거리가 멀어지자 후다닥 따라갔다.

"저와 가시면 됩니다. 상회로 모시겠습니다."

마틴이 말했다.

당혹스러움을 감추며 시에나는 고개를 끄덕였다.

부두까지 타고 온 마차에 마틴과 시에나, 길버트 세 사람이 다시 올라탔다. 달리는 마차 안에서 시에나는 시무룩했다. 파혼 소식을 듣자마자 쿤이 생각났다. 조세프를 눈엣가시처럼 여기던 그가 파혼했다고 하면 뭐라고 할지 궁금했다.

버튼 선물을 받고 기뻐하던 그의 표정이 떠올랐다. 그때 느꼈던 몽글몽글한 기분이 되살아나 그가 보고 싶었다. 마틴을 불러 쿤의 귀환 시기를 묻고 그를 만나러 출궁한 건 다분히 충동적이었다.

'괜한 짓을 했어.'

그는 급한 일이 있는 모양이다. 이해는 했다. 그녀 역시 갑자기 찾아온 손님이 달갑지 않은 경험이 있으니까.

'그래도 오랜만에 보는 건데, 일부러 마중 나온 사람을 좀 반가워해 주면 안 되나?'

조금은 서운했다.

두 대의 마차가 라드 상회의 본점으로 들어갔다. 마차가 들어간 잠시 후 라드 상회는 해가 저물지도 않았는데 정문을 폐쇄했다.

마틴이 먼저 내린 후 시에나와 길버트는 마차 안에서 잠시 기다렸다. 곧 마틴이 돌아와 두 사람을 널찍한 방으로 안내했다. 마틴이 소파에 앉도록 권했다.

"잠시만 기다려 주십시오."

시에나는 눈으로 보이는 방 내부를 살폈다. 일반적인 손님맞이 응접실의 풍경과 사뭇 달랐다.

한쪽 벽은 붙박이 책장으로 책이 가득했다. 책장을 등지고 널찍한 책상이 있었다. 책상 위에 사용자가 미처 치우지 못한 흔적이 대충 보였다.

'업무 공간으로 쓰는 방 같은데.'

똑똑, 바깥에서 문을 두드렸다. 조금 전에 나갔던 마틴이 문을 열고 고개를 들이밀었다.

"길버트 경. 잠시만요."

마틴은 대답도 듣지 않고 문을 닫았다. 길버트가 눈살을 찌푸렸다. 호위 기사를 따로 부를 때는 기사가 아니라 주인의 동의를 구해야 한다.

"나가 보시오."

"하오나, 전하. 아무리 금단추의 기사라지만 무례합니다."

"칼리 경은 귀족 출신이 아니오. 예법을 몰라 실수했을 거요."

"전하 곁에서 떨어질 수는 없습니다."

"라드 후작도 칼리 경도 믿을 만한 사람이니 괜찮소. 내 안전은 염려 말고 가 보시오."

길버트가 나가고 시에나는 혼자 남았다. 잠시 후 노크 소리에 이어 묵직한 목소리가 들렸다.

"차를 들이겠습니다."

들어오는 사람을 보며 시에나의 눈이 살짝 커졌다. 목소리에 강한 울림이 있어서 중년인으로 짐작했는데 반백의 노인이었다.

손수 차 수레를 끌고 들어오는 노인은 잡일을 하는 하인 같지 않았다. 고개를 숙이는 게 버릇이 된 고용인과 달리 자세가 번듯하고 표정은 여유가 있었다.

"메이슨입니다. 상회의 잡다한 살림을 맡고 있습니다."

노인이 시에나의 앞에 찻잔을 내려놓으며 자신을 소개했다. 그리고 자연스레 소파에 마주 앉았다.

시에나는 노인을 처음 보지만, 이름이 귀에 익었다. 아마 제국의 귀족 대부분이 노인의 이름을 알 것이다.

"……라드 상회의 총지배인?"

"겉보기에만 거창한 직책이랍니다."

"총지배인이 손수 차 심부름을 하시오?"

"특별한 손님께는 마땅한 대접을 해 드려야지요."

왜 흐뭇하게 웃으며 쳐다보는지 알 수 없었다. 시에나는 어색한 기분으로 찻잔을 들었다. 차를 한 모금 마시고 놀랐다. 쓴맛이 거슬리지 않을 정도로 부드러웠다.

"좋은 차요."

"입맛에 맞으신다니 다행입니다."

차를 한 잔 다 마시도록 메이슨은 말없이 자리를 지켰다. 시에나는 낯선 사람과의 침묵이 불편하지 않아 신기했다.

'메이슨!' 하고 다급히 부르는 소리와 동시에 문이 벌컥 열렸다. 쿤이 안으로 들어오다가 그대로 굳었다. 메이슨은 느긋하게 일어났다.

"쿤. 숙녀분을 모셔 놓고 늦어서야 쓸니까."

쿤이 욱하는 표정으로 다가왔다. 그는 시에나의 표정을 살피더니 메이슨에게 나직이 으르렁거렸다.

"응접실이라며."

손님을 응접실로 모셨다고 해서 본채와 별관까지 응접실을 전부 돌았다. 그를 뺑뺑이 돌릴 수 있는 사람은 메이슨뿐이었다.

메이슨이 빙그레 웃었다. 메이슨은 쿤이 다른 사람의 눈치를 살피는 모습을 처음 봤다.

"저런. 말이 잘못 전달된 모양입니다."

"메이슨!"

"이렇게라도 인사드리지 않으면 언제 뵐지 알 수가 있어야지요.

그럼 두 분, 천천히 말씀 나누십시오. 쿤. 제게 하실 말이 있으면 나중에 듣겠습니다. 레이디. 만나 뵈어 영광이었습니다."

메이슨이 시에나에게 고개를 숙였다. 아주 정중했다. 메이슨이 나가고 쿤이 시에나의 옆에 앉았다.

"메이슨이 당신 기분을 상하게 한 건 아니겠지?"

"전혀. 내게 차를 내주었을 뿐이야."

"그럼 다행이고."

"총지배인은 당신의 친족이야?"

라드 상회의 총지배인이 쿤을 대하는 태도는 깍듯했지만, 단순히 상하 관계 같지는 않았다.

"친족은 아닌데 비슷해."

쿤이 시에나를 물끄러미 바라보다가 손을 들어 그녀의 뺨을 스치듯 손끝으로 쓸었다. 손대면 안 되는 보석을 대하듯 조심스러웠다.

"믿기지 않아. 당신이 여기, 내 공간에 있다니."

아까 선착장에서 냉담했던 태도와 딴판이었다.

"내가 와서 곤란한 거 아니었어?"

"곤란했지. 표정 관리하느라."

"길버트 경 때문이면 괜찮아. 입이 무거운 사람이야."

쿤이 미소 지었다.

"길버트 경에게 잔뜩 선물을 보내기를 잘했군."

"무슨 뜻이야?"

"길버트 경은 당신의 사람이 될 줄 알았어."

"길버트 경은 진즉 내 호위였어."

"곁에 있다고 다 내 사람은 아니니까. 길버트 경을 호위 기사로 들인 처음에는 지금처럼 그를 믿지 않았겠지."

"……."

미처 깨닫지 못한 속마음이 읽혔다. 그런데 간파당했다는 낭패감이 아니라 '날 이해하는구나.'라는 생각이 들었다.

"길버트 경은 당신의 선물 때문에 곤란해해."

"보내지 말라고?"

"아니. 당신에게 아주 비싼 것을 요구해도 된다고 했어. 하지만 당신의 뇌물은 길버트 경에게 절대 통하지 않을 거야."

쿤이 '오오' 하고 감탄하더니 빙긋 웃었다.

"뇌물이라니. 호의를 담은 순수한 선물로 생각해 줘. 길버트 경이 희귀한 깃펜 보유자로서 수집가들 사이에 이름을 날리도록 애써 볼게."

시에나는 그의 말을 농담으로 받아들였다.

"당신이 부두에 나올 정도로 급한 일이 뭐지? 상회로 오는 마차안에서 계속 생각했는데 모르겠더군. 부두에서는 물어볼 수가 없었어. 내가 배에서 내리는 순간부터 날 지켜보는 눈이 사방에 깔렸을 테니까."

"당신을 감시해? 누가?"

"그야 모르지. 내가 뭘 하는지 누구와 만나는지 모두 알고 싶은 자들이 수도에 아주 많을 거야."

세상에. 시에나는 속으로 비명을 질렀다. 왜 그 생각을 못 했을까. 그는 감찰관이나 다름없는 조사관이다. 명분은 이십오 년 전의 사건 조사이지만, 갖다 붙이면 그만이었다.

과거사 조사에 필요하다는 이유로 누군가를 표적 삼아 샅샅이 뒤지는 게 가능했다. 더구나 그의 뒷배는 황제였다.

이십오 년 전 사건에 관계가 있든 없든 남에게 보이지 못할 치부를 감춘 사람이라면 라드 후작이 몹시 껄끄러울 것이다. 그리고 권세 꽤나 부리는 귀족이라면 그런 치부 하나쯤은 있을 것이다.

시에나는 얼굴이 화끈거렸다. 주변 사정을 살피지 않고 오늘 같은 날 그를 만나러 출궁하다니. 자신의 경망스러움이 한심했다.

그나마 다행히 마틴과 황궁 밖에서 만났다. 그리고 곧바로 마차를 타고 부두로 갔다. 기사의 평복으로 변장하고 후드로 얼굴을 가렸다. 시에나의 정체를 알아차린 사람은 없었을 것이다.

"이 방은 응접실 같지 않아."

말을 돌리는 그녀를 유심히 보다가 쿤이 피식 웃었다.

"업무실. 메이슨이 주로 쓰고 나도 가끔 쓰고."

"그럼 아무나 들어오면 안 되는 곳이네. 왜 나를 여기로 안내했을까."

"당신은 아무나가 아니니까 괜찮아."

말문이 막혔다. 시에나는 그가 이런 식으로 말하면 받아칠 말이 떠오르지 않았다.

'아, 근데 말투가……'

그의 말투가 편해진 것을 뒤늦게 알아차렸다. 위화감이 없어서 몰랐다. 장소도 옷차림도 격식에 얽매이지 않아서일까. 원래 그랬던 것처럼 자연스러웠다.

이미 시에나는 그에게 말을 놓은 상태라 새삼 서로 예의를 갖추자고 말하기는 싫었다. 남들 앞에서는 무겁게, 하지만 둘만 있을 때는 가볍게. 시에나는 그 간극이 마음에 들었다. 두 사람만 공유하는 비밀스러운 느낌이 좋다.

'쿤은 이제 황제 폐하께도 하대를 들을 신분이 아니니까.'

그녀는 모르는 척 넘어갔다. 딱히 듣기에 거슬리지도 않았다.

"저건, 초상화?"

그녀는 앉은 방향에서 대각선의 벽에 걸린 그림 액자를 발견했다. 거리가 멀고 각도가 틀어져 대충 사람 상반신의 윤곽만 보였다.

"음."

"가까이 가서 봐도 될까?"

"얼마든지."

그녀는 일어나 초상화로 다가갔다.

'아……'

초상화가 한눈에 들어오는 순간 그녀는 탄식했다. 꿈에서 봤던 중년의 쿤이 초상화 속에 있었다. 첫눈에는 정말 똑같다고 생각했다. 하지만 보면 볼수록 어딘가 달랐다. 쿤이 아니다. 그런데 놀랍도록 쿤을 닮았다.

'반대겠지. 그를 닮은 게 아니라 쿤이 저 사람을 닮은 거야.'

"라드 상회의 첫 주인이었던 분. 내 할아버지의 할아버지의……. 아무튼 내 위로 까마득히 올라가는 조상님이셔."

시에나는 자신의 옆에 선 그를 올려보았다.

"굉장히 닮아서 아버님이거나 할아버님인 줄 알았어."

"다들 그렇게 말해. 저분이 다시 태어난 것 같다고 하더군. 덕분에 득을 봤지. 나를 저분 대하듯 하니까."

시에나는 그의 말 속에 담긴 희미한 반감을 읽었다.

"닮은 게 문제가 돼?"

"저분은……. 우리 가문의 전설이시지. 저분이 살아계실 때 가장 영광스러운 시기였다고 해. 나는 그 시기에 살지 않았으니 모르지만, 인간의 기억이란 대체로 그래. 과거는 미화되고 옛 영광은 무한하게 찬란해. 그리고 나는 그 영광을 되찾아 와야 하고."

"……닮았으니까?"

"닮았으니까."

'뭔지 알 것 같아.'

시에나는 그가 짊어진 부담을 이해했다. 그녀도 언제나 비슷한 무게감을 느끼기 때문이었다.

위대한 제국을 건국한 선조께 부끄럽지 않은 후손이어야 했다. 신족이라는 특별한 신분에 맞게 보통 사람과 달라야 했다.

그녀가 뛰어난 외모와 재능을 타고났다고 해서 압박감에서 벗어날 수 없었다. 재능만큼, 그 이상으로 노력했다. 자기 자신에게 엄격했다. 완벽해지려 했다.

"당신에게 거는 기대가 싫어?"

"싫지는 않은데 뭐랄까……. 무서운 거지."

'두려움.'

그가 '무섭다'라는 말을 내뱉음과 거의 동시에 시에나는 같은 의미의 단어를 속으로 말했다. 언젠가 부딪칠지 모를 자기 자신의 한계를 모르니까 두렵다. 지금까지는 다행히 주변의 기대에 부응했지만 언젠가 바닥을 보지 않을까, 항상 불안감이 밑바닥에 깔려 있었다.

시에나는 오싹 소름이 돋았다. 자신의 고독을 이해할 자는 이 세상에 존재하지 않는다고 생각했다. 그에게 공감한다, 타인의 생각과 감정을 마치 자신의 것처럼 느끼는 이런 경험이 처음이었다.

낯선 세계를 부유하다가 말이 통하는 단 한 사람을 만난 기분이다.

"정말 말 안 해 줄 거야? 무슨 일인데."

쿤은 아주 심각한 문제라고 어림짐작했다.

'……이상해.'

진지한 표정의 그를 보며 시에나는 중얼거렸다. 뭔가가 달라졌다. 전에는 그를 보면 기분이 좋았다. 그와의 대화는 즐거웠고 때때로 다디단 차를 마시기 직전의 기대감처럼 설렜다.

그가 싫어졌다는 게 아니다. 좋다, 싫다고 표현하는 감정보다 훨씬 깊었다. 심장 안쪽이 아릿하게 아픈 통증이 아프면서도 달콤했다. 전혀 어울리지 않는 감정이 섞여 분리할 수 없었다. 이것을 무슨 감정으로 정의해야 할지 도무지 모르겠다.

"파혼했어."

"……알아."

"벌써?"

"수도에 없다고 수도 소식에 귀 닫고 있지는 않아."

그는 실시간 보고를 받았다. 일이 순조롭게 풀려 만족했다. 하지만 막상 그녀의 얼굴을 보니까 파혼을 계획하고 주도한 자로서 가

책을 느꼈다. 파혼이라는 목적 자체에만 집중했지 그녀의 상처받을 자존심을 고려하지 않았다.

"괜찮은…… 거지?"

시에나가 인상을 썼다.

"당신까지 그런 시시한 질문 하지 마."

휙 돌아서는 그녀의 몸이 그에게 잡혀 다시 돌아갔다.

"무슨 일이냐니까."

"파혼했다고."

쿤이 미간을 찌푸렸다.

"그 외에는 아무 일 없어. 당신이 돌아온다기에 마중 왔어."

그는 멍하게 중얼거렸다.

"……마중? 그건 생각도 못 했는데."

"내가 경솔하게 나타나서 난처하게 했나 봐."

"아니야. 부두에서는 아는 척했다가 당신이 곤란해질까 봐 그랬지. 마중? 나를……?"

쿤이 두 팔을 벌려 그녀를 와락 끌어안았다. 그는 한숨처럼 중얼거렸다.

"당신 때문에 수명이 준다, 내가."

그의 가슴에 폭 얼굴을 기댄 시에나가 약간 턱을 들었다.

"왜?"

"내가 아까 당신 얼굴 보고 무슨 생각이 들었겠어. 얼마나 엄청난 폭탄이기에 은왕께서 친히 왕림했을까. 마차 안에서 고민하느라 머리 터지는 줄 알았다고."

시에나가 쿡쿡 웃었다.

"웃어? 남 속은 까맣게 태워 놓고? 그런데…… 길버트 경만 호위로 데려온 건가?"

"응."

"당신이 출궁한 건 누가 알지?"

"호위대는 알아."

"누구를 만나고 어디에 가는지는?"

"백작부인에게는 얘기해 놨어."

시에나는 그가 안전 문제로 잔소리하려나 보나, 생각하며 대답했다. 그런데 그가 안타까운 듯 중얼거렸다.

"백작부인이 안다니까 안 되겠군."

시에나가 두 손으로 그를 살짝 밀치며 의아한 표정으로 그를 보았다.

"아무도 모르면 이대로 당신을 데리고 수도를 뜰까 했지."

시에나는 코웃음 쳤다.

"농담이 과해."

"진담인데."

"무책임한 소리 하지 마. 황제 폐하께 받은 임무는 어쩌고."

"라드 상회 본점도 수도에 있으니까. 그런 것까지 고려하면 미친 짓인가?"

"당연히."

"그 미친 짓을 내가 할 수도 있지."

시에나는 그가 왜 이런 말을 하는지 이해할 수 없었다. 그녀는 고개를 갸웃했다.

"당신은 그럴 사람이 아닌걸."

쿤이 묘한 표정으로 웃었다.

"당신이 그렇다면 그런 거겠지."

쿤이 초상화 속 선조님의 환생이라는 말이 나도는 것은 단지 외모가 닮아서만은 아니었다.

맨손으로 상회를 세운 일족의 시조는 무모할 정도로 모험심이 강했다. 주변 사람들이 다 정신 나갔다고 평가하는 짓을 번번이 저질렀다고 한다.

조상의 기질을 그가 물려받았다. 그는 하나부터 열까지 철저하게 계획을 세워 빈틈없이 딱 맞추는 것을 좋아하는 만큼 대책 없이 저지르는 짓도 곧잘 했다.

하지만 자신의 모습에 그녀가 싫어하는 부분이 있다면 감출 것이다. 그녀에게 좋은 모습으로만 기억되고 싶다. 좋은 사람으로 보이기를 바란다.

"왜 혼자야? 길버트 경은 어디 가고."

"칼리 경이 불러서 나갔는데. 왜 안 오는지 모르겠네."

"흐음."

"무슨 일이라도……."

"내 상회에서 무슨 일이 있을 리가 없지."

몸이 휙 들리는 바람에 시에나는 깜짝 놀랐다. 그가 시에나를 안아 들고 소파로 걸어갔다. 그는 시에나를 소파에 앉히며 그녀 쪽으로 몸을 붙여 상체를 숙였다. 시에나의 등이 점점 뒤로 기울어졌다.

그의 아래에 반쯤 누운 자세가 되었다.

"약혼자도 이제는 없겠다."

그가 재빠르게 시에나의 입술에 짧은 키스를 했다.

"밀어내지 마. 다른 핑계는 안 통해."

시에나는 재차 들이미는 그의 입을 손으로 막았다.

"곧 길버트 경이 와."

쿤이 그녀의 손목을 잡아 손바닥에 입을 맞추었다. 그가 가라앉은 목소리로 위협하듯 말했다.

"시에나. 전에도 말했지만, 당신은 좀 더 주변을 경계해야 해. 여긴 황궁이 아니야. 이곳을 지배하는 주인은 나라고. 당신은 지금 호랑이 굴에 들어와 있어."

시에나는 눈을 깜빡이면서 그를 쳐다봤다. 그녀의 눈매가 살짝 가늘어졌다. 두 팔을 뻗어 그의 목을 감아 확 잡아당겼다. 그가 무게 중심이 무너져 그녀 쪽으로 휘청했다.

시에나가 그의 아랫입술을 깨물었다. 흔들리는 그의 눈빛을 보며 그녀는 도도하게 말했다.

"호랑이 정도는 내가 사냥할 수 있는데?"

쿤이 웃음을 터뜨렸다. 사랑스럽다. 이 여자가 정말 미치게 갖고 싶다. 그녀의 온몸 구석구석에 빈틈없이 입을 맞추고 내 것이라는 흔적을 남기고 싶었다.

쿤은 머리를 숙였다. 두 사람의 입술이 빈틈없이 맞닿을 수 있도록 그녀가 약간 고개를 기울였다. 이런 사소한 것—그녀가 화답하는 것, 거부하지 않는 것, 때로는 적극적으로 응하는 행동에서 쿤은 감동과 희열을 느꼈다.

기울어진 시에나의 등이 어느새 완전히 소파에 닿았다. 그녀를 덮쳐 누르는 그의 몸 아래에서 옴짝달싹할 수 없었다. 자신을 구속하듯 누르는 단단한 몸의 무게를 느끼며 그녀는 묘한 쾌감을 느꼈다.

두 사람의 혀가 격렬하게 얽혔다. 서로의 입술과 입안 깊숙한 속살을 탐하며 빠르게 달아올랐다. 흥분한 손이 서로를 만지고 밀착한 몸이 애무처럼 움직였다.

'아!'

그녀의 몸이 흠칫 놀랐다. 그녀의 셔츠 안쪽으로 들어온 손이 허리께를 타고 맨살을 쓸어올렸다. 그녀는 기사 복장으로 변장하면서 천으로 가슴을 둘러 동여맨 상태였다. 그의 손이 천 아래쪽으로 파고들자 제법 단단히 묶었던 천이 위로 밀려 올라갔다. 그의 손아귀에 맨가슴이 잡혔다. 그의 어깨를 쥔 그녀의 손끝이 움찔했다.

시에나는 아직 끝나지 않은 키스에 다시 집중했다. 가슴을 쥔 손이 손가락을 세워 스치듯 유두를 문질렀다. 그녀는 자극받은 가슴의 돌기가 단단하게 곤두서는 것을 느낄 수 있었다. 찌릿한 쾌감이 등을 타고 올라갔다.

그런데 그녀는 가슴보다도 더 거슬리는 게 있었다. 그녀의 두 다리 사이로 그의 몸이 완전히 들어와 누르며 밀착한 상태였다. 조금 전부터 아랫배를 자꾸 단단한 것이 찔렀다. 단검이라도 차고 있는 건가, 생각했다가 문득 그것의 정체를 깨달았다.

놀란 그녀가 쿤을 있는 힘껏 밀어냈다. 그가 그녀의 아랫입술을 빨아들였다가 놓으면서 살짝 고개를 들었다. 마주친 그의 눈빛에 일렁이는 욕망이 노골적이었다.

"손……."

"손?"

"당신 손."

놀란 이유는 다른 것이지만, 시에나는 손을 핑계 댔다.

"아……."

쿤이 제 손의 위치를 확인하고 마치 이제 깨달은 것처럼 중얼거렸다. 그는 즉시 손을 빼내는 대신 잠시 가만히 있었다. 제 손에 가득 잡힌 환상적인 촉감에 미련이 남았다. 손에 약간 힘을 주었더니 그녀가 숨을 들이켰다. 그녀의 반응에 눈이 휙 돌아갔다.

"더할 거야?"

그녀의 담담한 질문을 듣고 그는 찬물을 맞은 것처럼 정신이 들었다. 그녀의 표정을 살폈다. 싫어하는 것 같지는 않았다.

"더 해도 돼?"

시에나의 눈동자가 위아래로 한 번 굴렀다가 고개를 끄덕였다. 그에 오히려 쿤은 의지가 꺾였다. 그녀의 반짝거리는 눈빛은 호기심에 가까웠다.

쿤은 붕 떠 있는 자신을 얼른 끌어내렸다. 그녀의 마음을 잡았다는 확신이 없다. 그래서 아직 불안했다. 그녀는 호기심을 채우고 나면 '잘 가, 즐거웠어.'라고 할지도 모른다. 그는 손을 빼면서 미간을 찡그리며 웃었다.

"더 하면 멈추지 못해. 이런 식으로 당신과 처음을 하고 싶지는 않아."

그는 마무리로 그녀에게 가볍게 키스하고 몸을 일으켰다. 소파에 눕다시피 한 그녀의 손을 잡아 일으켜 앉혔다.

시에나는 그의 하복부로 향하는 시선을 애써 돌리며 말했다.

"하녀 불러 줘."

"하녀?"

그는 고민했다. 사람을 불러 매무새 정돈을 맡기면 순식간에 일족 사이에 소문이 퍼질 것이다. 결혼식 날짜가 잡히겠지. 달달 볶일 거다. 생각만 해도 골치 아팠다.

"내가 도와줄게."

쿤이 시에나의 흐트러진 차림새를 정돈했다. 시중에 익숙한 태생이 황녀인 분께서는 아무리 옷시중이라지만 남자가 여기저기 만지는데도 전혀 거리끼는 기색이 없었다.

생각해 보니까 은왕궁에는 시종이 있었다. 갑자기 무척 신경 쓰였다.

"당신 침실 시중은 시녀들이 하지?"

"가끔은 다른 사람이 해."

"……누구?"

"백작부인."

그는 잠깐 막혔던 숨을 내쉬었다.

*　　*　　*

"길버트 경을 불러올 테니 기다려."

"아니, 나도 같이 나가."

시에나는 후드를 내려 얼굴을 가린 후 그와 업무실에서 나왔다. 긴 복도에는 인적이 없었다. 아까 마틴의 안내를 받아 올 때만 해도 복도에 지나가는 사람이 여럿이었다.

"이 시간에 원래 사람이 없어?"

"그건 아닌데……."

쿤이 한숨을 내쉬었다.

"당신은 안에서 기다리는 게 낫겠다. 내가 길버트 경을 찾아 데려 올 테니까."

"아무 일도 없을 거라며."

"길버트 경에게는 아무 일도 없어."

시에나는 그의 유난히 뛰어난 청각이 생각났다.

"무슨 소리를 들었군."

"……."

"뭔데?"

"약간의 소란이……."

그녀의 표정을 봐서는 얌전히 기다리라는 말은 먹히지 않겠다. 쿤은 포기하고 미리 변명했다.

"그다지 보기 좋은 장면은 아닐 거야."

복도 끝에서 계단을 내려왔을 때 시에나의 귀에도 들렸다. 함성 같 기도 하고 야유 같기도 했다. 웅웅거리는 소음이 점점 가까워졌다. 본관 건물에서 나오자마자 잔뜩 모인 사람들의 뒷모습이 보였다.

장터처럼 시끄러웠다. 무슨 구경거리에 심취했는지 '그렇지!', '잘

한다!' 같은 소리가 여기저기서 튀어나왔다.

쿤이 그들에게 다가갔다. 가장 뒤쪽의 남자 어깨를 탁탁 두드리자 뒤를 돌아본 사람이 즉시 고개를 꾸벅 숙이고 비켜섰다. 순식간에 길이 생겼다. 원 모양으로 둘러싼 인간 장막은 두 사람이 통과할 정도의 공간만큼 열렸다.

시에나는 쿤의 옆에서 사람들이 물러나는 길을 따라 들어갔다. 곧 안에서 무슨 일이 벌어지고 있는지 볼 수 있었다. 덩치가 큰 사내 둘이 한창 드잡이 중이었다. 바닥에 흙먼지가 일도록 엎치락뒤치락했다.

검과 검집이 여기저기 굴러다니는 거로 봐서는 처음에는 무기를 들고 붙은 모양이다.

두 남자는 머리카락 색깔을 제외하면 찍은 듯이 닮았다. 서로를 향해 내지르는 주먹은 자비가 없었다. 퍽, 퍽 가죽 북이 터지는 소리가 났다. 얻어맞은 얼굴이 휙휙 돌아갔다.

시에나는 개싸움을 벌이는 둘을 아연하게 보다가 파리한 표정으로 엉거주춤 한쪽 구석에 서 있는 길버트를 발견했다.

"길버트 경!"

시에나의 목소리는 주변의 소음에 묻혔다. 길버트는 안절부절못하며 치고받는 두 남자한테서 눈을 떼지 못했다.

'혹시 저 둘 싸움이 길버트 경과 관련 있나?'

아무래도 부르는 소리를 못 들을 것 같다. 시에나는 길버트에게 가려고 했다. 한걸음 내딛자마자 그에게 팔이 잡혔다. 쿤은 그녀를 보며 고개를 저었다. 그리고 여기 있으라는 듯 손짓으로 신호했다.

쿤이 앞으로 나왔다. 천천히 몸을 숙여 떨어져 있는 검집을 하나 주워들었다. 귀가 먹먹할 정도의 소음은 이미 아까보다 훨씬 가라 앉아 있었다.

하지만 서로를 때려잡는 데에만 골몰한 쌍둥이 형제는 주변 소리 따위는 들리지 않은 지 한참 됐다. 바닥을 뒹굴던 둘 다 어느새 두 발을 딛고 섰다. 뿔 겨루기를 하는 황소처럼 둘이 괴성을 지르며 서로에게 돌진했다.

뻗은 주먹이 복부를 친다. 맞은 자는 몸을 굽히면서 다리를 걸었 다. 피하면서 상대의 등을 팔꿈치로 내리꽂았다. 원수가 눈앞에 있 어도 이보다 살벌할까.

더구나 형제는 보통 사람보다 훨씬 큰 키와 체격을 가졌다. 거대 한 덩치 둘이 격렬하게 움직이는 것을 보기만 해도 위험이 느껴졌다.

쿤은 태연하게 그들에게 다가갔다. 거리가 점점 가까워질수록 시에나는 조마조마했다.

마틴이 뻗은 주먹을 우스가 날쌔게 피했다. 그런데 피한 그 뒤편 에 바로 쿤이 있었다.

'악!'

시에나가 속으로 비명을 지르며 두 손으로 입을 막았다. 우려했 던 상황은 벌어지지 않았다. 쿤이 몸을 회전해 피했다. 그리고 검집 을 휘둘러 마틴의 어깨를 내리쳤다.

마틴이 표정을 구기며 얻어맞은 어깨를 감싸 쥐고 몸을 수그렸 다. 이어서 쿤에게 가슴팍을 얻어맞은 우스가 상체를 숙이며 끙끙 댔다. 어느새 주변은 조용해졌다. 쿤이 주변을 둘러보며 말했다.

"해산."

사람들이 하나둘 흩어졌다. 길버트가 뒤늦게 시에나를 발견하고 달려왔다.

"송구합니다."

시에나는 건성으로 고개를 끄덕였다. 그녀의 시선이 쌍둥이 형제와 그 앞에 서 있는 쿤을 향했다. 그에게 다가갔다. 두 사람을 비난하는 그의 목소리가 들렸다.

"손님이 계시는데 잘하는 짓이다."

퉁퉁 부은 표정을 짓고 서 있는 둘 다 얼굴이 엉망이었다. 돌부리에 긁혔는지 이마와 뺨 군데군데에 피가 맺혔다.

"너희는 왜 검 들고 대련하다가 꼭 끝이 주먹질로 끝나냐?"

"이 개잡놈이 먼저!"

"이 머저리 새끼가요!"

둘이 동시에 외쳤다가 서로를 노려보며 또 버럭 소리쳤다.

"뭐가 어째?"

"이 새끼가 말이면 단 줄 아나."

"둘 다 입 다물어."

쿤이 검집 끝으로 둘의 복부를 콱, 콱 찔렀다. 둘이 '윽.' 하고 비명을 삼키며 배를 문질렀다.

'똑같아.'

우스는 시에나의 꿈에 등장한 인물 중 가장 강한 인상을 남긴 사람이었다. 꿈속에서는 지금보다 훨씬 나이가 들었지만, 특유의 악동 같은 표정이 아주 똑같았다. 형제의 머리카락 색이 같았더라도 둘을 확실히 구별할 수 있을 것이다.

꿈에서 우스를 처음 봤을 때는 예의 없고 무식하다고 생각했다. 그런데 사람이 한결같다고 생각하니 위선적인 것보다 나았다.

꿍한 표정으로 구시렁거리던 우스와 눈이 마주쳤다. 시에나가 빤히 쳐다보자 우스는 질세라 눈에 힘을 주어 부릅떴다. 마틴이 우스의 뒤통수를 후려쳤다. 우스는 마틴을 노려보며 인상을 구겼지만, 제 잘못을 알기에 발작하지는 않았다.

시에나가 쿤의 옆으로 섰다.

"라드 후. 이쪽 칼리 경을 소개해 주지 않겠소?"

"폐하께 서임을 받은 기사는 이쪽입니다."

쿤이 마틴을 가리키며 말했다.

"상관있소? 머지않아 이쪽도 곧 칼리 경이 될 텐데."

우스가 눈을 껌벅거렸다.

"우스 칼리. 보시다시피 둘이 형제입니다. 볼썽사나운 모습을 보여 드렸습니다만 둘이 매번 이러지는 않습니다."

"개의치 않소. 사내들이 주먹다짐할 수도 있지."

시에나가 후드를 벗었다. 눈이 휘둥그레진 우스에게 인사를 건넸다.

"반갑소. 칼리 경."

"우스. 은왕 전하께 인사 올려라."

쿤이 재촉하고서야 멍하게 서 있던 우스가 꾸벅 고개를 숙였다.

"라드 후. 두 칼리 경의 치료가 시급하겠소. 얼굴이 말이 아니오."

"둘 다 가 봐."

형제가 돌아섰다. 나란히 걸으며 둘이 주먹으로 서로를 툭 툭 쳤다. 몇 번 주고받는 주먹에 금방 힘이 실렸다.

쿤이 혀를 찼다.

"둘, 떨어져. 오늘 하루 서로 반경 열 걸음 접근 금지다."

둘이 슬금슬금 옆걸음으로 멀어졌다.

시에나가 쿡쿡 웃었다. 외모 빼고는 닮지 않았다고 생각한 둘이 과연 형제구나 싶었다.

"칼리 경…… 마틴 칼리 경 말이오. 적수가 없는 강자인 줄 알았소. 우스 칼리 경이 맞서서 지지 않는 모양이오."

"둘이 엇비슷합니다. 앞서거니 뒤서거니 하지요. 길버트 경이 둘의 대련 심판을 보기로 한 것 같군요."

시에나가 길버트를 쳐다보았다. 길버트가 침울하게 고개를 숙였다.

"드릴 말씀이 없습니다. 전하."

"저 두 사람의 대련이라니. 기사라면 절대 놓칠 수 없는 참관이겠지."

"제 임무를 잊었습니다. 송구합니다."

"자세한 이야기는 가서 듣겠소. 라드 후. 이만 돌아가겠소."

"예. 마차를 준비하겠습니다."

아까 시에나가 타고 상회 본점으로 들어간 마차는 다른 사람을 태워 내보냈다. 상단 주변에서 지켜보는 눈을 속이기 위해서였다.

시에나는 다른 마차를 타고 상회에서 나왔다. 길을 멀리 돌아 미행이 없다는 것을 확인한 후 황궁으로 들어갔다.

                    *   *   *

　메이슨이 조용히 문을 열었다. 책상에 앉아 서류를 들추는 쿤을
보며 미소 지었다. 그는 문가에 서서 쿤을 바라보았다.

　때마침 해 질 무렵이었다. 태양이 뿌리는 마지막 섬광이 창을 통
해 내부로 쏟아져 들어왔다. 밝지도 어둡지도 않았다. 빛과 그림자
가 공존하는 순간이 고즈넉한 분위기를 만들었다.

　'내가 나이를 먹긴 먹었구나.'

　감격스러웠다. 그저 지금 이 광경을 보는 게 좋다. 철의 심장을
가졌다는 라드 일족의 대원로, 라드 상회의 총지배인 메이슨은 어
울리지 않게 감상에 젖었다.

　혼자가 된 어린 쿤의 잠든 얼굴을 밤새 바라보며 막막했던 때가
있었다. 바로 어제인 듯싶고 아득한 옛날인 듯도 싶었다.

　메이슨은 슬하에 자식이 없었다. 아내와 서로 의지하고 사는 것
으로 만족했다. 자식을 키운 경험이 없으니 쿤을 양육하는 동안 제
대로 하고 있는지 확신할 수 없었다.

　어린 주인이 엇나갈까 봐 두려웠다. 칭찬에 인색했고 엄하게 다
그쳤다. 한창 부모에게 어리광 부릴 나이의 소년에게 '일족의 미래
가 당신에게 달렸다.'라고 말해야 하는 게 항상 마음이 아팠다.

　'이만하면 나중에 저세상에서 두 분을 뵐 면목은 섰지요?'

　젊은 나이에 세상을 뜬, 일족의 선대 주인과 안주인께 아드님이
아주 잘 자랐노라고 당당히 말할 수 있다. 쿤은 기대를 저버린 적이
없었다. 언제나 넘쳤다.

어느새 어린 주인은 제짝을 골라 데려오는 나이가 되었다.

'귀한 상을 지닌 분이었지.'

메이슨은 총기 가득한 눈동자의 여인을 떠올리며 잔잔한 미소를 지었다.

쿤이 고개를 들었다. 메이슨을 돌아보며 미간을 찡그렸다.

"거기서 뭐 해?"

들어왔을 때부터 알고 있었다. 말없이 계속 서 있으니 신경이 쓰였다.

"방해가 될까 봐 그럽니다."

"그럼 들어오지 말았어야지."

"그러게 말입니다."

메이슨이 허허 웃으며 책상으로 다가갔다. 손에 든 서류를 책상에 내려놓았다. 쿤이 팔을 뻗어 서류를 잡다가 메이슨을 쳐다보았다. 아까 메이슨의 장난에 걸려든 게 아직 분했다.

"본채와 별관까지 응접실이 총 열두 개가 있더라."

"그랬던가요?"

"아무도 손님을 업무실로 안내했다고 말해 주지 않더군. 내가 여기저기 뛰어다니는 걸 보기만 했지. 다들 한통속이야."

"제가 이곳 살림을 맡은 게 한두 해가 아닌데요. 그 정도쯤은 제 말발이 먹혀야 하지 않겠습니까."

"……그래서 보니까 어땠어?"

메이슨이 빙긋 웃었다.

"쿤을 얼음찜질하게 했던 분이, 그분이 맞지요?"

"······."

"제 조언대로 용서는 비셨습니까? 흐지부지 넘어갔으면 안 됩니다."

"······흐지부지 넘어가 줄 여자였으면 내가 이 고생을 안 하지."

쿤이 혼잣말처럼 중얼거리며 메이슨이 가져온 서류를 펼쳐 들었다.

"별일은 없었지?"

"별일이라고 할 만한 건 아니지만. 한 달 사이에 라드 상회의 이름을 건 모든 상점의 매출이 뛰었습니다. 최고 여섯 배까지요. 특히 고가품 상점일수록 변화가 큽니다."

쿤이 피식 웃었다. 줄서기가 시작되었다. 그가 후작 위를 받은 후에도 매출이 상승했다. 하지만 이 정도로 폭발적이지는 않았다.

"매출만?"

"고급 상점의 지배인들이 모두 청탁을 받았습니다. 쿤을 만나게 해 달라거나 말을 전해 달라거나 선물을 안기는 자도 있었다고 합니다."

"물건을 사러 와서 오히려 선물을 주고 간다? 권력이 좋긴 좋네."

"블레스 가문을 제외한 모든 공작가에서 접촉해 왔습니다."

쿤이 한숨을 내쉬며 의자에 등을 기댔다.

"지나친 주목은 좋지 않습니다. 쿤."

"······알아."

많은 것이 계획에서 어긋났다. 원래 쿤은 디안의 자리가 굳건해질 때까지 전면에 나설 생각이 없었다. 드러나지 않는 후원자 역할만 하려 했다.

오랜 시간 공을 들인 일이었다. 작년 이맘때만 해도 계획을 수정하게 되리라고는 예상조차 못 했다. 다른 이유도 아니고 여자 때문에.

사막에서의 일도 그랬다. 그는 제국에 대한 사막 부족들의 발언권이 강해지는 정도가 목표였다. 빨리 귀환해야 한다는 초조한 마음에 밀어붙인 게 목표 이상의 성과로 이어졌다. 사막에서 가장 큰 세력을 지닌 세 부족이 하나로 뭉친 것은 기적이나 다름없었다.

후작의 위를 받아 존재감을 드러낸 것까지는 좋았다. 그쯤은 되어야 황녀의 곁을 얼쩡거려도 주제 모르는 놈 취급은 안 받을 테니까. 하지만 조사관은 계산 밖이었다.

「난 정말 폐하께서 무슨 생각을 하시는지 모르겠다니까.」

디안이 가끔 하는 푸념이었다. 그 말대로 정말 황제의 속을 모르겠다.

황제는 라드 일족이 제국의 정계에 한 발 걸치려 하는 시도를 알고 있을 것이다. 그런데 라드 일족의 수장인 쿤에게 엄청난 힘을 쥐여 줘서 어쩌려는 걸까. 아마 사람들은 사전에 이미 황제와 라드 후작이 말을 맞추었다고 믿을 것이다.

하지만 송년 연회에서 황제가 옛 사건의 조사를 지시하리라는 것, 그 일을 자신에게 맡기는 것 모두 쿤은 그 자리에서 처음 알았다. 다른 사람들 못지않게 뒤통수가 얼얼했다.

'그분은 뭔가 아실 법한데……'

쿤은 검은 집의 그분을 떠올렸다.

'오래 고생하신 분이라 그런지 속내를 영 비치지 않으신단 말이지.'

조사관 임무를 받은 날 밤, 디안의 외숙 제프리를 만났다. 원래 말수가 적은 분인데 그날도 마찬가지였다.

「중요한 일을 맡았군. 애써 주게.」

의례적인 격려의 말만 들었다. 아직 그분의 완전한 신뢰를 얻지 못한 이유가 가장 클 것이다. 마음의 골이 깊은 분이었다.

"메이슨. 젊었을 때는 제국에 온 적이 없다고 했지? 이십오 년 전, 그때에도 다른 곳에 있었겠군."

"예."

"우리가 관여하지 않은 건 확실해?"

"확실합니다. 서고에 기록물이 남아 있습니다."

"대충 찾아봤어. 그런데 이해가 안 가서 그래. 그 사건이 일어나기 십 년 전부터 라드 상회는 제국에서의 활동 규모를 축소했더군. 설마 조부님은 예측하신 걸까? 예측하신 거라면 제국의 정치 상황을 모르는 상태에서 그게 가능할까?"

"정치에는 관여하지 않으셨지만, 정보 수집에는 공을 들이셨습니다. 당시 그분의 결정에 반론도 많았던 것으로 기억합니다. 그때 제국은 상업 진흥책을 펼치기 시작했던 터라 세력을 확장할 좋은 기회였으니까요."

"주변의 반대에도 불구하고 조부님은 철수를 택하셨다는 거군."

"그렇습니다. 결과적으로는 옳은 선택이었습니다. 이십오 년 전 사건 때 상단 몇 군데가 휘말려 사라졌습니다. 그중 하나가 라드 상회가 될 수도 있었지요."

메이슨은 생각에 잠긴 쿤을 바라보다가 조심스럽게 말했다.

"비공식적인 이야기입니다만. 제 아버지가 그분께 의중을 여쭌 적이 있었습니다. 지나가듯 말씀하시기를 '그릇이 좁은 자가 넘치는 자리에 올랐다. 스스로 자기 자신의 그릇을 깰 자가 아니니 애먼 주변 사람만 다치겠구나. 먹구름이 보이는데 피해야 하지 않겠는가.'라고 하셨답니다."

"……내 할아버지지만 엄청난 말씀을 하셨군."

황제의 격을 갖추지 못한 자가 황제가 되었다는 말이니 대단히 위험하고 파격적인 발언이었다.

"조부께서 선대 황제를 만난 적이 있으신 건가?"

"그건 모르겠습니다."

"제국의 기록물을 보면 선대 황제가 성군까지는 아니어도 폭군은 아니었던데."

"기록이 반드시 진실은 아닙니다."

"어쨌든 그 사건을 샅샅이 뒤져도 일족에게 해로운 건 없다는 거지."

"예."

"그렇다면 부담 갖지 않아도 되겠어. 메이슨. 내친걸음이야. 난 끝까지 가 봐야겠다."

메이슨은 잠시 아무 말이 없었다. 표정의 변화 없이 차분하게 가라앉은 음성으로 대답했다.

"쿤의 뜻이 그러시다면."

*　　*　　*

레반이 실내 연무장으로 들어갔다. 긴 직사각형 구조 내부의 양쪽 끝에 마틴과 우스가 있었다. 각자 개인 훈련에 열중했다. 레반이 그들을 향해 소리쳤다.

"칼리! 칼리 경!"

둘이 고개를 돌렸다. 손짓하는 레반에게 어슬렁거리며 다가왔다. 둘은 레반과 어느 정도의 거리까지 와서 멈추었다. 레반이 멀찍이 떨어져 서 있는 형제를 보며 혀를 찼다.

"뭐야. 애들도 아니고. 너희 화해 안 했냐?"

"쿤이 오늘은 열 걸음 안으로 접근하지 말랬다."

우스가 대답했다. 레반이 헛웃음을 흘렸다.

"말은 잘 듣는다니까. 왜 쿤이 너희들에게 싸우지 말라고 명령하지 않는지 모르겠네. 쿤이 사이좋게 지내라, 하면 사이좋게 지낼 텐데. 안 그래?"

우스가 이죽거리는 레반을 노려보았다.

"왜 불렀냐?"

"집에 갈 준비하라고. 근데 쿤은 집에 가기 전에 들를 데가 있으니까 한 명만 따라오고 한 명은 집으로 가래. 칼리. 칼리 경. 둘 중

누가 쿤과 갈래?"

우스와 마틴이 잠시 눈이 마주쳤다.

"내가 간다."

우스가 나섰다. 마틴은 아무 말이 없었다.

레반은 연무장에서 나가는 우스의 뒷모습을 보며 의아해했다.

"오늘은 반응이 없네."

"넌 그만 좀 놀려라. 왜 자꾸 저 녀석을 건드려."

마틴이 레반을 나무랐다. 레반이 둘을 칼리와 칼리 경으로 부르는 건 고의적이었다. 우스가 약 올라 부들부들하는 꼴을 보며 낄낄대니 참 성격이 나쁘다.

"예민하게 구는 저놈이 웃긴 거지. 어울리지 않게."

"내가 보기엔 너희 둘도 똑같아. 사이좋게 지내."

쌍둥이 형제 중 하나는 레반의 막역지우인데 하나는 앙숙이었다.

"저 녀석은 참는 법을 배워야 해. 기분 나쁘다고 티 내고 싫어하는 사람한테 내색하고. 저런 태도 안 고치면 나중에 쿤을 곤란하게 할 거야. 쿤이 너무 오냐오냐한다니까."

"인제 이름 가지고는 안 그럴 거야."

"왜?"

"어차피 곧 칼리 경이 될 테니까."

"뭐? 우스가 자기 입으로 그래?"

마틴이 어깨만 으쓱했다.

"별일이네. 진즉 그랬으면 됐잖아."

마틴은 아까 우스와 대화를 시도했다.

레반 말대로 이름 때문에 지나치게 반응하는 건 보기에 좋지 않았다.

> 「우스. '경'이라는 칭호 하나 붙은 게 대단한 건 아니야.」
> 「구별되고 좋지 뭐. 어차피 얼마 안 가서 칼리 경이라고 부르면 둘 다 돌아봐야 할 텐데.」
> 「어…… 그렇지.」

마틴은 은왕의 한마디가 우스에게 영향을 끼쳤다고 생각했다.
'하여간 단순한 놈.'
가끔 심각할 정도로 부딪치기는 하지만, 자신의 형제는 미워할 수 없는 녀석이었다.

쿤은 우스와 함께 상회의 뒷문으로 빠져나왔다. 대외적으로는 마틴과 함께 저택으로 돌아가는 마차에 탄 것처럼 보일 것이다.
두 사람은 어둑한 거리를 걸어 빈민가로 들어갔다. 낮에는 빈민가에 실수로 발을 들여도 대부분 아무 일 없이 나오지만, 밤에 일반인이 이 근처를 서성대는 것은 자살이나 다름없었다.
낮에 죽어 있던 거리가 해가 저물자 살아 움직이기 시작했다. 어디 숨어 있었는지 모를 사람들이 슬그머니 모습을 드러냈다.
빈민가에 자생하는 인간들은 야생 짐승처럼 본능이 발달했다. 특히 위험을 감지하는 능력이 뛰어났다. 쿤과 우스에게 시비를 거는 자는 없었다.

마른 체격의 사내가 두 사람에게 다가왔다.

"이쪽으로 오십시오."

쿤의 눈에 이채가 스쳤다. 빈민가에 깊이 들어가지 않았는데 안내자가 접촉했다. 두 사람이 빈민가에 들어서자마자 그 정보가 재빠르게 올가에게 전달되었다는 뜻이다. 전에는 정해진 장소에서 따로 신호를 주고받으며 접선했다.

'올가의 장악력이 커졌군.'

빈민가 곳곳을 살피기 위해서는 많은 인력이 필요하다. 이곳의 생리도 바깥세상과 다르지 않았다. 일을 시키려면 대가를 주어야 했다.

조직원의 숫자는 조직의 힘이었다. 많은 조직원을 먹여 살릴 능력이 된다는 증명이다.

장소도 바뀌었다. 에비타가 손님을 맞이한 방은 전에 봤던 곳보다 훨씬 넓고 번듯했다. 여차하면 도망갈 비밀 통로를 여러 군데 파둔 게 분명한 안가였다. 확실히 올가의 살림살이가 나아진 모양이다.

쿤이 테이블 앞에 앉았다. 우스가 뒤를 지키듯 섰다.

"무슨 일이지?"

"귀인께서 관심을 가지실 정보가 있어서요."

에비타가 봉투를 테이블에 올렸다. 쿤이 봉투를 열어 내용을 대충 훑었다. 그는 봉투 안에 문서를 갈무리해 넣으며 물었다.

"대가는?"

"정보."

에비타가 쿤의 눈앞에 손에 쥔 원석 조각을 보였다. 의부 푸른 수염한테 받은 수장의 증표였다.

"여기에 얽힌 이야기를 듣고 싶어요. 본래 부친의 것이라고 했지요?"

쿤이 그 돌을 말없이 바라보다가 고개를 끄덕였다.

"내 아버지께서 푸른 수염의 도움을 받은 적이 있다. 푸른 수염은 내 아버지가 누군지 모르고 호의를 베풀었지. 받았으면 반드시 돌려줘야 하는 게 집안 가훈이라. 아버지는 그 돌을 주고 나중에 그 돌을 찾으러 오겠다고 말했다더군."

에비타의 눈이 점점 커졌다. 한 손에 쥔 돌을 두 손으로 소중히 감싸 쥐었다.

"이 돌이 왜 수장의 증표가 되었는지는 설명이 충분하지 않아요."

"그 돌은 내 아버지가 발급한 백지 어음이야. 푸른 수염이 가진 물건 중에 그것보다 고부가 가치를 지닌 게 없을걸. 후계가 물려받지 못하는 건 말이 안 되지. 가짜거나 푸른 수염의 인정을 못 받았거나. 어느 쪽이든 난 반쪽짜리는 상대 안 해."

"……."

일리가 있는 말이다. 하지만 몹시 고까웠다. 물론 겉으로 드러내는 어리석은 짓은 하지 않았다.

"우리가 받을 수 있는 빚이 하나 있다는 거네요."

죽은 의부에게 이가 갈렸다. 그런 중요한 것을 알려 주지 않다니! 최소한 초반에 자금만 넉넉했다면 그 고생을 하지 않아도 되었는데!

쿤이 팔짱을 끼었다.

"아버지 빚이지 내 빚은 아니야. 그리고 우리 일족은 빚은 대물림 안 해."

"그런 게 어딨어요!"

"나중에 아버지는 푸른 수염에게 빚을 갚겠다고 연락했지만, 푸른 수염이 거절했다. 기념으로 돌을 갖고 있겠다고 했다지."

에비타가 미련이 가득한 표정으로 다급히 물었다.

"혹은 이 원석이 엄청나게 귀한 거라든지."

"특이한 걸 모으는 수집가라면 금화 한 개 정도에 살지도."

"아니 그럼 댁 아버지는 그런 싸구려를 왜 증표로 준 건데!"

꼭지가 돈 에비타는 이제 예의고 뭐고 없었다.

"내 아버지께는 천금보다 귀한 거였으니까. 어머니가 아버지께 주신 선물이거든."

에비타의 표정이 또다시 바뀌었다.

"그럼 아들로서 이걸 되찾아야 하지 않아요?"

"딱히."

쿤이 봉투를 챙기며 일어났다. 에비타가 이글거리는 눈으로 쿤을 노려보았다. 속으로 온갖 험악한 욕을 퍼부었다.

"목숨 한 번."

에비타가 돌아서는 쿤의 등에 주먹을 쥐고 흔들다가 얼른 내렸다.

쿤이 고개를 돌렸다.

에비타는 언제 그랬냐는 듯 시치미를 뗐다.

"죽을 짓 했을 때 한 번은 살려 주지. 부족해?"

에비타가 고개를 마구 좌우로 흔들었다. 칼리고의 복수는 집요했다. 살생부에 올라간 자가 추적을 피해 살아남은 적이 없었다. 그 살생부에 올라갈 짓을 해도 한 번은 살려 준다는 거다. 충분했다.

"여분의 목숨이니 그 돌. 보관 잘하도록."

에비타는 희희낙락하며 원석을 소중하게 품 안에 넣었다.

"그리고 한 번 더 이런 장난질 하면 죽을죄로 친다."

쿤이 에비타의 등 뒤 벽을 잠시 응시하다가 에비타를 쳐다봤다. 에비타는 마른 침을 꿀꺽 삼켰다. 목덜미가 스산했다. 두 남자가 나가고 나서 에비타는 길게 숨을 내쉬었다.

"후아. 귀신이네, 귀신. 어떻게 알았지? 다들 들어와."

에비타의 등 뒤 벽이 열리고 여섯 명이 나왔다. 의사결정권이 있는 조직의 간부들이었다. 벽 뒤에 특수 장치가 설치되어 있다. 방 안에 동석한 것처럼 대화를 엿들을 수 있었다.

조직이 어느 정도 안정되었다. 이제는 미래를 조망할 차례였다. 그런데 조직의 향방에 관해 의견이 엇갈렸다. 오늘 쿤과의 거래는 조직이 나아갈 길을 결정하는 데 결정적 역할을 했다.

"다들 들었지?"

"예. 마스터."

여섯 명은 성별도 나이도 제각각이었다.

"귀족은 상대하지 않는 올가의 전통. 물론 전통은 중요해. 하지만 시대가 바뀌었다. 잡배들만 상대해서는 조직을 유지하는 것조차 어려워."

올가는 쿤이 준 정보를 시간 차를 두고 이곳저곳에 비싸게 팔아 치웠다. 한 개의 정보는 1인에게만 판매하며 거래 상대는 귀족이 아니어야 한다는 원칙을 깼다.

올가는 어마어마한 돈을 벌었고 고급 정보를 보유한 정보 집단으로 이름을 날렸다. 옛 명성을 완벽히 되찾았다.

이후 제국의 많은 귀족이 정보를 사기 위해 올가에 접촉했다. 에비타는 그들을 고객으로 받아야 한다고 조직의 변화를 부르짖었다. 하지만 전통을 고집하는 조직원 일부는 반대했다.

"칼리고 단장은 우리의 중요 고객이었지. 그가 제국의 후작이 되었으니 귀족을 상대하지 않는 전통은 이미 깨졌어."

에비타는 원석을 보관한 자신의 가슴께를 툭툭 쳤다.

"그리고 우리에겐 만일의 경우 최소한 한 번은 비빌 언덕이 생겼다 이거야. 다들 주워들은 가락이 있으니 라드 일족이 얼마나 대단한지 알 테지. 우리가 최악의 상황에서 제국을 뜨게 되어도 라드 일족의 도움만 있으면 어디서든 자리 잡을 수 있어."

"그럼 마스터 말은 우리가 충견 노릇을 자처하자는 거요."

"어허. 무슨 소리. 우리는 올가다. 누구도 우리 위에 설 수 없어. 하지만 적절히 시류에 따라 줄타기도 해야 한다는 거지. 난 가늘고 길게 살 거야."

간부 중 하나가 쿡, 웃음을 터뜨렸다.

"가늘고 길게. 그거 좋지."

한바탕 웃음이 터졌다.

"아마 선황 폐하의 결혼식 날이었을 거요."

꿈속의 황제가 꿈속의 쿤을 바라보며 말했다.

"그날이 우리가 처음 만난 날이지. 내 기억이 맞소?"

―어?

올해 봄에 철왕이 결혼한다고 들었다. 꿈속의 미래에서 쿤을 만난 시기와 현재의 시에나가 쿤을 처음 만난 시기 사이가 거의 1년의 차이가 났다.

시에나는 쿤과 많은 시간을 공유했다. 가면무도회에서 만났고 장터 구경을 함께했고 은왕궁에 찾아온 그와 마주 앉아 차를 마셨다. 그 밖에도 하나하나 나열하기 어려운 여러 가지 일이 있었다.

그런데 꿈속의 자신은 이 시기에 '쿤 라드'라는 남자를 전혀 모른다고 말한다. 가슴이 덜컥 내려앉았다. 마치 중요한 기억을 통째로 빼앗긴 것처럼 허전했다.

"예. 제 기억도 그렇습니다."

"선황께서 그대를 상단의 회주라고 사람들에게 소개했지. 그때 그대를 더 눈여겨봤어야 했는데. 내가 사람 보는 눈이 없었소."

"일개 상인이었습니다."

"일개 상인으로 위장한 것이었겠지."

남자는 침묵으로 대답을 대신했다.

─정말…… 많은 것이 바뀌었구나.

시에나는 탄식했다. 현재, 쿤은 라드 후작이었다. 황제한테 조사관으로 임명받아 거대한 권력을 손에 쥐었다. 라드 상회의 주인이라는 신분은 덤으로 밀려났다.

─왜 이렇게 달라졌을까.

무엇이 계기가 되었는지는 모르겠다. 분명히 어떤 기점으로 꿈속 미래와 현재 미래의 방향이 달라졌다.

─이 꿈에서 보는 미래에 의미가 있을까?

이미 달라진 미래는 예지의 힘을 잃었다. 꿈에서 뭘 보든 현재는 전혀 다른 미래로 흘러갈 테니까.

─정말 이 꿈이…… 신의 뜻인가?

시에나는 처음으로 의문을 품었다. 그녀는 지금껏 꿈이 앞날을 내다보는 신탁이라고 믿었다. 어쩌면 그게 아닐지도 모른다.

"내 마음 어딘가에 그대를 상인으로 낮잡아 보는 마음이 있었소. 그러니 그대의 사람들이 나를 싫어할 수밖에. 자신의 주인을 업신여기는 자가 달갑지 않은 게 당연하지 않소."

"취하셨습니다. 폐하."

"내가 말이 너무 많소?"

"지나치게 솔직하시군요."

황제가 웃음을 터뜨렸다.

"왜 나는 예전에 이렇게 웃어넘기지 못했을까. 난 그대의 말하는 방식이 무척 싫었소."

"압니다. 저도 솔직히 말씀드리자면, 싫어하시길래 더 그랬습니다."

두 사람 대화를 듣다가 시에나는 피식 웃었다.

─당신은 미래에서도 여전하구나.

황제와 자신이 동일인이라는 게 실감 나지 않을 정도로 이질감을 느낀다. 하지만 저 남자는 쿤이 틀림없었다. 말하는 게 거침이 없다. 남자를 보고 있으면 심장이 뛰었다.

"폐하께서 배척받았다고 느꼈다면 분명히 그건 제 잘못입니다. 그때는……."

그가 머뭇거렸다.

"괜찮소. 말하시오."

"……당신을 제 가족으로 받아들이지 못했습니다. 선황 폐하의 혼인 명령이 반은 권유였으나 반은 강제였으니까요."

"가족…… 이라."

"제가 노력했어야 했습니다. 나중에 호되게 야단을 들었지요."

"그대를 야단칠 수 있는 사람이 있소?"

"저를 부모 대신 양육한 사람입니다. 라드 상회를 맡아 보느라 수도를 떠나지 못해 폐하께서는 아마 만난 적이 없으실 겁니다."

시에나의 눈앞에 총지배인 메이슨의 얼굴이 스쳐 지나갔다.

─나는 만났는데.

미래의 자신에게 우월감을 느껴 어쩌겠다는 건지.

시에나는 우쭐하는 자신이 우스웠다.

황제가 한숨을 내쉬었다. 대화가 끊겼다. 침묵이 꽤 오래 이어졌다.

"그대에게 줄 것이 있소."

눈높이가 위로 올라갔다가 급격히 흔들렸다.

"괜찮으십니까."

흔들림이 멎었다. 황제가 고개를 돌렸다. 시에나는 바로 눈앞에 있는 남자를 보며 숨을 삼켰다. 그가 황제의 팔을 붙들고 있었다.

"괜찮소. 잠시 술기운이 돌았군."

"폐하. 취하신 듯싶고 시간도 늦었으니……."

"아니, 아직은. 가지 말고 기다리시오."

황제가 그의 손을 뿌리쳤다. 천천히 걸어 침실로 향했다. 걷는 중간에 몇 번 눈을 꽉 감았다가 떴다. 뒤에 있는 남자에게 휘청이는 모습을 보이지 않으려는 고집이 느껴졌다.

침실로 들어간 황제는 풍경화가 그려진 그림 액자 앞으로 다가갔다. 액자의 모서리 부분 안쪽에 손을 넣어 더듬었다. 탁, 소리가 나며 액자가 덮개처럼 옆으로 열렸다. 그 뒤의 벽에 손잡이가 있었다. 황제가 손잡이를 잡아당겼다.

시에나는 흥미롭게 황제의 개인 금고를 구경했다. 안에는 누런 봉투들이 잔뜩 있었다. 황제의 금고에 보관할 정도면 아주 중요한 서류일 것이다.

황제는 안쪽에 손을 깊이 넣어 작은 주머니를 꺼냈다. 금고를 닫고 위장형 액자도 닫았다. 한쪽 손을 펴고 주머니를 털었다. 안에서 작은 돌이 굴러 나왔다.

다듬어지지 않은 광물 조각이었다. 무지개색으로 빛이 났다. 손바닥에 올려 한참 바라보던 황제가 그것을 쥐고 침실에서 나갔다. 남자는 서 있었다. 황제가 그에게 다가가 손을 뻗었다.

"받으시오."

황제는 그가 내민 손바닥에 돌을 올렸다. 자신이 받은 물건을 확인한 남자의 표정이 묘했다.

"그대에게 귀한 것이겠지."

"⋯⋯."

"내가 그날, 흑암성을 나오며 내 것이 아닌데 가지고 나온 유일한 물건이오. 허락 없이 그대의 물건에 손을 대서 미안하오."

"이게 뭔지 아십니까?"

"모르오."

"왜 이것이 제게 귀한 물건이라고 생각하셨습니까?"

"언젠가 그대가 그것을 보며 한숨 쉬는 모습을 본 적이 있소. 난 그것이⋯⋯ 연인과의 추억을 담은 물건이라고 생각했소."

남자가 기가 막힌다는 표정을 지었다.

"아닙니다. 이건 제 아버지 것입니다."

"아⋯⋯."

"이상한 오해를 하셨군요. 사실 전 이걸 주시기 전까지 까맣게 잊고 있었습니다."

"그럼 그걸 보며 아버지를 추억한 거요?"

"언제 일인지 기억은 나지 않습니다. 하지만 그때 제가 이걸 보고 누군가를 떠올렸다면 죽은 옛 연인도 아니고 돌아가신 제 아버지도 아니었을 겁니다."

돌을 바라보는 남자의 눈빛이 먹먹해졌다.

"여러 사정이 있어서 이 돌은 음지에서 활동하는 정보 조직이 소유하고 있었습니다. 그자들이 팔아넘긴 정보가 치명적인 비수가 되어 저를 공격했습니다. 그때 제 사람이 저를 대신해 맞고 세상을 떠났습니다. 그 조직은 제 손으로 궤멸했고 수장의 목을 베는 대신 이 돌을 받아 왔습니다."

"그 정보의 구매자가 혹시…… 내 어머니였소?"

황제의 목소리가 가늘게 떨렸다. 황제를 바라보는 남자의 까만 눈동자가 차가운 흑요석처럼 번들거렸다.

"예. 폐하."

황제가 신음처럼 탄식했다.

"누군지 알겠소. 흑암성이 슬픔에 잠긴 날을 기억하오. 글린 경이군."

"……폐하. 참으로 무엄하고 송구한 말씀이지만."

나직한 남자의 목소리에 꽉 눌러 담긴 분노가 느껴졌다.

"저는 당신의 어머니를 용서할 수 없습니다."

5장

장미 후작

「당신을 제 가족으로 받아들이지 못했습니다.」

시에나는 꿈에서 그가 했던 말이 잔상처럼 남아 자꾸 되뇌었다. 결혼했으나 가족은 되지 못했던 꿈속의 두 사람을 떠올리면 가슴이 답답했다.

바깥에서 문을 두드렸다.

"전하. 들어가겠습니다."

문이 열리고 베스가 들어왔다. 그녀는 품 안에 넘치도록 커다란 꽃다발을 안고 있었다. 엠마가 베스의 이동의자를 소파 쪽으로 움직였다. 베스가 시에나에게 꽃다발을 안겼다. 연분홍의 장미꽃이 붉게 물들인 안개꽃과 섞였다.

"라드 후작님이 전하께 올리는 선물입니다. 후작님이 손수 들고 오셨답니다."

"라드 후가 와 있소?"

"선물만 놓고 가셨습니다. 전하께 말씀 올리겠다 했지만, 갑자기 찾아와 뵙는 것은 예의가 아니라며 가시더군요."

베스는 로맨틱한 선물이 아주 흡족했다. 그녀는 꽃을 굉장히 좋아했다. 특별한 기념일에 항상 남편한테 받기를 바라는 선물이었다. 쿤이 의도한 결과는 아니었지만, 베스의 마음속에서 라드 후작의 점수가 대폭 향상했다.

시에나가 받아 든 꽃다발을 물끄러미 쳐다봤다.

그녀가 사교계에 데뷔한 날, 사람들은 소녀의 아름다움을 찬양하며 꽃을 바치고 시를 짓고 세레나데를 불렀다. 그날 마차로 실어 나를 정도로 많은 꽃을 받았다. 침실과 응접실을 색색의 꽃으로 장식하고도 남아서 적왕궁에 보냈다.

하지만 그 이후 그런 선물을 받은 적이 거의 없었다. 사람들은 황녀의 차가운 이미지는 아기자기한 선물과 어울리지 않는다고 생각했다.

다들 황녀의 눈에 들기 위해 고가의 보석이나 귀중품을 앞다투어 보냈다.

시에나가 한 송이 꽃을 바라보며 한숨을 내쉬는 여린 감성의 소유자는 아니었다. 더구나 봄부터 가을까지 온갖 꽃이 가득한 세상 최고의 정원이 지척에 있었다.

그런데 꽃을 받고 싫어할 사람은 없다는 말에 그녀도 예외가 아니었다. 기분이 꽤 괜찮았다.

"이 계절에 이렇게 탐스러운 장미라니요. 정말 곱습니다. 전하."

"분명히 셀린 화원에서 기른 꽃일 거예요."

엠마가 맞장구쳤다.

"셀린 화원?"

"수도에서 가장 큰 화원입니다. 전하."

베스가 설명했다.

제국인은 꽃을 사랑했다. 아주 허름한 집의 창가에도 화분을 올려 두었다. 꽃은 무척 인기 좋은 선물이었다. 생화의 싱그러움은 무엇으로도 대체하지 못할 매력이 있었다. 값도 저렴했다.

하지만 겨울이 되면 꽃은 사치품으로 변했다. 온실 시설을 갖춘 화원에서 재배한 꽃은 '시드는 보석'이라고 불릴 정도로 비쌌다.

"셀린 화원은 특수한 재배법으로 꽃을 키운다고 합니다. 꽃송이가 크고 꽃이 오랫동안 시들지 않기로 유명합니다. 꽃잎의 선명한 색상을 다른 화원에서 따라가지 못하지요. 화원 중에서 가장 많은 색상의 장미꽃을 재배하는데 이 분홍 장미도 아마 다른 화원에는 없을 거예요. 아, 그러고 보니 세상에! 셀린 화원을 운영하는 곳이 라드 상회였네요."

그날 오후에 베스는 시에나가 따로 묻지 않았는데도 라드 후작의 소식을 가져왔다.

"라드 후작님이 오늘 폐하를 뵙고 행관에 조사청을 설치했다고 합니다. 본격적으로 폐하의 명을 이행할 준비에 들어간다는군요."

일과를 끝내고 침실로 들어간 시에나는 침대가 아닌 테이블로 다가갔다.

베스가 꽃다발 포장을 풀어 꽃병에 담아 침실 테이블에 올려 두었다. 시에나는 장미의 꽃잎을 손끝으로 만졌다. 꽃잎의 보들보들한 느낌이 좋았다. 그녀는 허리를 숙여 꽃 가까이에 코를 댔다. 향이 짙었다.

그녀 입가의 미소가 침대에 누워 눈 감고 잠들 때까지 사라지지 않았다.

꽃다발 선물은 하루에 그치지 않았다.

그날이 시작이었다.

행관에 조사청을 설치하고 총책임자로 임관한 라드 후작은 매일 아침 입궁했다.

모두가 라드 후작을 주목하는 터라 그가 기침만 몇 번 해도 열병에 걸렸다는 말이 나돌 지경이었다. 그 와중에 그가 매일 아침 하는 일이 눈에 띄는 게 당연했다.

오전, 늘 같은 시각에 후작의 마차가 황궁에 들어왔다. 그는 꽃한 다발을 들고 마차에서 내렸다. 후작은 꽃을 들고 걸어서 은왕궁으로 갔다. 그 광경을 지나가는 많은 궁인이 목격했다.

"어머어머. 저기 봐. 후작님이셔."

"듣던 대로네. 오늘은 보라색 튤립이구나. 아, 예쁘다."

"오늘이 며칠째지?"

후작은 은왕궁으로 들어가지 않았다. 입구에서 시녀에게 꽃다발을 건네고 돌아섰다. 며칠이 지나자 으레 그 시간에 포프 백작부인이 나와서 기다렸다. 그게 또 화제가 되었다.

닷새쯤 되었을 때 후작의 기행은 소문이 파다하게 났다. 사람들은 후작의 의도를 의심스러워했다.

"라드 후작이 사람들의 시선을 끌어 뭘 하려는 걸까?"

"조사청의 관리들을 이상한 기준으로 뽑았다고 합디다. 평민도 있다던데요."

"도통 속을 알 수가 있어야지. 누구의 초대에도 일절 답을 하지 않는다면서요."

열흘쯤 되었을 때 누군가 용기를 내서 과감하게 질문했다. 은왕궁에 왜 꽃을 가져다 바치느냐고. 뜻밖에 후작은 순순히 답을 해 주었다.

「숙녀분께 꽃을 선물하는 의미는 다들 알지 않습니까?」

후작의 대답으로 분위기가 반전했다. 스캔들에 목말라하는 사교계 인사들이 열렬하게 반응했다.

"라드 후작이 은왕 전하를?"

"정말일까요?"

"틀림없어요. 후작이 은왕 전하께 구애하는 거라고요. 매일 꽃을 사서 선물하는 정성이 보통인 줄 알아요?"

어느 모임에서든 두 사람만 모이면 얘기를 꺼냈다. 은왕과 라드 후작은 상상할 수 없는 조합이었다. 그래서 더 사람들을 자극했다.

"하지만 두 분이 이루어질 수 있나요?"

"은왕 전하는 머지않아 또다시 약혼하실 거예요. 루크 경과 파혼했지만 적왕께서 생각하는 후보는 여럿 남아 있다고요. 라드 후작은 절대 그 후보에 들어갈 수 없어요."

"라드 후작은 철왕 전하의 측근이잖아요. 리먼 가문과 철왕 전하가 혼인으로 손을 잡는다? 말이 안 돼요."

금단의 사랑은 사람들의 망상을 더욱 부풀렸다.

스무 날이 지났다.

사람들의 호기심은 부글부글 끓어 넘치기 직전의 솥단지 같았다. 이제 후작의 의도뿐 아니라 은왕의 속마음도 궁금해했다.

"은왕 전하께서는 한 번도 꽃을 거절하지 않았어요. 이게 전하의 마음도 흔들린다는 얘기 아닐까요?"

"은왕께서 꽃을 직접 받으신 건 아니잖아요. 후작의 체면이 있으니 백작부인이 받는 척만 하는 것일지도 모르죠."

후작은 항상 궁 앞에서 돌아선다. 은왕은 스무 날이 되도록 한 번도 나와 보지 않았다. 꽃다발이 유일한 매개였다. 상상력을 증폭시키고 지켜보는 사람들을 애태웠다. 그리고 일부는 선물 자체에 주목하기 시작했다.

"오늘 아침에는 푸른 장미였대요."

"맙소사! 그건 한 송이에 금화 한 개가 넘는다고요. 격리실에 따로 보관해서 구경도 못 해요."

"가격이 상관있을까요? 셀린 화원은 라드 상회 것인데요. 그 말은 라드 후작 것이라는 뜻이죠."

이미 다들 알고 있었던 라드 후작의 재력이 또다시 화제가 되었다. 후작이 이십 일 넘게 은왕에게 선물한 꽃다발 가격을 다 합치면 족히 집 한 채에 맞먹는다고 누군가 계산했다.

"하아. 세상에."

"대체 라드 후작은 부족한 게 뭐죠?"

신분과 재력과 매력. 뭐 하나 처지는 게 없었다.

그리고 미혼의 젊은 남성이다. 혼인적령기의 아가씨들과 혼인적령기의 여식을 둔 귀족들이 군침을 흘렸다.

＊　　　＊　　　＊

디안이 한참 웃다가 뚝 그치고는 쿤에게 말했다.

"이보게. 장미 후작."

그리고 다시 웃었다. 소파를 손으로 내리치며 '장미 후작이래, 장미 후작.' 하며 채신없이 낄낄거렸다.

쿤이 한숨을 내쉬며 찻잔을 내려놓았다.

"그만하지?"

"널 장미 후작이라잖아. 아아, 소름 끼친다. 장미? 네가 어떤 놈인지 모르니까 그런 별명을 붙이는 거겠지. 제국 역사상 이보다 낭만적인 별칭을 얻은 후작은 없을 거야. 흐음. 그러고 보니 네가 제국 최초이자 유일한 후작이잖아. 유례가 없는 건 확실하네."

누가 시작했는지는 모른다. 어느새 사람들은 라드 후작을 장미 후작이라고 부르기 시작했다.

쿤은 정색했다.

"그만하라니까."

누군지 알면 멱살을 쥐고 흔들고 싶었다. 그 별명은 일부 귀족들의 입에만 오르내리는 게 아니라 꽤 널리 퍼졌다. 일족의 귀에도 들어갔다. 오늘 아침에는 발터가 '장미……'라고 중얼거리며 자신을 묘한 눈빛으로 쳐다봤다.

우스꽝스러운 별명 정도는 감수할 수 있다.

주변의 지나친 관심이 예상을 웃돌기는 해도 '내가 지금 은왕에게 구애 중. 덤빌 자신 없는 놈들은 찌그러져 있어.'라고 선전 포고한 효과는 톡톡히 봤으니 됐다. 그를 기운 빠지게 하는 사람은 다름 아닌 그녀였다.

'한 번 정도는 들어오라고 하면 얼마나 좋아.'

백작부인은 매일 꽃만 챙겨 쌩하게 돌아섰다. 그녀를 대신해서 전하는 안부 인사조차 없었다. 초대가 부담스러우면 그녀가 직접 나와 꽃을 받아 주는 정도라도 충분한데. 선물 공세에 전혀 그녀가 반응이 없으니 속이 답답했다.

할 말이 많은데 그녀를 볼 기회가 없다.

여전히 그녀는 사교 활동은 전혀 하지 않았다. 주목하는 눈이 많아져서 이제는 전처럼 그녀의 침실에 몰래 숨어 들어갈 엄두조차 못 냈다.

잠깐 딴생각을 하다가 시선을 드니 디안이 빤히 보고 있었다.

"왜?"

"제국 최고의 유명인을 잘 봐두는 거야."

"인제 정말 재미없다. 그만해."

"웃자고 하는 말이 아니야. 내가 최근에 청탁을 무척 많이 받았어. 너와 만날 자리 한 번 주선해 달래. 경쟁이라도 붙은 것처럼 이런 난리가 없다."

"……."

"사교 활동은 안 해?"

"해야지."

"감추니까 더 달려드는 거야. 어쨌든 장미는 효과가 좋았어."

쿤이 눈살을 찌푸렸다.

"무슨 효과."

"너에 대한 경계심이 많이 내려갔거든. 원래 미지의 존재가 두려운 법이잖아. 다들 처음에는 라드 후작이 옛 사건을 들춘답시고 여기저기 뒤지고 다닐까 봐 잔뜩 날을 세우고 있었는데. 네가 사교계 스캔들의 주인공이 되면서 친근감이 생겼지. 너와 대화가 통할 것 같다는 생각이 드나 봐. 내 쪽 사람 중에서도 널 탐탁지 않아 하는 자들이 몇 있는데 그들이 우호적인 태도를 보이더라니까."

쿤이 쓴웃음을 지었다.

아직 조사는 시작도 하지 않았다. 왜 지레짐작으로 헛물을 들이켤까. 소름 끼치게 교활하다가도 순진해 보이도록 단순한 면도 있다. 귀족이란 자들은 참 희한했다.

"저택에서 파티를 열 생각이야. 사교 활동은 거기서부터 본격적으로 하려고."

"오. 언제? 내 결혼식 전에 서둘러. 단물을 먼저 빼놔야지. 네가 계속 신비주의 하다가 내 결혼식에 등장하면 그날 주인공은 네가 된단 말이다."

"내달 초. 대충 그쯤으로 계획 중이다."

"괜찮군. 담쟁이 저택이면 넓으니까 규모 있는 파티도 할 만하지."

시종이 조용히 들어와 고했다.

"전하. 은왕 전하께서 방문하셨습니다."

쿤이 흠칫했다.

"안으로 모셔라."

디안은 설명을 바라는 표정의 쿤에게 말했다.

"널 위해 내가 은왕을 초대했다. 잘 좀 해 보라고."

쿤이 아무 말이 없자 디안이 불안해하며 눈치를 살폈다.

"내가…… 괜한 짓 한 건가?"

"자리는 피해 줄 거지?"

디안이 입을 떡 벌리며 쿤을 손가락질했다. 쿤은 디안의 마음이 바뀌기 전에 재빠르게 선수를 쳤다.

"도와주려면 끝까지 도와줘. 고맙다."

"……네게 고맙단 소리는 처음 듣는다."

"그동안은 네가 고마워해야 할 일만 잔뜩 있었으니까."

"하, 맞는 말이지만 짜증 나네."

시에나가 안으로 들어왔다. 그녀는 안에 쿤이 와 있다는 말은 듣지 못했던 터라 그를 보자마자 당황했다.

"어서 와요. 은왕."

시에나는 디안이 건네는 인사에 답하고 소파에 앉았다. 거의 동시에 디안이 일어났다.

"잠시 앉아 있어요. 은왕에게 주고 싶은 좋은 차가 있는데 나만 아는 비밀 장소에 뒀거든요."

디안은 제 할 말만 마치고 서둘러 나가 버렸다. 시에나가 이상하다고 생각할 틈을 주지 않았다. 그래서 그녀는 쿤이 자신의 옆자리로 옮겨 앉은 후 비로소 응접실 안에 두 사람뿐이라는 사실을 알아차렸다.

쿤이 시에나의 손을 잡았다. 시에나가 얼른 손을 뺐냈지만, 그가 더 꽉 잡아 아예 깍지를 꼈다. 두 사람의 손가락이 얽혀 완벽히 맞물렸다.

"철왕이……."

"당신과 나에 관해 아느냐고? 당연히 알지. 철왕뿐일까? 제국의 귀족들도 전부 알겠지. 내가 이십 일이 넘도록 뭘 했는데."

그가 은근히 따지는 투로 말했다. 시에나가 말없이 쳐다보기만 하자 그의 표정이 더 안 좋아졌다.

"설마. 내가 보내는 선물 못 받은 건가?"

시에나는 그에게 잡힌 손을 내려다보았다. 처음은 아니지만 이렇게 손잡는 방식은 민망했다. 고작 손을 잡은 것뿐인데 은밀한 대화를 나누는 기분이다.

시에나가 손을 보고 있으니 잡아 빼려는 줄 알았는지 그가 더 힘을 주었다.

'손이 커.'

그녀의 손이 작은 편이 아닌데도 그의 손에 잡혀 있으니 자그마해 보였다.

검이 어울리는 이 손으로 그는 매일 아침 꽃다발을 들고 은왕궁에 왔다. 한 번도 직접 보지 못한 그 장면이 머릿속에 그려졌다. 속이 울렁거렸다.

시에나가 시선을 올려 그의 눈동자를 보며 말했다.

"장미 후작으로 불린다지."

"……못 받은 건 아니군."

그는 복잡한 표정으로 할 말을 고르는 듯 잠시 생각에 잠겼다.

"꽃이 마음에 들지 않았어?"

"마음에 들어."

"난 당신이 한 번쯤은 나와서 받아 줄 줄 알았다고."

"음……."

시에나는 슬쩍 시선을 피했다. 베스는 매일 아침 꽃을 받으러 나갈 때마다 '후작님께 전해 드릴 말씀은 없으신지요?'라고 시에나에게 물었다.

열흘 정도 지났을 때는 '전하, 한 번 정도는 전하께서 직접 꽃을 받으셔도 괜찮을 겁니다.'라고도 했다.

하지만 그럴 수 없었다. 매일 아침, 그가 꽃을 들고 찾아오는 시간이 가까워질수록 시에나는 마음의 안정을 찾을 수 없었다. 난생처음 겪는 이상한 기분에 사로잡혔다.

백작부인에게 설명할 수 없었다. 할 수 있어도 하고 싶지 않았다. 숨기고 싶었다.

자신의 마음을 누군가 아는 것이 마치 발가벗고 사람들 앞에 선 것 같았다. 수치심과 비슷한데 정확히 일치하지는 않았다. 그에게는 더더욱 말하지 못하겠다.

"난 그저…… 장단을 맞춰 주려 했을 뿐이야."

그녀는 속마음을 감추려고 말을 돌렸다.

"장단이라니?"

"장미 후작이라고 불리게 됐잖아. 당신에 대한 여론이 부드러워졌어."

쿤이 낙담의 한숨을 내쉬었다. 그는 우울하게 중얼거렸다.

"내가 여론을 의식해서 행동한 거라 이거군."

그는 암초에 걸쳐 좌초하는 배를 바라보는 선장의 심정이 되었다. 저 멀리 수평선을 바라보며 쭉쭉 나아가기만 하면 되는 줄 알았다. 그런데 대양으로 나왔다고 생각한 배는 아직 앞바다를 벗어나지 못했다.

그녀가 그런 오해를 했다는 사실 자체보다 계산적인 목적이 담긴 선물로 짐작하면서도 대수롭지 않게 여기는 그녀의 태도가 더 속이 쓰렸다.

"당신한테 여전히 나는 고작 그런…… 하아……. 아니지. 믿음을 주지 못한 내 탓이지."

조금 전에 디안도 비슷한 말을 했다. 아마 귀족들 상당수는 그녀처럼 생각할 것이다.

"시에나."

쿤은 이번 일로 확실히 알았다. 그녀에게 우회하는 방법은 통하지 않았다. 멋은 없지만, 직접 말하는 게 그녀에게 통하는 유일한 정공법 같다.

그는 깍지 낀 손을 들어 그녀의 손등에 입을 맞추었다.

"사슴 사냥 대회에서 당신에게 했던 고백은 내 진심이야."

시에나는 그의 까만 눈동자에 작은 형상으로 비친 자신의 모습을 봤다. 오직 쿤과 함께 있을 때만 경험할 수 있었다. 그는 자신에게 바짝 다가와 눈을 마주치는 유일한 사람이니까.

그녀의 주변 사람은 늘 시선을 아래로 내렸다. 혹시 어머니는 다를까 싶어 패트리샤를 만날 때 유심히 쳐다봤다. 어머니도 마찬가지였다. 시에나와 눈을 오래 마주치려 하지 않았다. 전에는 사람들의 그런 태도가 자신을 존중하는 의미라고 생각했다.

쿤은 언제나 똑바로 눈을 직시했다. 그래서 처음에는 무례하다고 생각했다. 그 무례함이 어느 사이에 진실함으로 보이기 시작했다.

그녀는 시선을 피하는 행위가 상대를 존중하기 위한 목적 외에 속마음을 숨기기 위한 것이기도 하다는 사실을 발견했다.

"내가 당신에게 무슨 말을 하든 무슨 행동을 하든 내 목적은 오로지 당신이라고. 다른 계산속 따위는 없어. 당신을 속이려고 마음먹은 적 없고 당신을 이용할 생각도 없어. 황족이며 은왕이라는 신분. 내게 그것들은 당신이 가진 모습 일부분일 뿐이지."

시에나는 고개를 끄덕였다.

무의미한 맞장구가 아니었다. 한때 그의 접근 의도를 의심했지만, 그의 진심을 느끼기 시작한 지 꽤 되었다. 그리고 궁금해졌다. 그의 눈에 비치는 자신은 어떤 사람일까.

그전까지 그녀의 인간관계는 항상 자신이 중심이었다. 오로지 타인을 평가하기만 했다. 처음으로 '누군가의 시선'을 의식했다.

"내 말. 이해하는 거지?"

"응."

쿤이 미심쩍은 눈으로 그녀를 보았다. '황족은 감정을 모른다'라는 풍문이 일부는 사실 같았다. 때때로 그녀에게 사람의 감정을 가르친다는 기분이 들었다.

"그런데 더는 꽃을 가져오지 마."

"왜?"

"여기에서 그만두는 게 효과가 좋으니까."

그의 표정이 험악해졌다.

"……전혀 이해하지 못했군."

"내 말은 귀족들이 적당히 의혹을 품은 지금 상태가 바람직하다는 뜻이야."

그가 미간을 찌푸렸다.

"세 가지 이유가 있어."

"셋씩이나?"

그는 어디 한번 들어 보자는 태도를 보였다. 그녀가 '첫째' 하고 서두를 꺼냈을 때 그는 기가 찼다. 그의 감정이 단단히 무장한 그녀의 논리 앞에 가로막히는 것 같다.

'꽃을 보내는 게 아니었나.'

너무 은유적인 방법을 썼다. 차라리 그녀의 침실 창가에 무릎을 꿇고 세레나데를 불렀어야 했다.

"스캔들을 반은 믿고 반은 의심하니까 저들끼리 논쟁하겠지. 사실 여부에 집중하기보다는 논쟁에 빠져들 거야. 당신을 적대하는 자들의 여론이 하나로 모이지 않아. 둘째, 당신은 폐하의 명으로 중요한 임무를 수행 중이잖아. 그 일에 집중하지 않고 다른 짓을 한다는 인상을 주면 조사관으로서의 권위가 무너져."

시에나는 입을 다물었다. 쿤이 잠시 기다리다가 물었다.

"셋째는?"

"셋째는……."

그녀는 망설였다.

"당신이 진심이라고 생각하면 어머니가 움직여."

전혀 예상도 하지 못한 말이 그녀의 입에서 나왔다. 쿤의 눈빛이 흔들렸다.

"어머니가 당신을 괴롭히겠지."

시에나는 패트리샤가 무슨 짓을 할지 알 수 없었다.

어떻게 해야 막을 수 있을지도 모른다. 꿈에 나오는 정보는 턱없이 부족했다.

「저는 당신의 어머니를 용서할 수 없습니다.」

꿈속의 그는 담담히 말했다. 그래서 오히려 그의 분노가 전해졌다. 그는 측근 한 명을 잃은 정도로 '용서'라는 표현을 쓰지 않을 것이다. 그건 결정적인 계기가 되었을 뿐 이전에 적립된 많은 사건이 있던 게 틀림없다.

'나는 어머니를 막을 힘이 없어.'

시에나는 자신의 충성 세력을 따로 구축하지 않았다. 어차피 황제가 되면 전부 신하인데 세를 만드는 일은 쓸데없다고 여겼다. 이제는 그것도 어머니의 안배에 있다는 의심이 들었다.

쿤이 싱긋 웃었다. 여상한 어조로 말했다.

"웬 놈이 딸의 주변을 기웃거리는데 관대한 어머니는 없지."

"당신은 어머니를 몰라."

시에나는 그의 자신만만한 태도가 이번만큼은 든든해 보이지 않았다.

남의 속도 모르고 태평하게 웃다니!

"물론 어머니가 당장 당신을 어쩌지는 못할 거야. 섣부르게 건드릴 만만한 상대는 아니니까."

"괴롭힘당했다고 달려와 징징대지 않을게."

"그런 문제가 아니라는 거 알잖아."

시에나는 벌떡 일어났다. 진지하게 듣지 않는 그에게 화가 났다.

"주변 사람이 다쳐."

"내 주변 사람?"

"그럼 내 주변 사람이겠어?"

쿤은 그녀를 바라보며 눈만 끔벅였다. 그녀가 걱정할 만큼 그녀와 친분을 쌓은 자신의 주변 사람이 있던가. 의아해하는 그의 표정을 보며 시에나는 답답했다.

"당신은 자신이 다치는 거보다 주변 사람이 다치면 그걸 더 힘들어할 테니까 걱정되어서 하는 말이라고. 사람 말을 좀……."

가만히 그녀를 바라보던 쿤이 순식간에 일어나 덮치듯 그녀의 입술을 삼켰다. 시에나가 몸을 뒤틀어도 그녀의 두 팔이 더 꽉 붙들려 꼼짝할 수가 없었다. 뿌리치려 할수록 그가 고개를 기울여 더 깊이 파고드는 키스를 했다.

그녀는 저항을 그만뒀다. 꽉 쥔 주먹이 스르르 풀렸다. 얌전해진 그녀에게 상을 주듯 그가 부드럽게 입술을 핥았다.

그가 그녀의 아랫입술을 빨아들이면서 입술을 뗐다. 꼭 감았던 그녀의 속눈썹이 파르르 떨리며 천천히 위로 올라갔다.

"첫째."

두 사람의 입술이 아슬아슬하게 닿은 상태에서 그는 말했다.

"반은 믿고 반은 의심하는 스캔들은 필요 없어. 내가 바라는 건 내가 당신에게 빠져 있다는 걸 모두가 진실로 아는 거지. 아니면 내가 매일 새벽, 화원에 왜 갔겠어."

그가 말할 때마다 입술에 숨이 닿아 간지러웠다. 시에나는 그의 말에 대꾸하려 했지만, 다시 그의 입술에 막혔다. 그는 조금 전보다 짧은 키스를 한 후 다시 말했다.

"둘째. 조사관의 임무와 내가 당신에게 집중하는 건 별개야. 조사관의 권위는 오롯이 황제 폐하께서 만든 것이지. 그분께 내 쓸모가 다하지 않는 한 건재해."

쿤은 쪽, 소리가 나도록 입을 맞추고 그녀를 꽉 끌어안았다. 그리고 저만치 출입문 근처에 서 있는 디안과 눈이 마주쳤다. 아까 들어오는 기척을 알았지만 모른 척했다.

시에나가 앉은 쪽이 출입문을 등진 방향이라 디안을 볼 수 없었다. 쿤은 경악하는 디안에게 한 손을 휘휘 내저었다.

디안은 입을 벌린 채 쿤을 보며 허공에 삿대질하다가 슬그머니 뒷걸음질 쳐 나갔다.

"셋째는?"

"셋째는……."

쿤은 그녀의 어깨에 턱을 괴었다.

"그건 신경 쓰지 마."

가만히 있던 그녀가 몸부림을 쳤다. 두 주먹으로 마구 그를 쳤다. 쿤은 잠깐 버티다가 팔을 풀었다. 쿤은 선명하게 짙어진 금색 눈동자를 보며 느긋하게 웃었다.

"내가 걱정돼? 오히려 당신 어머니를 걱정해야 할지도 몰라."

그녀의 눈이 동그랗게 커졌다.

"내가 그분보다 약하다고 단정하지 마."

시에나는 미간을 찡그렸다.

"내 어머니가 당신보다 강해."

아마 패트리샤가 압도적인 우위에 있지는 않을 것이다. 하지만 그에게 무척 버거운 상대임은 틀림없다. 따지고 들면 꿈속의 그는 패배했다. 철왕을 지키지 못했고 패트리샤의 공격으로 소중한 사람도 잃었다.

"음. 작년 이맘때라면 당신 말이 맞을지도 모르지."

시에나는 1년 사이에 달라진 점을 짚어 보고 어이없어했다.

"설마. 폐하를 믿는 거야?"

"일 년 전에는 눈에 띄지 않으려고 몸을 사렸거든. 그럼 행동에 제약이 많아. 나 스스로 날 묶게 되니까. 적극적으로 공격도 못 하고 방어도 못 하지. 그런데 이제는 이미 나를 다 드러낸 이상 거리낄 게 없어."

쿤은 라드 일족이 가진 힘을 지금 그녀에게 말해 줄 수 없다는 게 유감이었다.

"지금은 그렇게밖에 설명하지 못하겠네."

시에나는 그의 말뜻을 이해했다. 꿈속의 쿤은 이 시기에 상인으로 위장한 상태였다. 방금 그가 한 말대로면 제약이 많다.

'후작이 되어서? 그래서 미래가 달라지는 건가?'

"아무튼, 나는 내일도 모레도 계속 꽃을 들고 은왕궁에 갈 거야."

쿤의 선언을 듣고 시에나는 나직이 한숨을 내쉬었다.

"당신이 나와서 받아 주면 그만할게."

시에나는 고개를 저었다. 어머니가 그를 눈여겨볼 상황을 유도하고 싶지 않았다.

"당신과 내 의견이 다른 건 알겠어. 당신은 당신 좋을 대로 해. 난 안 받을 거니까."

"……매정하긴. 내가 창가에서 노래라도 불러야 해?"

"그러기만 해 봐."

시에나의 눈꼬리가 치켜 올라갔다.

그는 항복의 표시로 한숨을 쉬며 두 손바닥을 위로 들었다.

파혼 이후 조세프는 침실에 틀어박혀 지냈다. 세상 사람들이 모두 자신을 비웃는 것 같았다. 홀로 신세 한탄을 하며 술을 마시다가 쓰러져 자고 눈을 뜨면 일어나 또 술을 퍼마셨다.

깨질 듯한 두통을 느끼며 눈을 뜨니 날이 환했다. 정확한 시간은 가늠할 수 없었다. 그가 시간의 흐름에 상관없이 지낸 지 거의 한 달이 지났다.

"으으……."

그는 머리를 부여잡고 비틀거리며 침대에서 내려왔다. 술에 찌든 그의 몰골은 초췌했으나 잠들기 전에 난장판으로 해 놓은 침실은 고용인들이 싹 치워 깨끗했다.

테이블의 물병을 들고 컵에 따르려다가 그대로 입에 대고 마셨다. 물이 왈칵 쏟아져 셔츠를 다 적시는데도 개의치 않았다.

그는 소매로 젖은 입가를 대충 문질러 닦으며 큭큭거렸다. 그리고 있는 힘껏 물병을 내던졌다. 요란한 소리를 내며 산산이 부서졌다.

"젠장……."

털썩 바닥에 주저앉았다. 한 달이 넘으니 그 당시 죽고 싶었던 수치심이 흐려졌다.

조세프는 자포자기로 남은 생을 포기할 배짱이 없었다. 그는 귀족으로서 누리는 모든 권리에 굉장히 만족했다. 사교 활동과 파티는 삶의 즐거움이었다.

"이제 어쩐다……."

그는 가문의 수치가 되었다. 사생아 때문에 파혼했으니 변변한 다른 혼처를 잡기 힘들 것이다.

그의 조부는 물론 부모조차도 조세프를 곤궁한 처지에서 건져 주려 애쓰지 않을 것이다. 루크 가문에 자손이 조세프 하나만이 아니다. 한 달 가까이 폐인 생활을 하는데 아무도 찾아와 보지 않았다. 쓸모없어진 그는 버려졌다.

한숨을 푹푹 내쉬다가 일어났다. 그는 창을 열고 발코니로 나갔다. 바람이 찼지만 그래서 정신이 들었다.

조세프의 침실 발코니에서 저택의 입구가 보였다. 난간에 기대 그는 한 무리의 사람들이 들어오는 장면을 멍하게 봤다. 그들의 모습이 점점 가까워져 대충 알아볼 수 있게 되자 조세프의 눈에 초점이 잡혔다.

무리를 이끌고 온 듯 가장 앞에 있는 흑발의 사내는 아는 얼굴이었다.

"라드 후작……."

후작은 마치 기사처럼 차려입었다. 어깨에 걸친 흑색 망토가 바람에 흔들릴 때마다 붉은 배색의 안감이 드러났다. 허리춤의 검 벨트에 비스듬히 매달린 장검이 보였다.

그는 완벽해 보였다. 조세프는 자기도 모르게 그를 넋 놓고 쳐다봤다. 그때 후작이 고개를 들어 정확히 조세프가 있는 쪽을 쳐다봤다.

조세프는 화들짝 놀라 난간 아래에 몸을 숙였다. 한참 뒤 슬그머니 내다봤더니 아무도 없었다.

'라드 후작은 사신단을 배웅하러……. 아아. 돌아왔겠구나.'

조세프는 여기저기에서 주워듣는 게 많은 하인을 불렀다.

"라드 후작님이요? 현재 수도 최고의 유명인이지 않습니까."

하인은 아는 대로 라드 후작의 근황을 떠벌렸다.

황궁의 행관에 조사청이라는 신설 관청이 설치되었고 라드 후작이 총책임자로 임관했다는 사실과 황제가 조사청의 모든 인선을 전적으로 후작에게 일임했다는 것, 제국의 귀족들이 라드 후작과 말이라도 섞어 보려고 몸살이 났다는 등, 조세프가 침실에 처박혀 있는 동안의 세상 소식을 전했다.

하인이 눈치가 있어서 라드 후작과 은왕 사이의 미묘한 소문은 말하지 않았다. 하지만 조세프는 알았다고 해도 의기소침하게 순순히 받아들였을 것이다.

은왕의 약혼자일 때는 후작의 앞에서 뻗댔지만, 그는 이제 아무것도 아니었다. 조세프는 계급 질서에 순응하는 자였다.

'그래……. 라드 후작이라면 지금 내 상황을 벗어나는 데 반드시 도움이 된다. 내가 지금 기댈 곳은 후작뿐이야.'

조세프는 후작을 경계하며 각을 세웠던 과거의 어리석음을 자책했다.

'나와 친구라는 소문을 후작은 부정하지 않았어. 그때 정말 나와 친해지고 싶어 그랬는지도 몰라.'

후작은 제국인 출신이 아니므로 제국에 기반이 없었다. 제국인 귀족을 지인으로 두는 것이 제국의 귀족 세계에 스며드는 가장 좋은 방법이었다.

조세프는 후작과 비슷한 나이 또래에, 공작의 손자이고 사교계에 지인이 많은 유명 인사였다. 자신이 후작의 친구로서 격에 맞는다고, 조세프는 생각했다.

현재 라드 후작은 사교계 최고의 화제 인물이었다. 그 호기심을 충족시켜 주면 과거의 추문을 딛고 성공적으로 사교계에 복귀할 수 있을 것이다. 암울하던 그의 앞날에 서광이 비쳤다.

"라드 후작님이 무슨 일로 방문하신 것이냐?"

"그야 저는 모릅지요."

"지금 뭘 하시는데?"

"공작님을 뵙고 계실 겁니다."

"넌 후작님이 나오시면 내게 알려라. 그리고 나가는 길에 갈아입을 옷과 세숫물 들여오라고 해."

"예."

조세프는 부리나케 세수하고 머리를 빗고 하인이 가져온 옷을 갈아입었다. 술기운으로 퀭한 눈빛을 감출 수는 없었으나 그래도 간만에 사람다운 꼴이 되었다. 거울 앞에서 매무새를 점검하는데 하인이 들어왔다.

"도련님. 지금 후작님이……."

"알겠다."

하인의 말이 끝나기 전에 조세프가 성급히 지나쳐 갔다. 하인이 벌써 저만치 멀어진 조세프의 뒷모습을 보며 끝내지 못한 뒷말을 중얼거렸다.

"공작님과 말씀을 나누며 함께 나오시는데요."

　　　　　　　　*　　　*　　　*

　루크 공작의 안색이 밝았다. 라드 후작의 방문 소식을 들을 때만 해도 딱딱하게 굳었던 공작의 표정을 기억하는 수행원들이 의아한 눈빛을 보냈다.

　공작과 나란히 서서 걸으며 후작이 말했다.

　"어려운 요청에 흔쾌히 응해 주서서 감사합니다."

　"황제 폐하의 명이신데 마땅히 따라야 하지 않겠소."

　"제가 비록 폐하께 권한을 위임받았지만, 감히 제힘이라고 생각하지 않습니다. 도움을 청할 수 있는 자격일 뿐입니다."

　루크 공작이 허허롭게 웃으며 고개를 끄덕였다. 우려했던 것과 다르게 젊은 후작은 고개를 숙일 줄 알았다.

　'오만방자하게 굴지 않는군. 진중하고 싹싹해.'

　대화가 통하는 자라 다행이었다. 공작은 짝지어 줄 만한 혼인 적령기에 접어든 손녀들 얼굴을 머릿속으로 하나씩 떠올렸다.

　루크 공작은 본래 라드 후작에 관한 감정이 좋지 않았다. 좋을 수가 없었다. 손자가 사생아 문제로 은왕과 파혼하는 데 후작의 기사, 칼리 경이 상당한 역할을 했다.

　칼리 경이 그 모자를 보호하겠다고 나서면서 사람들의 관심을 더 끌었고 초반 수습에 실패했다. 당시에 라드 후작이 수도에 없어서 더 상황이 어려워졌다.

　라드 후작에게 유감을 전해 간접적으로 칼리 경을 압박하는 수단을 쓸 수 없었다. 고집불통 기사는 정의를 외치며 맞섰다. 결국,

파혼을 피하지 못했다.

오늘 공작가에 방문하겠다는 라드 후작의 전언을 받고 루크 공작은 몹시 언짢았다.

후작은 본격적인 조사관 업무에 착수하면서 공작 가문 전부에 협조 공문을 보냈다. 그리고 처음 방문한 곳이 루크 공작가였다. 루크 가문이 우습게 보였나 싶어 불쾌했다.

그런데 공작의 꼬인 심사는 후작과 대화를 나누며 거의 풀렸다. 황제의 권위를 등에 업고 건방질 줄 알았던 후작은 아랫사람을 자처하며 예의를 지켰다.

공작은 '요즘 젊은것들이란.' 하며 혀를 차는 노인 세대였다. 더 올라갈 데가 없다는 건 알지만, 밑에서 치고 오는 아래 세대에게 순순히 밀려나기는 싫었다. 자신의 권위를 인정해 주는 유망하고 젊은 권력자에게 당연히 호의적이었다.

"며칠 안으로 서고를 개방하겠소. 후에 더 필요한 게 있으면 말하시오."

"예. 감사합니다. 각하."

어지간한 가문이면 가문의 기록을 보관하는 서고가 존재했다. 외부에는 원칙적으로 비공개하며 가문의 사람이라도 가문 내에서 차지하는 위치에 따라 열람이 가능한 정보의 단계가 나뉘었다.

후작은 옛 사건 조사를 위해 루크 공작 가문에서 기록한 그 당시의 관련 문서 열람을 요청했다.

황제가 조사관에게 적극적인 협조를 명했으니 어차피 거부할 수 없었다.

그런데 들이닥쳐서 '명령이오!' 하는 것과 고개를 숙이며 '부탁드립니다.' 하는 것은 아예 달랐다.

그리고 루크 가문은 당시의 사건에 깊이 관여하지 않았다. 거리낄 게 없었다.

"칼리 경에게 안부 전해 주시오."

공작은 웃으며 인사를 건넸지만, 후작의 낯은 흐려졌다.

"다시 한 번 송구하다고 말씀드립니다. 제가 아랫사람 단속을……."

"오해 마시오. 라드 후를 탓하려고 꺼낸 말이 아니오. 이미 지나간 일 아니겠소."

루크 가문은 마틴을 설득하지 못하자 배를 타고 수도 귀환 중인 쿤에게 연락을 시도했다. 그러나 쾌속선을 타고 오는 후작의 위치를 파악하지 못해 연락이 닿지 않았다.

쿤이 이미 전부 다 알고 공작가의 심부름꾼을 일부러 피한 사실을 공작은 짐작하지 못했다.

쿤은 귀환하자마자 '공작 가문 내부의 일에 수하가 간섭하여 미안하다.'라고 유감의 뜻을 전했다. 마틴이 보호 중인 모자를 공작가에 내어 주고 마틴을 공작가에 보내 사죄하게 했다. 하지만 그때는 이미 파혼한 후였다.

모자는 별 탈 없이 루크 가문이 마련한 거처에서 지내는 중이었다. 이미 사생아의 존재가 널리 알려져 모자가 괘씸해도 건드릴 수 없었다. 그리고 사생아도 가문의 핏줄이었다. 나 몰라라 하지는 않았다.

"정 미안하면 칼리 경이 내 기사들에게 가르침을 줄 수 있겠소? 대련 한 번 정도면 된다오."

"예. 어렵지 않습니다."

"오, 약속한 거요?"

공작의 얼굴에 화색이 돌았다. 마틴 칼리의 실력과 명성은 일개 기사 취급하기 조심스러웠다. 공작은 기사단 육성에 관심이 많았다. 그래서 강한 기사를 수하로 둔 후작이 부러웠다. 그리고……

'라드 후를 통해 사막의 갑옷을 얻을 방법은 없을까.'

그 갑옷을 갖고 싶어 몸살이 난 사람은 루크 공작만이 아니었다.

대화를 나누며 두 사람과 그 뒤를 따르는 양측의 수행원들까지 어느새 1층 홀로 내려왔다. 공작이 노구의 몸을 이끌고 손님을 이 정도로 배웅하는 일은 거의 없었다.

다급히 홀로 들어오던 조세프가 공작의 눈에 띄었다. 공작이 눈살을 찌푸렸다. 조부를 발견한 조세프는 경직된 표정으로 고개를 숙였다.

"네가 여길……"

"루크 경. 오랜만이오."

썩 물러가라고 불호령하려던 공작은 라드 후작이 손자에게 인사를 건네자 입을 다물었다.

조세프가 흘낏 조부의 눈치를 살피며 대답했다.

"예. 후작님. 그간 평안하셨습니까?"

"마침 잘 만났소. 조만간 자택에서 작은 연회를 열 계획이오. 내가 아는 사람이 많지 않소. 루크 경이 참석해 주었으면 하오."

조세프의 얼굴에 화색이 돌았다. 자연스럽게 말을 거는 방법을 찾아 골몰했는데 상대방이 먼저 손을 내밀었다.

"초대 감사합니다. 기꺼이 참석하고 싶지만……."

조세프는 조부를 흘끔 쳐다봤다. 공작이 '커흠' 하고 헛기침하더니 무뚝뚝하게 대답했다.

"사내가 집안에만 틀어박혀 있으면 못쓴다."

"예. ……할아버님."

많은 사람 앞에서 '할아버님'이라는 호칭으로 불렸는데도 공작은 별말이 없었다. 조세프는 저도 모르게 헤벌쭉 벌어지는 입술을 꾹 물었다.

"루크 경이 사교계에 발이 넓다고 들었소. 초대장을 몇 장 보낼 테니 주변 지인도 데려와 소개해 주시오."

"예. 후작님."

손자를 바라보는 공작의 시선이 조금 부드러워졌다. 손자가 라드 후작과 친하다는 소문이 아예 헛말은 아니었나 보다.

'저 녀석이 사람 사귀는 붙임성은 좋지.'

버리는 패로 밀어 둔 손자의 가치를 일단 보류로 조정했다.

"내 손자가 경솔한 데가 있어서 중요한 자리에서 실수할까 염려되오."

"겸양의 말씀이십니다. 오히려 제가 도움을 받는 처지인데요. 그럼 가 보겠습니다. 배웅은 여기까지면 충분합니다. 각하."

후작은 가벼운 묵례가 아닌, 더 정중한 인사를 했다. 공작은 내심 흡족했다. 주변의 가신들 앞에서 면이 섰다.

"제가 마지막까지 배웅하겠습니다."

공작은 후작의 뒤를 쪼르르 따라가는 손자를 내버려 두었다.

'라드 후작을 적대할 필요는 없지. 오히려 잘 지내는 게 낫다.'

아예 리먼 가문과 척을 지려는 건 아니었다. 하지만 파혼으로 양가 사이에 찬바람이 부는 것도 사실이었다.

은왕이 황제가 되어도 후계자가 태어나 계승권을 받는 일곱 살이 될 때까지는 철왕이 제1 계승권자였다.

앞으로 최소한 칠 년에서 십 년. 그사이에 황제가 된 은왕이 잘못되면 철왕이 황제가 된다. 앞일은 어찌 될지 모르는 것이다. 더구나 라드 후작이 철왕의 측근으로 굳건히 자리를 지킨다면 장차 철왕의 영향력은 더욱 커질 게 분명했다.

라드 후작과 수행원들을 태운 마차가 루크 공작가에서 나왔다. 마차는 다시 황궁으로 들어갈 것이다. 달리는 마차 안에서 쿤은 생각에 잠겼다.

'아무래도 미끼는 제대로 물 것 같은데…….'

조세프의 사생아 소문은 리바이가 퍼뜨렸다. 그리고 소문의 빠른 확산은 레반이 공작했다. 리바이는 다른 힘이 개입한 사실을 모른다.

파혼으로 끝난 게 아니다. 조세프는 유력한 다음 후보자인 리바이와 진흙탕 싸움을 해 줘야 했다. 그런데 조세프가 파혼의 충격으로 집에 틀어박혀 있는 건 계산 밖이었다. 이대로 자포자기하면 곤란했다.

오늘 쿤이 루크 공작가에 방문한 대외적 목적은 서고 열람 요청이지만, 사실은 조세프를 자극하기 위해서였다.

쿤은 조세프의 표정을 보고 회생의 기회를 엿보는 심리를 간파했다. 대등해지려고 맞서던 때가 언제냐는 듯 조세프는 꼬리를 말은 개가 되어 있었다.

'참 얄팍한 자로군.'

물론 쿤에게는 잘된 일이었다. 틀림없이 조세프는 라드 후작의 파티 초대장 여러 장을 들고 의기양양하게 사교계로 복귀할 것이다.

6장

신경전

길버트는 평소 자주 들르는 깃펜 상점에 들어갔다. 그런데 오늘은 깃펜을 사려는 목적이 아니었다. 직원이 단골의 얼굴을 알아보고 반겼다.

"지나는 길에 들렀네. 구경 좀 하고 가겠네."

"예. 천천히 돌아보십시오."

구경하는 다른 고객이 있었다. 길버트와 그 남자는 초면인 듯 서로에게 눈길도 주지 않았다. 두 사람이 스쳐 지나가며 각자 들고 있던 똑같은 형태의 누런 봉투를 교환했다.

잠시 후 길버트는 상점에서 나왔다. 깃펜 상점이 미리 약속한 접선 장소였다. 그가 낯선 남자에게 받은 봉투 속에 에비타에게 의뢰한 정보가 들었다. 길버트가 남자에게 건넨 봉투 속에는 백지만 들었다.

길버트는 환궁했다. 받은 정보를 곧바로 은왕께 올렸다.

시에나가 조사 문서를 읽었다. 사임한 기사의 근황이 아주 상세히 적혀 있었다. 결론적으로 기사가 사임한 이유는 전부 거짓이었다. 그자의 부친은 건강했다. 그리고 고향으로 귀환하지도 않았다.

그자의 고향에서는 여전히 그가 기사로 재직 중이라고 생각했다. 그자는 부모 형제도 속이고 현재 도박판을 전전했다.

'도박이라니.'

그자는 도박으로 어마어마한 빚을 졌다. 그 빚이 최근 해결되었다. 그리고 사임하면서 스투스를 추천했다. 인과 관계가 보였다.

"길버트 경. 이 조사서를 읽었소?"

"아닙니다."

"읽어 보시오."

문서를 받아 읽는 동안 길버트의 표정이 시시각각 변했다.

"송구합니다. 전하. 제가 사람을 제대로 보지 못했습니다."

시에나는 호위대 인선을 길버트에게 맡겼다.

"그자의 도박 습관을 알지 못했소?"

"동료들과 내기 카드놀이를 가끔 했습니다. 그리고 검술 대회 때 승자를 예측하는 도박에 참여했습니다. 하지만 유흥을 즐기는 정도에서 벗어난 적은 없었습니다."

"도박꾼은 아니지만, 도박을 좋아하는 습성은 있었다는 말이로군."

조사 내용에 따르면 그자의 빚은 최근 갑자기 생겼다. 누군가 그자의 기질을 파악해 접근했다면? 평소 그자가 구경할 수 없었던 거액이 오가는 자극적인 도박판에 끼게 되었다면?

"그자가 처한 상황에 관해 경의 생각은 어떻소?"

"자연스럽지 않습니다."

"어떤 식으로?"

"단기간에 쌓인 도박 빚이 거액입니다. 판돈이 큰 도박은 아무나 참여할 수 없습니다. 소개를 받아야 하고 초반 자금도 있어야 합니다."

"끌어들이고 도박 자금도 대 준 자가 있다는 말이로군."

"예."

"내 생각도 그렇소. 그런데 빚이 해결된 후 여전히 도박판을 벗어나지 못한 이유는 뭐겠소?"

그자의 도박 빚은 다시 순식간에 늘어난 상태였다. 조사서에 따르면 조만간 신체 포기 각서를 쓰는 상황까지 예상된다고 했다.

"……중독된 것 같습니다. 도박에 빠진 자는 약에 취한 것처럼 스스로 벗어나지 못합니다."

시에나는 길버트가 되돌려 준 조사 문서를 봉투에 담았다.

"나는 이자가 협박당한 거라면 도와주려 했소. 하지만 이건 경우가 다르군. 이자는 유혹에 흔들리지 않을 수 있었소. 지금의 결과는 스스로 선택한 거요. 그렇지 않소?"

"전하의 말씀이 지당하십니다."

"그럼 스투스 경에 관해 얘기해 봅시다. 그자는 어찌 지내고 있소?"

시에나는 길버트에게 스투스가 눈치챌 정도로 감시하지는 말되 주시하라고 말해 두었다.

"호위대 다른 기사들과 좋은 관계를 유지하고 있습니다. 훈련을 도와준다거나 밥값을 대신 내는 등으로 환심을 삽니다."

"맡긴 임무는?"

"번에 따라 궁 주변을 순찰합니다. 호위대에 합류한 지 얼마 안 되어 지금은 외부 경비만 하고 있지만, 계속 그자만 궁 안 출입을 불허하면 주변에서 이상하게 생각할 겁니다."

"그자만 배제할 필요는 없소. 경은 지금처럼 그자를 살피면 되오."

"예. 전하."

길버트가 물러간 후 시에나는 스투스의 인사 서류를 꺼냈다.

'이자를 내 주변에 심은 사람은 외숙 혹은 어머니. 아니면 둘 다 겠지. 이자를 쫓아내 봤자 새로운 자가 들어올 거야. 지켜보며 경계하는 게 나아.'

다시 한 번 서류를 읽었다.

'음? 이 지역은…….'

시에나는 지도를 펼쳐 확인했다. 스투스 가문의 본적지가 제국령 남부의 적토 지방이었다. 시에나가 받은 영지 근처다. 기가 막히게 좋은 생각이 떠올랐다.

'이용할 수 있겠어.'

시에나는 환희에 찬 미소를 지었다. 며칠 후 시에나는 스투스를 불렀다.

"은왕 전하께 인사 올립니다."

벤은 잔뜩 긴장했다. 호위대로 들어온 첫날에 인사한 이후 벤은 계속 궁의 외부 경비만 섰다. 은왕이 궁을 나가고 들어올 때 멀리서 보기만 했다. 은왕의 곁을 호위하기는커녕 궁 안의 경비 임무도 받지 못했다. 뭐가 잘못되었나 싶어 초조했다.

"스투스 경. 수도에서 태어나 자랐나?"

"그렇습니다. 전하."

"혹시 가문의 본적지에 연고는 없는가?"

벤은 대답하지 못했다. 그는 스투스 가문의 모든 것을 달달 외우고 있지만, 그가 아는 범위 외의 질문이었다.

"스투스 가문의 본적지가 남부 적토 지방이더군. 그 부근이 내 봉토라네. 영지의 소식을 알고 싶어도 나로서는 대관이 보내는 보고에 의지할 수밖에 없지. 혹시 경이 그 지역에 거주하는 자와 연락이 닿으면 도움을 받아 볼까 해서 말이네."

"먼 친척뻘 되는 어르신이 본적지에 살고 계시다는 말을 들은 기억이 있습니다. 알아본 후 말씀드려도 될는지요?"

은왕의 눈에 들 기회였다. 벤은 무작정 거짓말을 했다.

"그리하게. 좋은 소식 기다리지."

"예. 전하."

시에나가 스투스에게 한 말은 사실이었다. 그녀는 오랫동안 봉토 거주민의 실생활 정보를 얻을 방법을 고민했다.

직접 가 보는 건 한계가 있다. 워낙 먼 곳이라 그곳에 수시로 사람을 보내려면 꽤 많은 인력이 필요했다. 들어가는 예상 비용이 그녀가 쓸 수 있는 예산 범위를 넘었다. 반쯤 포기했는데 마침 잘되었다.

'스투스는 첩자야. 깊숙이 침투해야 양질의 정보를 얻을 수 있지.'

그러기 위해서는 상대의 신뢰를 얻어야 한다. 스투스는 자신의 유능함을 입증하려 할 것이다.

'스투스는 내 말을 배후에 있는 자에게 전달하겠지.'

어머니 혹은 외숙. 스투스의 배후는 스투스를 적극적으로 지원하기 위해 시에나가 원하는 양질의 정보를 구해 줄 것이다.

시에나가 바라는 대로 상황이 흘러갔다. 벤의 서신이 은밀한 경로를 통해 패트리샤의 손에 들어갔다.

"황녀는 참 성실하다니까. 봉토는 신경 쓰지 않아도 되는데. 어차피 곧 제국 전부가 황녀의 것이 되거늘."

패트리샤는 읽은 서신을 불태우며 쯧, 혀를 찼다. 바라는 것이 지극히 딸다워서 전혀 의심하지 않았다.

패트리샤가 쓴 편지를 들고 심부름꾼이 리먼 공작가에 갔다. 더그는 누이의 편지를 그 자리에서 읽은 후 답변을 주었다.

"적왕께 알아서 처리하겠다고 말씀드려라."

"예. 각하."

심부름꾼이 돌아가자 더그는 편지를 와락 구기며 짜증스레 한숨을 내쉬었다.

"가뜩이나 할 일은 많고 손은 모자라는데."

아버지가 돌아가신 후, 더그는 리먼 가문의 힘 상당 부분이 아버지의 권위에 기대 있었다는 사실을 갈수록 뼈저리게 느꼈다.

아버지가 살아계실 때, 리면 가문은 공작 가문 중에서 명백히 우위에 있었다. 이 강대한 힘이 언젠가 제 것이 될 날을 꿈꿨다.

마흔 살 무렵부터 여전히 공작의 후계자에 불과한 자신의 위치가 성에 차지 않았다. 죽기 전까지 권력을 내려놓지 않는 아버지가 원망스러웠다.

막상 그토록 바라던 가문의 주인 자리에 올랐으나 이상과 현실은 충돌했다. 초반부터 삐걱대는 조짐이 보였다.

가장 큰 손실은 비밀리에 키운 가문의 병기를 상당수 잃은 것이다. 다수가 행방불명되었고 아직 누가 그랬는지도 알아내지 못했다. 짐작되는 적이 너무 많았다. 리면 가문이 성취한 오늘날의 영광 아래에 헤아릴 수 없는 눈물과 피가 있었다.

두통을 유발하는 문제가 한둘이 아니다. 누이까지 가세하니 몹시 성가셨다.

"유난스럽기는. 제 딸을 기어이 손아귀에 잡고 흔들려는 욕심을 버리지 않으면 언젠가 큰코다치지."

더그가 보기에 은왕궁에 사람을 심는 일은 꼭 필요하지 않고 급하지도 않았다. 은왕은 세력이 없다. 굳이 감시하지 않아도 할 수 있는 일은 한계가 있었다.

그리고 은왕이 바보가 아닌데 자신을 떠받쳐 주는 리면 가문을 적대할 리가 없었다.

"패트리샤가 예전 같지 않아. 나이가 들어 그런가. 집중해야 할 일과 아닌 일을 구별하지 못해."

스투스를 은왕궁 호위대에 들이기 위해 번잡한 과정을 거쳤다.

호위대 기사들을 조사하고 약점을 찾고 도박을 좋아하는 놈을 골라 도박판으로 끌어들여 빚을 씌우고. 그 모든 일에 시간과 인력이 들어갔다.

이제는 은왕의 봉토에 사람을 보내 정보를 알아내라고 한다. 그런 일에 낭비할 인력은 없었다. 더는 누이의 응석을 받아 주지 못하겠다.

'다른 데 맡겨야겠군.'

돈만 쓰는 게 차라리 낫겠다. 더그는 보좌관을 불렀다.

"최근에 쓸 만한 정보 상인이 활약한다지? 라드 후작의 정보도 맨 처음에 거기서 나왔다던데."

"예. 각하. 자신들을 '올가'라고 일컬어 부릅니다."

"일을 맡길 게 있다. 네가 만나서 거래 방식을 알아 오너라. 그리고 간 김에 라드 후작에 관한 추가 정보가 더 있는지도 알아보고."

"예. 각하."

* * *

"오늘도 후작이 은왕궁에 들렀느냐?"

패트리샤의 물음에 시녀가 대답했다.

"예. 적왕."

"꽃을 들고?"

"예."

"며칠째지?"

"한 달입니다."

패트리샤는 소파에 비스듬히 누워 있었다. 젊은 미청년이 소파 아래에 앉아 두 손으로 패트리샤의 종아리를 부드럽게 주물렀다.

"가서 후작에게 전해라. 오늘 안으로 내가 보자 한다고."

"예. 적왕."

패트리샤는 아예 눈을 감고 쿠션에 머리를 기대 누웠다. 종아리를 문지르던 손이 점점 위로 올라왔다. 야릇하게 더듬으며 애무하는 사내의 손길을 음미했다.

적왕궁의 시녀가 행관에 다녀온 그 날 느지막한 오후, 라드 후작이 적왕궁을 방문했다.

패트리샤는 한창 손톱 손질 중이었다. 반쯤 눕도록 기울어진 의자에 앉아 팔걸이에 두 팔을 얹었다. 양쪽 손에 시녀들이 달라붙어 향유를 발랐다.

시녀가 후작의 방문 소식을 알리자 패트리샤는 대답했다.

"내가 지금 만날 수가 없구나. 돌아가든지 기다리라고 해라."

시녀가 다시 나갔다가 후작의 대답을 받아와 고했다.

"기다리겠다고 하십니다."

패트리샤는 대답하지 않고 눈을 감았다. 시녀는 감히 윗전의 답변을 요구할 수 없었다. 벌 받는 아이처럼 패트리샤의 곁에 서서 지시를 기다렸다.

곧 손톱 손질이 끝났다. 패트리샤는 반질반질하게 윤이 나는 자신의 손끝을 보더니 두 팔을 팔걸이에 얹었다.

"다시."

시녀들이 바삐 움직였다. 작은 은 대야에 따뜻한 물을 떠 패트리샤의 손을 담갔다. 손톱 손질의 시작 단계였다. 손톱 손질이 마무리되었을 때 패트리샤는 한 번 더 '다시'라고 말했다.

세 번째 손톱 손질이 거의 끝났다. 후작을 바깥에 세워 둔 채 두 시간 가까이가 지난 후였다. 그사이에 해가 저물어 시녀들은 등에 불을 밝혔다.

"손님이 아직 기다리고 있으면 안으로 모셔라."

"예. 적왕."

심상치 않은 전조를 느낀 시녀는 혹여 자신에게 애먼 불똥이 튈까 봐 조마조마했다. 잔뜩 굳은 표정으로 내내 서 있었던 시녀가 나갔다. 잠시 후 후작이 들어왔다.

"적왕께 인사 올립니다."

패트리샤는 소파에 앉은 채 후작을 맞이했다. 그녀의 시선이 천천히 위에서 아래로 후작의 전신을 훑었다. 노골적인 관찰에도 후작은 전혀 표정의 변화가 없었다. 패트리샤의 한쪽 입술 끝이 올라갔다.

"어서 오시오. 내가 오래 기다리게 했군. 와서 앉으시오."

쿤이 패트리샤의 맞은편에 마주 앉았다.

두 사람 다 이미 상대에 관해 취득할 수 있는 정보는 최대한 얻어 숙지한 상태였다. 하지만 이 정도로 가까운 거리에서 상대를 본 것은 처음이었다.

'보통 놈이 아니로고.'

일부러 오래 세워 두었다. 젊은 나이에 막대한 권력을 얻었으니 무서운 게 없을 것이다. 기를 눌러 줘야 했다. 굴욕을 안겨 평상심을 흩트리려는 속셈도 있었다. 감정이 흔들리는 사람은 속내를 드러내니까.

하지만 패트리샤는 후작의 담담한 표정에서 아무것도 읽지 못했다. 그녀의 예민한 경계심이 발동했다. 위험 신호가 왔다.

철왕이 웅크렸다가 몸을 편 범처럼 갑자기 두각을 나타낸 배경에 분명히 이자가 있다. 패트리샤는 확신했다.

'독화로군.'

쿤이 패트리샤를 보고 떠올린 이미지는 짙은 향만큼이나 지독한 독을 품은 화려한 꽃이었다.

상극이다. 두 사람은 서로에게 본능적인 거부감을 느꼈다.

"근래에 내가 우려하는 일이 있어 라드 후를 보자 했소."

"예. 말씀하십시오."

"적왕궁에 앉아 들려오는 온갖 소식에 가만히 귀를 기울이던 중 그대의 기행을 알게 되었소. 매일 은왕궁에 꽃을 들고 찾아간다지?"

"예."

"그대가 황제 폐하의 신임을 받고 있다지만, 은왕을 이용해 정치력을 과시하려 하지 마시오."

"오해가 있으십니다."

"무슨 오해?"

"다른 의도는 없습니다. 저는 다만 은왕 전하의 아름다움을 경애

할 뿐입니다."

"그대의 행보 하나하나가 뭇사람의 관심을 끈다는 것을 모른다고 할 참이오?"

"은왕 전하께 쏟아지는 관심에 비할까요. 은왕 전하와 대화만 나누어도 사람들의 입에 오르내린다고 들었습니다."

"은왕에게 선물을 하면 안 된다는 말이 아니오. 라드 후의 방식이 잘못되었다는 거지."

패트리샤는 고압적인 표정을 짓고 목소리를 내리깔았다. 그녀가 상대방을 압박할 때 쓰는 방법이었다.

그녀는 막후의 권력자였다. 황제의 절대 권력에 비할 바는 아니어도 적왕의 뒤에는 리먼 가문이 있었다. 누구나 패트리샤의 심기를 거스르지 않으려고 절절맸다. 그녀가 눈만 치떠도 겁을 먹었다.

그녀의 통치 유형은 적왕궁의 분위기에서 드러났다. 적왕궁의 시녀들은 절대 불필요한 말을 하지 않으며 발걸음 소리도 죽여서 움직였다.

"적왕께서 과민하신 듯합니다."

후작이 엷게 미소 지으며 대답했다. 패트리샤의 미간이 움찔했다.

"은왕 전하는 현명한 분입니다. 제 선물이 언짢으셨다면 사람들 앞에서라도 능히 절 꾸짖을 분이시지요. 하지만 전하께서는 감사하게도 제 선물을 받아 주십니다."

하, 패트리샤가 헛웃음 쳤다.

"그대는 은왕을 빗대어 나는 어리석다고 말하는 거요?"

"당치 않은 말씀이십니다. 은왕 전하의 현명함이 어디에서 비롯되었겠습니까? 딸이 어머니를 닮는 게 당연합니다."

패트리샤는 기가 막혔다. 지금껏 누구도 그녀의 앞에서 이런 식으로 또박또박 말대꾸한 적이 없었다. 속이 부글거렸지만, 그녀는 자신의 속내를 드러내는 애송이가 아니었다. 그녀의 고고한 표정은 여전히 견고했다.

"은왕은 이 어미보다 낫소. 그리고 자식을 걱정하는 부모는 때때로 어리석어지기도 한다오. 나는 내 딸이 불필요한 소문에 휘말릴까 봐 저어하오. 은왕의 어머니 된 자격으로 말하겠소. 아침마다 그대가 꽃을 직접 들고 은왕궁으로 가는 우스꽝스러운 짓을 다시는 하지 마시오."

후작은 반발하는 기색 없이 대답했다.

"예."

패트리샤가 눈을 가늘게 떴다.

"난 한 입으로 두말하는 자를 경멸하오."

"자식을 염려하는 부모의 마음으로 나무라시는 데 따르지 않을 수 있겠습니까."

더 트집 잡을 게 없었다.

"이해해 주니 고맙소. 가 보시오."

"예. 물러가겠습니다."

"라드 후."

패트리샤는 돌아서는 후작을 불렀다. 쿤이 다시 몸을 돌렸다.

"예. 적왕."

"내 딸에게 마음이 있소?"

질문을 던지면서 패트리샤는 후작을 집요하게 살폈다.

"은왕 전하를 뵙고 마음을 빼앗기지 않는다면 사내가 아닐 겁니다."

차분하게 대답하는 후작의 표정에서 끝내 아무것도 얻지 못했다. 나가는 후작의 등에 대고 패트리샤는 한마디를 덧붙였다.

"은왕에게 마음이 있다면 입장을 잘 정리해야 할 거요. 불붙은 신발을 신고 얼어붙은 강물 위를 걸을 수는 없지 않소? 신발만 벗으면 강을 다 건너도록 얼음은 아주 단단하다오."

철왕을 불붙은 신발에 비유했다. 측근 자리를 계속 고집하다가는 너마저 태워 버릴 거라는 경고였다. 우리는 물과 불이니 절대 어울릴 수 없다는 말이기도 했다.

후작은 문 앞에서 잠시 멈칫했다가 나갔다. 그의 눈동자가 잠시 흔들린 것을 패트리샤는 보지 못했다.

*　　　*　　　*

시에나는 어스름히 해 질 무렵에 일과를 마치고 궁으로 돌아왔다. 그녀는 오늘 아침부터 내내 여러 곳의 회의를 참관했다. 정신적인 피로감이 밀려왔다.

침실로 들어가 시녀들의 시중을 받으며 옷을 갈아입고 시녀들을 모두 내보냈다. 백작부인을 보조하는 시녀도 나갔다.

베스만 남았다. 시에나는 소파에 풀썩 앉아 뒤로 머리를 기대고 눈을 감았다.

그녀는 베스 앞에서만 때때로 허술한 모습을 보였다.

"곤해 보이십니다."

"온종일 떠드는 소리를 들었더니 지치오."

"저녁 진지는 드셔야지요."

"좀 이따가."

베스는 작은 한숨을 내쉬었다. 피곤해 보이는 황녀에게 얘기를 전해야 하나 망설였다.

"프리지어라고 했던가?"

"예."

베스는 갑작스러운 질문에 금방 대답했다. 프리지어는 오늘 아침 후작이 가져온 꽃이었다.

"향이 좋더군."

베스는 시에나를 잠시 바라보다가 입을 열었다.

"전하. 라드 후작님이."

시에나가 눈을 뜨고 머리를 살짝 들었다.

"적왕궁에 들어 계십니다."

시에나가 기댔던 등을 세우고 앉았다.

"자세히는 모르지만 적왕께서 부르신 것으로 추측합니다."

"언제?"

"약 두 시간 전쯤에 적왕궁으로 가셨습니다."

"……한데 그대는 어찌 알았소? 혹시 적왕궁에 사람이라도 심어 두었소?"

"그게……."

베스는 머뭇거리다가 대답했다.

"알고 지내는 시녀가 있습니다. 적왕궁에 사람을 심은 것은 절대 아닙니다. 적왕궁 근처를 청소하는 잡무 시녀인데 오가다가 눈에 띄는 일을 보면 그저 넌지시 알려 달라고 했습니다."

시에나는 당혹해하는 베스를 보며 웃었다.

"나무라는 게 아니오. 그런 일을 꾸밀 줄도 아시오?"

백작부인의 뜻밖의 면을 발견한 게 재미있었다. 베스가 민망해 하며 얼굴을 붉혔다.

"그 시녀가 전하기를. 라드 후작님이 적왕궁에 들어가지 못하시 고 입구에 계속 서 계신다고 합니다."

웃던 시에나의 표정이 단박에 굳었다. 어떤 상황인지 금방 알아 차렸다.

'쿤을 망신 주려 하시는군.'

피치 못할 사정으로 당장 손님을 만날 수 없으면 일단 안으로 들 여 기다리게 하는 것이 당연한 예의다. 아예 궁 안으로 들이지도 않 고 바깥에 세워 지나다니는 궁인들의 시선에 노출하는 의도가 뻔했 다.

라드 후작이 적왕궁 앞에서 부르심을 기다리는 수족처럼 대기해 있더라는 말이 알음알음 퍼질 것이다.

시에나의 손이 주먹을 꽉 쥐었다. 마음 같아서는 당장 적왕궁으 로 달려가고 싶었다. 하지만 그래서 해결될 문제가 아니다. 상황은 더 악화할 것이다.

"시녀가 말을 전했을 때가 언제였소?"

"전하께서 돌아오시기 바로 전에 아직 라드 후작님이 밖에서 기다리신다는 말을 들었습니다."

거의 두 시간이다.

'과하시군요. 어머니.'

그는 그런 취급을 받아도 되는 사람이 아니다.

'바보처럼. 왜 그러고 있는 거야?'

어머니를 향한 원망이 수모를 감내하는 쿤에게 돌아갔다. 그의 잘못이 아니라는 것을 알지만, 속이 뒤집혔다. 당장 그의 팔을 붙들어 끌고 오고 싶었다.

"라드 후가 나오면 내가 알 수 있겠소?"

"시녀를 보내겠습니다."

"어머니는 몰랐으면 하오. 내가……."

시에나는 뒷말을 잇지 못했다. '예. 전하'라고 대답하는 베스를 쳐다보았다. 시에나 자신도 무슨 말을 하고 싶었던 건지 알 수 없는데 백작부인은 알아들은 걸까?

"태양궁 가까이에 가지 말고 멀리서 지켜보라고 하겠습니다. 라드 후작님이 나오시는 모습이 보이거든 즉시 와서 알리라고 하겠습니다."

시에나는 고개를 끄덕였다. 베스는 완벽하게 시에나가 바라는 것을 이해했다.

약 반 시각 후 시녀가 돌아왔다. 시녀가 전한 내용을 베스가 시에나에게 고했다.

"후작님이 태양궁에서 나와 행관으로 가시는 모습만 보고 왔다고 합니다."

쿤이 기다리다 못해 그냥 나왔는지 적왕을 만났는지는 알 수 없었다. 시에나는 상황을 파악할 수 없어 답답했다.

"전하. 허락하시면 제가 후작님을 뵙고 오겠습니다."

"……."

"눈에 띄지 않게 조심하겠습니다."

"……그리하시오."

"후작님께 전할 말씀이라도?"

"라드 후에게."

시에나는 잠시 말을 멈추었다가 이어 말했다.

"내일부터는 은왕궁에 꽃을 가져오지 말라고 하시오."

베스는 푹 가라앉는 기분으로 '예, 전하.'라고 대답했다.

'참 잘 어울리는 두 분인데.'

곁에서 지켜보건대 후작은 황녀에게 마음이 있었다.

'전하의 마음도 가볍지는 않을 거야.'

황녀는 내색하지 않았다. 대놓고 물어봤을 때도 '모른다'라는 모호한 대답만 했다.

하지만 황녀의 침실에서 후작과 마주쳤을 때 베스는 알아차렸다. 두 사람의 관계는 서로에게 호감을 품는 정도를 이미 넘었고 억지로 떼어 내기엔 늦었다. 차라리 끝까지 가 보는 게 나았다.

'두 분은 서로를 알아가는 시간이 필요해.'

그런데 주변 상황이 여의치 않았다. 제대로 말조차 나눌 기회가

246 위대한 소원

없었다. 두 사람이 서로를 잘 모르면서 막연히 감정만 커질까 봐, 베스는 그것이 걱정스러웠다.

사랑이라는 감정은 주변의 방해가 거셀수록 강렬해지는 묘한 속성이 있었다. 반대를 무릅쓰고 단기간에 맹목적으로 불타오른 사랑이 좋은 결실로 이어지는 경우를 보지 못했다.

서로를 이해 못 한 채 급격히 사랑이 진행되면 시간이 지나면서 대개 상대방에 대한 실망으로 변질했다. 서로를 상처 입히고 절망하게 한다.

시에나 황녀는 지금껏 좌절을 경험한 적이 없었다. 그녀의 첫 좌절이 사랑이라면 인생 전체에 큰 영향을 미칠 것이다.

'전하께서 상처 입지 않으셨으면 좋겠어. 그렇다고 제대로 끝을 내지 못하면 전하께 후작은 평생의 아쉬움으로 남겠지. 그 또한 좋지 않아.'

베스는 두 사람이 맺어지기를 응원하는 게 아니었다. 베스가 생각하는 '끝'은 두 사람의 결혼이 아니다.

그녀는 정략혼이 당연한 세계에서 나고 자란 뼛속까지 철저한 귀족이었다. 아무리 낭만을 좋아해도 소설 속 이야기가 현실로 나올 수는 없다.

두 분의 결합은 가당치 않았다. 정치적 이해관계가 복잡하게 얽혔다. 무모한 사랑은 파멸로 이어질 것이다.

베스가 생각하는 이상적인 결말은 후작이 황녀에게 아름다운 추억으로 기억되는 '스쳐 지나간 사랑' 정도였다.

      *   *   *

쿤은 마차를 세워 둔 곳으로 걸어가다가 고개를 들었다. 어둠에
덮인 새까만 하늘이 이슥한 시각을 나타냈다.

적왕궁에서 시간을 지체하느라 오늘 안으로 처리해야 하는 일이
밀렸다. 밥 먹는 데 시간을 쓰면 더 오래 걸릴 것 같아 대충 빵으로
저녁을 때웠다.

그는 귀족들처럼 격식을 갖춘 성찬에 집착하지 않았다. 사정이
여의치 않으면 먹지 못할 수도 있고 간식으로 허기만 채워도 괜찮
다.

그런데 주변에서는 다르게 본 모양이었다. 그가 빵 바구니를 책
상에 갖다 두고 집어 먹으며 일을 처리하니 관리들의 표정이 미묘
했다. 쿤이 밥이 안 넘어가 식사를 거른다고 생각하는 듯했다.

쿤은 그들의 눈빛을 떠올리며 피식 웃었다. 주변의 안쓰러운 시
선과 달리 쿤은 아무렇지 않았다. 몇 시간 기다린 정도가 뭐가 대수
라고.

"황궁의 소문은 날개가 달렸다더니. 빠르긴 하군."

그가 적왕궁에 불려간 사실이 관리들 사이에 쫙 퍼졌다. 적왕이
후작을 박대했다는 목격담이 소문에 불을 붙였다. '그렇지 않나?'가
'그랬대'를 거쳐 '그러하다'라고 순식간에 변화했다. 관리들은 오늘
일을 철왕과 적왕의 충돌로 확대 해석했다.

'뭐, 전혀 무관하다고는 할 수 없지.'

지금 둘 사이에 긴장감이 도는 것은 사실이니까. 오랫동안 제국

정계를 꽉 쥔 세력은 리먼 가문이었다. 더불어 적왕은 사교계까지 평정했다. 오랜 세월 구축된 질서였다.

그런데 질서를 흔드는 도전자가 등장했다. 철왕이었다.

얼마 전까지 누구도 철왕을 리먼 가문의 경쟁자로 생각하지 않았다. 리먼 가문과 적왕은 거인이고 철왕은 거인의 발에 언제 짓밟힐지 모를 작은 잡초였다.

변화는 아주 천천히 가랑비처럼 스며들었다. 축축함을 느꼈을 때 이미 옷은 흠뻑 젖은 후였다. 어느 사이에 철왕의 존재감이 커졌다. 관리 중에 철왕의 편에서 목소리를 내는 자들의 수가 부쩍 늘었다. 철왕에게 호감을 느낀 귀족들도 많아졌다.

라드 후작의 등장이 결정적이었다. 라드후작은 정체된 사교계에 센세이션을 일으켰다.

사람들은 변화를 두려워하면서도 안정을 지루해하는 이중적인 심리를 가졌다. 그리고 내 일만 아니면 대부분 변화에 환호했다.

오늘날 제국의 권력 구도는 굳어졌다. 일부가 과실을 독점했다. 어차피 내 것이 아니고 장차 내 것이 될 수도 없다고 생각하는 귀족들이 대다수였다.

라드 후작과 철왕이 변화의 바람을 가져왔다. 어쩌면 많은 귀족이 이런 날이 오기를 기다렸을지도 모른다.

라드 후작과 손잡은 철왕은 이제 사람들의 눈에 리먼 가문과 맞서기에 부족해 보이지 않았다. 최근 여론으로는 마치 철왕이 리먼 가문과 대등한 것 같다.

하지만 사실은 아직 부족했다.

'제국을 수십 년 동안 좌지우지한 리먼 가문의 저력을 우습게 보면 안 되지.'

쿤은 우호적인 여론에 도취하지 않았다. 여론은 주변에 휩쓸리는 경향이 있다. 사람들은 단편적인 판단을 한다. 아군이 아니다. 모두 방관자였다. 상황이 바뀌면 순식간에 태도를 바꿀 것이다.

그는 한숨을 내쉬었다. 머릿속이 복잡했다. 오늘 처음 대화를 나눈 적왕은 인상적인 여자였다.

'영리해.'

쿤은 적왕이 이 시기에 자신을 부른 이유가 과시 겸 경고라고 짐작했다. 꽃을 들고 가는 것을 한 달이나 지켜보다가 이제 와 문제 삼은 것은 자연스럽지 않았다.

적왕이 진심으로 후작이 딸에게 접근하는 게 싫었다면 초반에 나섰어야 했다. 후작의 꽃 선물이 더 사람들의 관심을 끌기를 기다렸다는 뜻이다. 그때 후작을 불러 경고하면 그 효과가 더욱 클 테니까.

오늘 일이 퍼져 나가면 사람들은 리먼 가문과 적왕이 한 몸이라는 사실을 새삼 상기할 것이다. 철왕의 상대는 리먼 가문뿐만이 아니라 적왕과 은왕도 있다는 사실을 깨닫고 말조심할 것이다.

'적왕. 그녀의 어머니……'

오늘 만남으로 확신했다. 적왕과는 양립할 수 없다.

'그녀에게 어머니를 버리라고 할 수 있나? 그녀가 어머니를 버리면서까지 나를 택해 줄까?'

그는 살짝 미간을 찡그렸다. 위가 아프다.

마차가 저 멀리 보이기 시작했다. 마차 곁에 마부가 등을 들고 서 있었다. 쿤이 걸음이 늦추었다. 평소에 마부는 마부석에 앉아 기다렸다. 평소와 다른 행동은 신호였다.

쿤을 발견한 마부가 고개를 숙였다. 쿤이 눈으로 주변을 훑었다. 특별히 이상한 점은 없었다.

"오늘은 늦으셨습니다. 후작님."

"그래. 오래 기다리게 했구나."

"오르십시오."

쿤의 시선이 잠시 마부에게 머물렀다. 마차의 문을 잡아당겨 안을 본 그의 눈이 가늘어졌다. 내색하지 않고 태연하게 안으로 들어갔다. 바깥에서 마부가 문을 닫았다.

"이렇게 뵙는 무례를 용서하십시오. 후작님."

포프 백작부인이 앉아 있었다.

"마차는 출발해야 합니다. 백작부인."

"예. 출발해야 자연스럽지요. 어차피 저도 출궁하는 길입니다."

쿤이 마차의 벽을 두드렸다. 곧 마차가 출발했다. 황궁의 마차길은 관리가 잘 되어 작게 팬 곳도 없이 매끈했다. 마차가 달리는 동안 소음이 적었다. 작은 목소리의 대화도 무리가 없었다.

"중간에 백작부인의 저택에 들르는 것보다 다른 곳으로 갔다가 댁으로 모셔다드리는 편이 낫겠습니다."

"그래 주시면 감사하겠습니다."

"오래 기다리셨습니까?"

"아닙니다."

"곁에 보조할 사람이 항상 있어야 하지 않습니까?"

"먼저 보냈습니다."

"다음부터는 그러지 않으셔도 됩니다. 이렇게 기다리지도 마시고요. 용무가 있으면 연락을 주세요. 찾아뵙겠습니다."

"배려에 감사합니다."

진심이 아닌 말뿐이라 해도 베스는 고마웠다.

"오늘 곤란한 일을 겪으셨다고 들었습니다."

쿤이 나직이 웃었다.

"정말 소문이 빠르군요."

"전하께서도 아셨습니다. 내색은 안 하시지만, 후작님을 염려하십니다."

"……염려하실만한 일은 없었다고 말씀 전해 주십시오. 혹시 전하께서 제게 전하는 말씀은 없습니까?"

「은왕궁에 꽃을 가져오지 말라고 하시오.」

황녀가 전하라는 말이 베스의 입안에만 맴돌았다. 베스는 그 말을 할 때 황녀의 무거운 표정을 봤다. 하지만 부연 설명이 없는 문장은 차갑기만 했다.

"……아니요. 없습니다."

베스는 차라리 말하지 않는 쪽을 택했다.

마차의 속도가 줄었다. 황궁의 출입구를 통과하는 모양이었다. 느릿하게 움직이던 마차가 다시 가속해 달렸다.

"후작님. 이제 아침에 오지 않으시는 게 좋겠습니다."

베스는 자신의 의견인 듯 말했다.

쿤이 한숨을 내쉬었다. 적왕과 약속했으니 어차피 꽃 선물을 더는 하지 못한다. 그는 쓴웃음을 지었다. 그녀는 끝내 단 한 번도 나와 주지 않았다.

"알겠습니다. 좋은 의도로 시작한 일이 오히려 전하께 부담이 된다면 그만둬야지요."

"갑자기 발길을 끊으시면 전하께서 서운해하실 겁니다."

쿤이 픽 웃었다. 과연? 홀가분해하지 않으면 다행이다.

"전하를 뵈러 오세요."

"전하께서 그러기를 바라십니까?"

"제 생각입니다."

잠시 기대했다가 쿤은 속으로 '그럼 그렇지.'라고 중얼거렸다. 대체 그 얼음공주를 녹이려면 뭘 더 어떻게 해야 하나.

눈에서 멀어지면 마음도 멀어진다는 말이 자신은 해당이 안 되는 것 같다. 얼마나 오랫동안 보지 않아야 마음이 식을까? 그녀를 보지 못하고 하루하루 지날수록 그의 속에 혼탁한 것들이 차곡차곡 쌓였다. 그것들은 점점 부피를 키워 그의 숨구멍을 막았다.

허기 같기도 하고 목이 마른 것 같기도 했다. 그녀를 만나 품에 안으면 해소될 갈증이었다.

"전하께서 바라지 않으면 어차피 가도 만나 주지 않으실 겁니다."

"후작님은 전하의 허락 없이도 그분을 뵐 방법을 아시지 않습니까."

쿤의 고개가 들렸다. 그는 빤히 백작부인을 쳐다봤다.

"사람 눈에 띄지 않게 조심하셔야 합니다."

베스는 후작의 무심한 눈동자가 일렁거리는 것을 보았다. 주책스럽게 심장이 두근거렸다. 자신이 얼굴을 붉혔을까 봐 걱정됐다. 혈색이 보일 정도로 마차 내부가 밝지 않아 다행이었다.

"자주는 안 됩니다."

후작이 씨익 웃었다.

'어쩜.'

베스는 사교계를 뒤집은 라드 후작의 매력을 새삼 느꼈다. 라드 후작이 가진 완벽한 조건보다 사랑에 빠져 감정을 흘리는 모습이 훨씬 더 매력적이었다.

*   *   *

일찌감치 잠자리에 들겠다고 침실에 들어와 시녀들을 모두 물린 후 시에나는 소파에 앉아 생각에 잠겼다. 아까는 피곤했지만, 생각이 많아지니 잠이 다 달아났다.

'나도 적왕궁에 사람을 심어야겠어.'

어머니가 먼저 한 짓이다. 똑같은 짓을 해서 안 될 이유가 있나.

'내가 지금껏 알았던 어머니의 모습은 다 거짓이야. 인정하자. 난 어머니를 몰라. 어머니를 모르니까 어머니의 생각을 알 수 없고 무슨 짓을 할지 예측하지 못해.'

꿈에서 얻은 정보가 너무 적다며 손 놓고 방관하는 것은 비겁하다는 생각이 든다.

'지금 아는 것만으로도 어디야. 미래의 꿈은 나만 얻은 특권이지. 다른 사람은 이것조차도 몰라.'

누가 좋을까.

'그 시녀?'

백작부인에게 정보를 준다는 잡무 시녀는 어떨까.

'아니야. 부족해. 기껏해야 적왕궁에 드나드는 사람을 파악하겠지.'

어머니의 의심을 사지 않으면서 어머니에게 접근할 수 있어야 한다. 문득 딱 맞는 사람이 떠올랐다.

'벤 스투스.'

그자를 역이용할 수 있을까? 시에나는 벤 스투스가 외숙보다는 어머니 쪽 사람일 가능성을 크게 봤다.

어머니는 이미 전적이 있었다. 시녀들을 통해 시에나의 일과를 파악하려 했고 백작부인을 괴롭힌 사람도 어머니였다.

포프 백작부인이 고된 일을 겪고 돌아온 후 시에나는 대체 어머니와 무슨 일이 있었던 거냐, 묻지 않았다. 두 사람 다 상처받은 사건이었다. 아무 일도 없었던 것처럼 입에 올리지 않았다.

시에나는 대충 이유를 짐작했다. 어머니가 백작부인에게 은왕궁에서 보고 들은 것을 옮기라고 요구했으나 백작부인이 거절하자 괘씸했던 것이 아닐까.

하지만 어머니가 왜 그렇게까지 했는지는 이해하지 못했다. 그게 백작가를 쑥대밭으로 만들 만한 일인가.

그런데 최근, 시에나는 패트리샤의 일그러진 애정과 집착을 어렴풋이 감지했다. 계기는 다름 아닌 파티마였다.

파티마를 보며 시에나는 비틀린 감정을 깨우쳤다. 마음속에 그림자가 생긴 이후 시에나는 타인의 어둠을 인지하게 되었다.

과거의 시에나는 세상을 보는 눈이 단순했다. 사람의 기질은 선과 악, 둘로 나누고 사람의 감정은 밝음과 어둠으로 나눴다. 하지만 근래에 인간이 단순하지 않다는 것을 배우는 중이었다. 선과 악은 별개가 아니었다.

바뀐 시야로 이번 일을 들여다보니 느낌이 왔다. 기사에게 올가미를 씌워 끌어내고 스투스를 기어이 은왕궁에 끼워 넣은 일련의 과정에서 집착이 느껴졌다. 꿈에서 패트리샤가 한 말도 근거가 되었다.

「황상. 스투스 경은 틀림없는 황상의 충신이에요.」

패트리샤는 적극적으로 스투스를 두둔했다.

시에나는 스투스를 패트리샤의 사람이라고 전제했다. 그리고 스투스가 진심으로 충성한다는 경우의 수는 일단 배제했다. 충복이라면 배신할 리가 없으니까. 시에나는 배신자가 필요했다.

'스투스에게 충성할 수밖에 없는 이유가 있다면?'

두 가지 이유가 떠올랐다. 충성의 대가가 달콤하든가 배신하면 잃을 것이 많든가. 시에나는 후자의 이유에 주목했다.

'스투스에게 약점이 있는지 찾아봐야겠구나.'

불과 1년 전의 시에나라면 절대 성립할 수 없는 사고의 확장이었다. 약점이 잡혀 충성하다니. 상상도 하지 못했을 것이다.

'어떻게 알아봐야 하지?'

아마 꼭꼭 숨겼을 것이다. 어머니가 스투스의 약점을 쥐었다면 그걸 누구나 쉽게 알도록 조치하지 않았을 테니까.

스투스의 뒤를 조사하는 사실을 눈치채지 못하게 은밀하되 감추어진 부분을 들추어내는 매의 눈을 가진 능력자가 필요했다.

'감찰부는 안 돼.'

분명히 어머니의 귀에 들어갈 것이다. 비공식적이어야 한다. 맨 처음에는 에비타가 떠올랐다.

'아니야.'

시에나는 고개를 저었다. 그 여자는 정체가 불분명했다. 어느 정도까지 믿어도 좋은지 알 수 없다.

다음으로 떠오른 사람은 레반이었다. 레반은 포프 백작부인의 주변 상황을 빠른 기간 내에 정확히 조사하는 놀라운 능력을 보여주었다. 레반의 정체도 모호하기는 마찬가지이지만, 왠지 믿음이 갔다.

그러나 레반이 보좌관직을 사임한 후 어디로 갔는지 모른다. 일전에 길버트에게 지시해서 근황을 알아봤더니 아예 관리직을 사직했다.

'연락할 방법을 알아 둘 걸 그랬어.'

톡, 톡. 무언가를 두드리는 소리가 들렸다. 시에나는 소리가 들리는 방향으로 고개를 돌렸다. 발코니 쪽이었다. 오늘은 아침부터 날이 궂었다. 바람 소리인가 했더니 또다시 톡, 톡 소리가 규칙적으로 이어졌다. 인위적인 느낌이 났다.

그녀는 소파에서 일어나 발코니로 다가갔다. 이미 그녀의 심장이 두근거리기 시작했다. 그래서 발코니 창 앞에 서 있는 쿤을 봤을 때 크게 놀라지 않았다.

시에나와 눈을 마주친 쿤이 보란 듯이 다시 발코니 창틀을 손가락으로 두드렸다.

'정말 이 남자는…….'

늘 이런 식이었다. 예상하지 못하는 순간에 느닷없이 나타났다. 미처 마음의 준비를 하기 전에 불쑥 들어왔다. 이곳이 전쟁터이고 그가 적군이라면 이미 자신은 그의 공격에 수없이 목숨을 잃었을 것이다.

시에나는 천천히 창으로 걸어갔다. 걸쇠에 손을 얹은 채 그를 쳐다봤다. 열고 나면 돌이킬 수 없을 것 같다. 침실 전체가 그녀의 마음이고 이 유리 창문은 연약한 방어막이었다.

그는 얼마든지 깨고 들어올 힘을 가졌으면서도 언제나 바깥에서 두드렸다. 열어 주지 않으면 그는 얌전히 돌아갈 것이다. 여닫는 것은 오직 그녀의 의지였다.

어쩌면 일생일대의 결심일지도 모른다. 뜻밖에 그녀의 망설임은 길지 않았다. 그가 끈질기게 두드리는 동안 시에나의 방어막에 서서히 금이 갔다. 급기야 오늘 와장창 깨져 버렸다.

시에나는 걸쇠를 당겼다. 동시에 마음의 빗장이 열렸다.

언제나 다가오는 사람은 쿤이었다. 시에나는 가만히 서서 적당히 자신을 보호하며 때로는 한 걸음 물러섰다. 그가 하듯 시에나가 그에게 적극적으로 다가가기엔 아직은 조금 더 용기가 필요했다. 하지만 이제 물러서는 일은 없을 것이다.

쿤이 창을 잡아당겨 안으로 들어오자마자 그녀의 허리를 팔로 감아 끌어안았다.

"일부러 그런 게 아니라면 당신은 타고난 거야."

쿤이 시에나의 입술에 짧게 입맞춤했다.

"안 열어 주는 줄 알고 조마조마했잖아. 망설였지?"

"……응."

"왜?"

"늦은 시각이니까."

"불이 켜져 있더라고. 당신이 자는 중이었으면 깨울 생각은 없었어."

시에나의 허리를 안은 그의 팔이 슬그머니 풀렸다. 버릇처럼 그녀를 안았다가 물컹하게 눌리는 감촉에 얼마나 놀랐는지. 시에나는 잠옷 차림이었다. 리넨 재질의 긴 원피스 안에는 속옷만 입었다.

원피스 잠옷 위에 양털로 짠 웃옷을 걸쳐 입었다. 앞섶을 여민 웃옷이 무릎 아래까지 길었다. 얼핏 보면 양털로 만든 원피스 같았다.

양털 웃옷 덕분에 속이 비치지는 않지만, 제대로 의복을 갖추어 입었을 때와 만지는 느낌이 달랐다. 피부의 말랑함과 허리의 굴곡이 적나라했다.

쿤은 뒤늦게 그녀의 차림새가 눈에 들어와 진땀이 났다. 간신히 태연한 척했다. 문을 열어 줘서 고맙다고 해야 하는지 그녀의 무방

비함을 걱정해야 하는지 모르겠다.

"이 시간까지 황궁에 있었어? 백작부인이 당신을 만날 거라고 했는데. 설마 백작부인이 아직 당신을 기다리고 있을까?"

"아……. 백작부인. 만났지."

포프 백작부인을 집에 데려다주고 담쟁이 저택으로 들어갔다가 그는 다시 나왔다.

베스의 파격적인 제안은 간신히 참고 있는 그를 부채질한 격이었다. 내일 날이 밝을 때까지 도저히 기다릴 수가 없었다. 백작부인은 라드 후작이 그 길로 다시 입궁해 황녀의 침실 창문을 두드릴 것이라고는 짐작도 못 했을 것이다.

"아무래도 내일 아침에 다시 오는 편이 낫겠지?"

"자는 중 아니었어. 괜찮아."

시에나는 그의 곤혹스러움을 전혀 알아차리지 못했다.

"그리고 아침에 왔다가 백작부인과 마주치면 곤란하지 않아?"

"괜찮아. 허락받았으니까."

"누구의 허락?"

"백작부인."

시에나가 두 손을 허리에 얹었다. 쿤은 그녀가 오해하지 않도록 설명을 덧붙였다.

"아까 백작부인이 내일 아침부터는 은왕궁에 오지 말라고 하더군."

시에나의 눈빛이 흔들렸다. 오지 말라는 자신의 전언을 쿤이 들었다고 생각했다.

백작부인은 저녁 무렵 '후작님을 만나 뵙고 그 길로 출궁했다가 내일 아침에 들어오겠습니다.'라고 말하고 갔다. 시에나는 그 후 내심 후회했다. 다짜고짜 오지 말라니. 설명 없이 너무 냉정하게 잘랐나 싶었다.

"그래서 난 당신을 만나서 직접 얘기해야겠으니 비공식적으로 당신을 찾아갈 거라고 했지. 백작부인이 딱히 별말이 없던데."

쿤은 백작부인이 먼저 제안한 상황을 반대로 바꾸어 말했다.

"그건 허락이 아니잖아."

"음. 암묵적 허락……?"

"그리고 내 허락을 받아야지, 왜 백작부인의 허락을 받아?"

"백작부인이 당신 유모니까. 아니었나?"

"……."

시에나는 시선을 떨어뜨렸다. 백작부인을 유모처럼 여기는 자신의 마음을 누구에게도 말한 적 없었다. 쿤에게 마음이 읽히는 건 싫지 않지만 조금 부끄러웠다.

"……아무리 그래도."

"생각해 보니 내가 넘겨짚었네. 백작부인의 잘못은 아니야. 내 면전에서 '안 됩니다.'라고 말하기는 부담스러웠겠지."

시에나는 돌아서며 슬며시 웃었다. 그가 백작부인을 위해 변명해서 기분 좋았다. 소중한 사람을 그가 알아주고 소중히 생각해 주니 기쁘다.

"이리 와. 온 김에 들을 얘기가 있으니까."

시에나는 소파에 앉았다. 앉아서 잠시 기다려도 그는 오지 않았다. 시에나가 고개를 뒤로 돌려 보니까 그는 여전히 서 있었다. '안 오고 뭐 해?'라고 재촉했더니 그는 내키지 않는 걸음으로 시에나의 맞은편에 앉았다.

'뭐지?'

시에나는 눈을 가늘게 뜨고 그를 보았다. 평소와 달랐다. 달라붙지 못해 안달인 그가 옆에 앉지 않는 것도 이상했다.

'어머니 때문인가?'

"오늘 어머니가 당신에게 무례했다고 들었어. 내가 대신 사과할게."

"당신이 사과할 일은 아니야. 그분과 당신은 다른 사람이니까. 그분께 유감이 있다고 그걸 당신에게 전가할 이유가 없어."

그는 모녀 사이에 선을 그었다. 그녀를 적왕과 별개로 보고 싶은 그의 생각이 드러났다.

"어머니를 만났어?"

쿤이 고개를 끄덕였다.

"적왕을 뵌 시간은 얼마 안 돼. 긴 대화를 나눈 것도 아니고."

"왜 부르셨어? 무슨 얘기했어?"

"중요한 얘기는 아니었어. 딸 곁에 애먼 놈이 기웃거리니 경고하는, 그 정도."

쿤은 입술을 꾹 물고 쳐다보는 그녀에게 가볍게 웃었다.

"그게 전부야."

"심한 말…… 들었어?"

"내 기준으로는 전혀. 신경 쓰지 마. 난 정말 괜찮아."

쿤이 보기엔 귀족들은 너무 고상해서 어떤 막말도 직설적이지 않았다. 부모와 윗대까지 끌어내려 욕한다거나 저속한 욕설로 기분을 바닥에 처박지도 않는다. 대신 뒤끝은 아주 질기고 더러웠다.

'차라리 욕 몇 마디 듣는 게 낫긴 하지.'

쿤은 품에서 봉투를 꺼내 소파 테이블에 올렸다.

"원래는 내일 꽃과 함께 주려고 했는데. 오늘 저녁에 막 제작 완료된 초대장이야. 당신이 첫 주인이지."

시에나는 봉투를 열어 초대장을 확인했다.

장소는 담쟁이 저택이다. 담쟁이 저택이 라드 후작의 집이라고 알려진 후 수도에서 가장 큰 저택이라는 사실이 새삼 주목받았다.

"올 거지?"

"응."

"내가 당신 에스코트하러 갈게."

시에나가 쿤을 보며 미간을 찡그렸다.

"말도 안 되는 소리 하지 마."

"왜 안 돼?"

"당신이 파티 호스트잖아. 손님을 맞이해야지. 주최자가 손님을 에스코트하는 파티는 본 적이 없어."

"아……."

시에나는 그의 망연자실한 표정을 보고 설마 해서 물었다.

"몰랐던 거야?"

"아니, 알았는데……."

알았지만 까맣게 잊고 있었다. 그녀의 파트너가 될 단꿈에 젖어 있었다. 기본 상식조차 잊고 설레었던 자신이 한심했다.

시에나는 손으로 입을 가리며 소리 없이 웃었다. 맹수 같은 남자가 낙담해 풀죽은 표정이 귀여웠다.

"파티는 꼭 갈게. 당신의 첫 사교 파티네. 사람들이 아주 많이 오겠어."

상인들도 올까? 그는 후작이면서 상인이기도 했다. 내로라하는 거상들과도 친분이 있을 것이다. 시에나는 초대장을 다시 봉투에 담다가 문득 어떤 생각이 스쳐 지나갔다.

'상인이니까 정보에 밝겠지. 라드 상회 정도면 정보를 담당하는 전문 인력이 있을 거야.'

벤 스투스의 뒷조사를 부탁하면 어떨까. 쿤은 현재 조사관이었다. 어디를 들쑤시고 다녀도 수상해 보이지 않을 것이다. 생각할수록 그보다 적격은 없었다.

다만, 무슨 목적으로 어떤 정보를 찾는지 그에게 설명해야 할 것이다. 당연히 어머니와의 일도 말해야 하고 어쩔 수 없이 자신의 일부분을 보여 줘야 한다.

시에나는 지금껏 누구에게도 자신의 속마음을 온전히 내보인 적이 없었다. 심지어 믿고 곁에 두는 백작부인에게조차도.

군주는 그래야 한다고 배웠다. 그 가르침이 당연한 줄 알았고 의심하지 않았다. 그런데 지금껏 그녀를 지탱한 인생관을 뒤흔드는 짓을 하려 한다.

'나를 보여 주고 싶어.'

어리석은 짓이다. 세상 사람들은 그녀와 쿤의 관계를 일컬어 정적이라고 불렀다.

'그를 믿고 싶어.'

이 믿음이 언젠가 뼈아픈 결과로 돌아오더라도 후회하지는 않을 것이다. 이성에 따른 냉정한 판단이 아니라 순간의 감정에 충실한 선택을 하려는데 오히려 홀가분했다. 자신의 심장에 뜨거운 피가 벅차게 흐르는 기분이었다.

시에나가 한참 바라보기만 하는데도 그는 말없이 시선만 마주쳤다. 왜 그러냐고 묻지도 재촉하지도 않았다.

백작부인이 조심스럽게 라드 후작을 평한 적이 있었다.

「후작님은 젊은 분답지 않은 여유가 있으세요. 그래서 대화하다 보면 저도 차분해지는 기분이 듭니다.」

백작부인과 비슷한 감정을 시에나도 느꼈다. 그는 약간 뒤로 물러나 세상을 관조하듯 느긋했다. 그건 시에나가 어릴 때부터 배운 제왕학과 상통했다.

쿤 라드라는 남자를 알면 알수록 그의 과거가 궁금했다. 어디서 나고 자라고 누구에게 무엇을 배웠으며 어떤 경험을 했을까.

"쿤. 부탁이 있어. 당신의 도움이 필요해."

그의 눈동자에 기뻐하는 기색이 확연히 드러났다. 부탁? 도움? 당신이 내게? 말하지 않아도 그가 생각하는 게 보였다. 시에나는 괜히 민망했다.

"한 사람을 조사하고 싶어."

"누구?"

"벤 스투스. 얼마 전에 호위대에 들어온 기사야."

"짧게 걸리는 쪽, 오래 걸리는 쪽? 조사 기간 말이야. 그리고 당연히 내용의 밀도는 기간에 비례해."

"……아마 오래 걸리는 쪽?"

"길면 몇 개월이 걸릴 수도 있어."

"아주 급하지는 않아."

"알았어."

시에나는 이어질 그의 질문에 답변을 준비했다. 그런데 그가 '늦었으니 그만 갈게'라고 말하며 일어나자 당황했다.

"더 궁금한 건 없어? 벤 스투스 그자에 관해서 내가……."

"그걸 알고 싶어서 조사하려는 거 아닌가?"

쿤은 무슨 이유로 그자를 조사하려는지 전혀 궁금해하지 않았다. 시에나는 기껏 마음먹었다가 맥이 풀렸다.

그런데 그는 언제나 그랬다. 어떤 일을 빌미로 시에나의 속을 떠보려 하지 않았다. 먼저 말하지 않으면 캐묻지 않는다. 그런 점이 시에나의 경계를 무디게 만들었다.

"아, 한 가지만. 그자의 체면을 고려해야 하나?"

"아니. 인정사정 볼 필요 없어."

"음. 그럼 아주 탈탈 털어서 당신에게 가져다줄게."

곧 벤 스투스는 숨을 곳도 없이 낱낱이 파헤쳐질 거라는 예감이 들었다. 시에나는 아주 약간, 이 남자의 사냥감이 된 스투스를 동정했다.

쿤이 발코니 창으로 성큼성큼 걸어갔다. 서두르는 기색이었다.

순식간에 저만치 가 버린 그를 시에나가 따라갔다.

그가 발코니 창에 손을 댄 채 그녀를 돌아보았다.

"잘 자. 창문 꼭 잠그고."

어서 나가고 싶었다. 아슬아슬했다. 늦은 시간이기 때문인지, 그녀의 차림새 때문인지, 의식하기 시작하니까 눈에 보이는 전부가 자극적이었다.

아직은 간신히 참고 있지만, 몸의 본능적인 변화를 통제하는 것도 한계가 올 것이다. 이미 슬금슬금 신호가 오고 있었다. 한때 아무렇지 않게 드나들었던 과거의 자신을 이해할 수 없었다.

쿤은 창을 밀어 열다가 멈칫했다. 천천히 몸을 돌려 시에나와 눈을 마주쳤다가 자신의 허리로 시선을 내렸다. 하얀 손이 재킷의 옷자락을 붙들고 있었다. 그의 시선을 따라간 시에나는 자신의 손이 잡은 것을 확인하고 화들짝 놓았다.

그는 반쯤 열린 발코니 창을 다시 닫았다. 완전히 그녀 쪽으로 몸을 틀었다. 왜 그러냐고 묻지 않고 기다렸다.

시에나가 말했다.

"무슨 일…… 있는 건 아니지?"

"무슨 일?"

"……."

당신의 태도가 이상해. 시에나는 속으로만 중얼거렸다. 달라붙지 않고 안으려고 하지도 않고 키스도 아까 들어오면서 했던 짧은 입맞춤이 전부였다. 구구절절 설명하자니 마치 '왜 내게 치근대지 않아?'라고 묻는 것 같아 말할 수 없었다.

자꾸 꿈이 생각났다. 그건 죽은 미래, 꿈에 나오는 쿤은 다른 사람, 몇 번 자신에게 타일러도 소용없었다.

오늘의 미래는 결정되지 않았다. 그녀는 긍정적으로 생각하려 했다. 꿈과 전혀 다른 미래가 펼쳐질 거라고. 반드시 그렇게 만들 거라고.

하지만 결국은 돌고 돌아 꿈속 미래처럼 흘러갈지 모른다는 불안감이 가시지 않았다.

갑자기 얼굴에 닿는 온기에 시에나는 흠칫했다. 그가 손을 뻗어 손끝으로 시에나의 볼을 부드럽게 쓸었다. 다정하고 조심스러웠다. 시에나는 가만히 서서 그가 만지는 대로 내버려 두었다.

그는 조금씩 과감해졌다. 그녀의 옆 턱을 쥐고 손가락으로 입가 쪽 볼을 문질렀다. 그녀의 머리카락을 귀 뒤로 넘기며 드러난 귀를 만지작거렸다.

그의 눈빛은 따뜻했고 온화한 애정이 가득했다. 한편으로 그의 손길에 진득한 욕심이 묻어났다. 그래서 그녀의 불안이 점점 희미해졌다. 그가 손을 떼자 아쉬웠다.

"당신이야말로 무슨 일 있어?"

시에나가 고개를 좌우로 저었다.

"혹시 해서 하는 말인데. 어디서 무슨 말을 듣더라도 내 얘기를 듣기 전에는 속단하지 마."

"……변명할 기회를 달라고?"

쿤이 허를 찔린 표정으로 웃었다.

"그래. 기회는 줘. 당신 주변 사람들이 전부 다 나를 죽일 놈이라고 말해도 내 말을 한 번은 들어 줘."

"반대의 경우라면? 당신 주변 사람들이…… 날 싫어하면?"

"그럴 일은 없어."

다시 나가려는 쿤의 등에 시에나의 손이 닿았다. 멈칫한 쿤이 돌아보며 장난스레 웃었다.

"가지 말까?"

"……."

대답 없이 시에나의 표정이 새침해졌다.

"……왜 그래? 날 부추겨서 당신에게 좋을 거 없어."

그는 가라앉은 목소리로 경고했다. 하지만 주춤하기는커녕 오히려 도발적인 그녀의 눈망울을 보자 머릿속이 확 들끓었다.

처음 보는 그녀의 행동을 이성적으로 해석하려 애썼다. 심경의 변화가 있나? 변덕인가? 늦은 시각이라 잠기운으로 나른해서? 그러나 그의 이성은 끝내 바닥을 드러냈다.

'안 되는데.'

그는 두 손으로 그녀의 얼굴을 쥐고 보드라운 입술을 삼켰다. 부드럽게 애무하듯 키스할 정신이 없었다. 다급히 그녀의 입안을 탐했다. 혀를 밀어 넣고 촉촉한 안쪽을 휘저었다. 그녀의 말캉한 혀를 쪽 빨아들이면서 섞이는 타액을 삼켰다.

시에나가 두 팔을 그의 목에 감아 끌어안았다. 얇은 자리옷 너머로 그의 단단한 몸이 느껴졌다. 그의 손이 그녀의 어깨를 쥐었다가 등허리를 타고 쓸며 내려갔다. 커다란 손이 몸을 어루만지는 느낌이 좋았다. 그가 좀 더 만졌으면 좋겠다고 생각했다.

허리께에 닿은 손이 순간 멈칫했다가 그는 입술을 뗐다. 그는 그
녀의 얼굴 여기저기에 입을 맞췄다. 입가, 눈, 콧방울, 볼과 귓가 그
리고 목덜미까지. 그리고 짙게 한숨을 쉬며 그녀를 꽉 안았다.

말랑한 몸이 품 안 가득히 느껴지는 기분은 정말 환상적이었다.
더구나 그녀는 오늘따라 더 나긋나긋했다. 그녀는 안긴 자세에서
마치 품에 파고들듯이 쿤의 가슴에 얼굴을 비볐다.

'아, 제발.'

쿤은 무너지지 않으려고 이를 악물었다.

언젠가 시에나가 했던 말을 똑똑히 기억했다.

「내 정부가 되고 싶어?」

여기서 일 저지르면 정말 정부밖에 안 된다. 그는 남의 눈을 피해
발코니 창으로 드나드는 게 아니라 당당히 출입문을 통해 침실로
들어가기를 원했다.

'흠.'

그에게 꽉 끌어안긴 상태로 그녀는 눈을 깜빡거렸다. 자리옷이
얇아서 맞닿은 하복부의 느낌이 생생했다. 딱딱한 것이 불룩 튀어
나와 그녀의 아랫배를 찔렀다. 지난번에 상회를 방문했을 때만큼
당황하지는 않았지만, 기분이 묘했다.

예전에 성교육 때문에 직관했던 실습 정사의 광경이 떠올랐다. 사
내의 성기는 성적으로 흥분하면 커지고 위로 곤두선다고 배웠다. 그
러면 사내가 단단해진 성기를 여자의 음부에 삽입하여 결합한다.

그녀는 입안에 고이는 단침을 꿀꺽 삼켰다.

왠지 오싹한 소름이 돋으면서 두 다리 사이 안쪽이 따가웠다.

쿤이 그녀의 팔을 잡아 조심스럽게 밀어냈다.

"시에나. 나 좀 봐줘. 이 이상은……."

그는 말을 하다가 멈추었다. 눈의 초점이 흐려졌다. 상기되어 발그레한 표정의 그녀는 호흡이 멎을 정도로 매혹적이었다. 도톰하게 붉은 입술이 마치 자신을 유혹하는 것 같았다. 그는 그럴 리 없다며 얼른 고개를 휘휘 저었다. 용케 잘 참는 자신을 다독였다.

"……안 돼. 백작부인이 날 가만두지 않을 거야. 난 당신 유모가 무섭다고."

시에나가 쿡쿡 웃었다. 그는 짧은 작별 인사의 키스를 남기고 도망치듯 돌아섰다. 다행히 이번에는 그녀가 또 잡지 않았다.

쿤은 발코니로 나와 안도의 숨을 내쉬었다. 자신의 팽팽한 바지 앞섶을 내려다보자 한숨이 나왔다.

시선을 들자 유독 밝은 달이 보였다. 오늘은 만월이었다.

달을 보고 포효하는 짐승의 심정을 이해했다.

7장

겹치는 파티

눈앞이 어두웠다. 그리고 흐릿하게 앞이 보였다가 다시 깜깜해졌다. 느릿하게 깜빡거리는 눈꺼풀 너머로 세상이 반쯤 기울어져 보였다. 기대 누워 있던 고개가 바로 올라가 균형을 맞췄다. 눈앞에 불쑥 유리잔이 다가왔다.

"찬물입니다."

물 잔을 응시하던 시선이 물 잔을 쥔 손을 따라 위로 올라갔다. 공왕이었다.

잠들기 직전에 현실의 쿤을 만나서 그런지 오늘 꿈에서 보는 미래의 쿤은 어딘지 낯설었다.

황제가 물을 들이켰다. 한 잔을 말끔히 비웠다.

"내가 잠들었소?"

"예."

"얼마나?"

"한 시간 정도쯤 지났습니다."

"음……."

황제가 한숨을 쉬더니 눈앞이 어두워졌다. 기억을 더듬으려는 것 같았다. 한참 황제가 '으음' 소리만 내자 공왕이 말했다.

"와인을 빠른 속도로 몇 잔을 연거푸 드셨습니다. 미처 만류할 틈도 없었습니다. 그리고 제게 몇 번이나 '어머니를 대신해 사과하지만, 용서는 바라지 않는다'라고 말씀하셨습니다. 같은 말씀을 계속 반복하시기에 정말 폐하께서 만취하셨다고 짐작했지요. 그러더니 눈을 감고 소파에 기대셨습니다. 주무시더군요."

—하아…….

할 수 있다면 두 손으로 얼굴을 감쌌을 것이다. 주사를 부리다니. 듣는 자신이 부끄러웠다. 지금 황제의 얼굴을 보면 술기운 때문이 아니라 수치심으로 얼굴이 붉어졌을 것 같았다.

황제가 눈을 뜨고 고개를 들었다. 공왕은 딱 떨어지는 말투만큼이나 표정에 틈이 없었다. 조롱하려는 기색은 느껴지지 않았다.

"왜 가지 않았소?"

"취해 잠드신 폐하를 그냥 두고 말입니까? 멀쩡하게 일어나서서 시종장을 불러 저를 배웅하라고 분명히 말씀하시지 않는 한 돌아갈 수 없지요. 나중에 무슨 덤터기를 쓸 줄 알고요."

황제는 그의 빈정거림에 아무 말도 하지 않았다.

"이미 주무시는 사이에 한바탕 소란은 있었습니다."

"무슨 소란?"

"폐하께서 저와 대작하는 시간이 길어지니 몹시 걱정스러운 분이 계신 모양입니다."

황제가 신음처럼 한숨을 내쉬었다.

"……어머니가 왔다 가셨소?"

"그분께 폐하의 처소를 마음대로 드나들 수 있는 권한이 있는 줄은 몰랐습니다."

시에나는 히스테릭하게 악을 쓰던 노년의 어머니를 떠올렸다. 그 어머니와 공왕이 부딪치는 모습은 상상만 해도 골치가 아팠다.

"어머니가…… 순순히 물러갔소?"

"폐하와 중요한 대화를 나누는 중이라고 했습니다. 오늘 대화가 잘 끝나면 다시는 폐하를 뵈러 오지 않겠지만, 방해하면 수시로 찾아뵐 거라고 했습니다. 제대로 된 협박이었던 것 같습니다. 두말없이 나가시더군요."

"……."

"그분은……."

말을 잇지 못하고 공왕은 길게 한숨을 쉬었다.

"이제 와서 무슨 말이 소용이겠습니까."

두 사람 사이에 무거운 침묵이 감돌았다.

"속은 괜찮으십니까? 두통이 있으시다거나요. 필요하시면 의관을 부르겠습니다."

—참 알 수 없는 남자야.

역시 같은 사람이 맞았다. 무슨 생각을 하는지 알 수 없다는 점이 미래의 쿤과 현재의 쿤이 똑 닮았다.

공왕의 태도는 묘했다. 적대적이지도 친근하지도 않았다. 선을 긋는 느낌은 있는데 아예 남이라고 딱 자르는 것보다는 가까웠다.

—둘은 결혼했어.

결혼에 이르는 과정이 어찌 되었든 두 사람은 한때 부부였다.

—결혼 목적에 계승권 박탈이 있었으니. 결혼 전에 그는 공왕이었겠지.

왕이니 영토가 있을 것이다.

—철왕이 영토를 주었겠지?

어느 지역이든 수도 가까이는 아닐 것이다. 제국의 중심인 수도 근처에 자치권을 보장하는 독립국을 인가하는 것을 귀족들이 받아들일 리가 없다.

두 사람은 결혼 후 수도를 떠나 공국령으로 간 것 같다. 전에 '흑암성'이라는 명칭을 거론했다. 아마 그곳이 공왕성 아닐까.

"괜찮소. 잠시 잠들어 그런지 취기가 가셨소."

"그 정도로요? 많이 취하신 것 같았습니다만."

"원래 취해도 오래가지 않소. 한두 시간 자고 나면 회복된다오."

황제를 유심히 보던 공왕은 괜찮아 보인다고 판단했는지 돌아서서 다시 맞은편의 소파에 앉았다.

"두 분이 남매가 맞나 봅니다. 선황 폐하께서도 술이 무척 강하셨습니다. 말술을 마셔도 좀처럼 잘 취하지 않고 취해도 다음 날 숙취를 모르는 분이었지요."

"신족의 특성일 거요."

"……그렇군요."

─흐음. 그럼 나도?

시에나는 취할 정도로 술을 마셔 본 적이 없었다.

"폐하. 연회 때 술을 드시는 모습은 거의 본 적이 없습니다. 흑암성에 머무실 때도 술을 드셨더라는 말을 듣지 못했습니다."

"원래 즐기지 않소."

"그럼 황궁으로 오신 이후에 술이 느셨나 봅니다. 술을 취하도록 마셔 봐야 숙취 증상이 어떤지 알 수 있을 테니까요."

"그런 얘기는 그만두시오."

"솔직해지자고 하셨습니다."

황제는 반박하지 못하고 고개만 돌렸다. 황제의 시선이

구석으로 향했다. 그림자가 진 곳이 어두컴컴했다. 공왕의 목소리만 들렸다.

"폐하를 뵐 때마다 항상 여쭙고 싶었습니다. 왜 행복해 보이지 않으십니까?"

시에나의 가슴이 덜컥 내려앉았다. 황제의 심정도 다르지 않을 거라는 생각이 들었다.

"당신이 바라는 대로 되었습니다. 그날 뒤도 돌아보지 않고 흑암성을 떠나셨습니다. 순리에 맞게 잃었던 황위를 되찾았다고 생각하셨겠지요."

잠시 말이 없던 공왕이 허탈하게 웃는 작은 소리가 들렸다.

"저는 사실, 폐하가 되돌아오실지도 모른다고 생각했습니다. 그래서 가시는 길을 막지 않았습니다. 제 착각이었습니다. 결혼 무효 소송이라니. 그건 예상하지 못했습니다."

*   *   *

오전에 입궁한 베스는 시녀로부터 놀라운 이야기를 들었다.

"전하께서 오전 일정을 전부 취소하셨다고?"

"예, 백작부인."

"편찮으시다더냐? 의관은 부르지 않았어?"

"여쭈었으나 됐다고 하셨습니다. 저희는 전부 물러가라고 하시고 침실에서 나오지 않으십니다."

"이유는 여쭙지 않고?"

시녀가 대답하지 못했다. 베스는 짧게 혀만 차고 추궁하지 않았다. 은왕궁의 시녀들은 모시는 주인을 몹시 어려워했다. 황녀는 아랫사람을 괴롭힌다거나 실수에 엄하지 않지만, 곁을 전혀 내주지 않았다. 속을 알 수 없는 윗전이었다.

베스가 황녀의 신임을 받아 시샘을 받을 만한데도 시녀들은 백작부인이 황녀와의 사이에 매개가 되어 주어 오히려 안심하는 눈치였다.

베스가 침실 문을 두드린 후 목소리를 높였다.

"전하. 베스입니다. 방금 입궁했습니다. 들어가겠습니다."

베스는 시녀와 조용히 안으로 들어갔다. 소파에 앉아 있던 시에나가 베스에게 눈인사를 보냈다.

'겉보기에는 평소와 다르지 않으신데.'

베스가 이동의자를 미는 시녀에게 손짓했다. 이동의자가 소파에 바짝 붙어 멈추었다. 베스가 다시 손짓하자 시녀가 시에나에게 꾸벅 고개를 숙인 후 침실에서 나갔다.

"전하. 어디 편찮으십니까?"

"아프지 않소. 속이 시끄러운 일이 있어서 생각을 정리할 시간이 필요했소."

베스의 시선이 소파 테이블 위의 봉투에 닿았다. 그녀가 미간을 살짝 찡그렸다가 폈다.

"라드 후작님 때문입니까?"

베스는 시에나의 침묵을 대답으로 짐작했다.

7. 겹치는 파티 279

"벌써 아침에 다녀가신 모양입니다. 저것이 전하께 고민을 안겨드렸습니까?"

베스가 봉투를 보며 말했다.

"저걸 라드 후가 주었다는 것을 어떻게 알았소?"

"봉투에 문양이 보입니다."

시에나가 봉투를 들어 확인했다. 봉투에 담쟁이 문양이 찍혀 있었다.

"라드 후의 가문 문양이 이거요?"

"예. 모르셨습니까?"

"담쟁이 저택이라 담쟁이? 어처구니가 없군."

귀족의 문양은 가문의 위엄을 나타냈다. 사자와 매 등의 용맹한 짐승 혹은 거대한 발톱이나 날개 등 상징적인 일부분, 검이나 방패 같은 것을 문양으로 삼았다.

"저는 괜찮아 보입니다. 희소성은 있지 않습니까. 후작님이 아주 고심해서 택하셨을지도 모르지요."

시에나는 절대 그럴 리 없다고 생각했다.

'이 문양에 중요한 의미가 있다면 내게 말했겠지.'

그는 봉투를 주면서 언급도 하지 않았다. 즉흥적으로 그냥 만든 게 분명했다.

'후작 자리는 중요하지 않아서일까? 그가 바라는 건 왕이 되는 거니까?'

다시 꿈이 생각나자 심란했다. 아침에 눈을 뜨자마자 속이 부대끼는 심정은 뭐라 말할 수가 없었다.

제후와의 결혼으로 계승권이 박탈되었는데 어떻게 황제가 되었는지 의문이었다. 법조문을 샅샅이 뒤졌지만 이혼한다고 계승권이 부활한다는 조항은 없었다.

결혼 무효였다니.

미래의 자신은 정말 지독한 짓을 했다. 결혼이 성립한 시기로 소급해 아예 없었던 일로 되돌리므로 계승권도 박탈된 적이 없는 상태로 돌아가는 것이다.

그녀는 상상력을 발휘하여 꿈속 미래의 상황을 머릿속으로 그려 보았다.

두 사람은 당시 황제였던 철왕의 명령으로 결혼했다. 두 사람 다 바라지 않았던 결혼이었다. 당연히 그들의 관계는 초반부터 삐걱거렸다.

결혼 후 그들은 공국령으로 갔다. 두 사람의 결혼 생활은 그곳에서 시작했다. 결혼 생활은 순탄하지 않았다. 부부는 대립했다. 추측하건대 사소한 싸움 정도가 아니라 서로 편을 갈라 마음을 열지 않은 것 같다.

공왕에게는 그의 사람이 있었고 시에나는 스투스 경을 비롯한 자신의 사람을 공국령으로 데려갔다. 부부의 사이가 좋지 않으니 아랫사람들끼리도 충돌했다. 그게 부부를 더 멀어지게 만들었다. 결혼 생활 중 황제가 된 철왕이 죽었다. 후계는 남기지 못했을 것이다.

시에나는 꿈에서 공왕이 했던 말을 기억했다.

「당신은 유일하게 남은 그분의 혈육이었기 때문입니다.」

원래대로라면 시에나는 제1 계승권자이므로 당연히 다음 황제가
되어야 했다. 그런데 결혼으로 이미 계승권이 박탈되었다.

미래의 시에나는 공왕비의 자리를 버렸다. 황제의 자리를 갖기
위해 혼인을 무효로 만들었다. 그래서 꿈속의 황제는 결혼했지만,
서류상으로는 미혼이었다.

'꿈속 황제의 결정을 이해 못 하는 건 아니야. 선황이 후계 없이
죽었는데 마땅한 다음 계승자가 없으면 황실이 흔들리니까.'

하지만 방법이 잘못되었다. 황제는 공왕을 전혀 배려하지 않았
다. 통보만 하고 집을 떠난 아내로부터 혼인 무효 소장을 받은 공왕
은 기분이 어땠을까.

황당함, 노여움, 굴욕감……. 한마디로 표현할 수 없었을 것이다.

"전하. 전하께 용서를 빌 일이 있습니다."

베스가 시에나의 안색을 살피며 조심스럽게 말했다.

"제가 감히 전하의 허락도 없이 라드 후작님께 정상적이지 않은
경로를 통해 전하를 뵈라고 말씀드렸습니다."

'흐음?'

쿤이 했던 말과 달랐다. 둘 중 한쪽은 거짓말이다. 하지만 상대
를 비난하기 위해서가 아니라 자신의 탓으로 돌리려는 좋은 거짓말
이었다.

'밤에 다녀갔다는 말은 안 하는 게 낫겠지?'

"괜찮소. 라드 후와 조만간 얘기는 나누고 싶었으니까. 그리고

내 고민은 라드 후 때문이 아니오. 이것 때문도 아니고."

시에나가 봉투를 베스에게 건넸다. 베스가 안의 초대장을 꺼내
보고 눈이 동그래졌다.

"어머나. 후작님이 파티를 개최하시는군요. 최고의 화제가 되겠
어요."

"그날 참석할 거요. 그대도 같이 갑시다."

"저도요?"

"표정을 보니 가고 싶은 거 같은데."

베스가 배시시 웃었다.

"남은 날짜가 넉넉하지 않네요. 그날 입고 가실 전하의 드레스를
서둘러 마련해야겠어요. 전하. 아직 아침진지도 드시지 않았지요?
준비하라고 할까요?"

"그러시오. 나도 이제 움직여야겠소."

시에나는 아직 잠옷 차림이었다.

"예. 전하. 시중들 시녀들을 들여보내겠습니다."

*   *   *

라드 후작은 공작들을 포함한 소수의 인원에게만 1차로 초대장
을 발송했다.

그것만으로도 곧 소문이 쫙 퍼졌다. 어떤 모임에도 얼굴을 내밀
지 않던 후작이 아예 저택을 개방해 파티를 연다더라, 사람들은 잔
뜩 흥분했다.

2차 초대객의 명단에 들어갈 수 있을까. 안정권에 있는 귀족들은 느긋했고 고만고만한 귀족들은 초조해했다. 발 빠른 자들은 초대장을 구할 방법을 찾으러 부지런히 뛰어다녔다.

며칠 지나지 않아 담쟁이 저택에서 열리는 라드 후작의 파티는 최고의 화젯거리로 급부상했다.

패트리샤가 초대장을 펼쳤다. 바로 그 문제의 초대장이었다. 그녀는 적왕이며 사교계에서 우월한 위치의 유명 인사이므로 1순위로 모든 파티의 초대장을 받았다.

그녀가 초대장을 흔들며 비소를 머금었다.

"이거 한 장 얻으려고 사교계가 들썩인다지?"

나이 지긋한 시녀가 고개를 조아려 대답했다.

"예. 후작이 아직 추가 초대장을 발송하지 않았습니다."

시녀는 패트리샤의 신임을 받는 측근이었다. 이곳저곳에 심어 둔 눈과 귀가 모은 정보를 취합해서 보고하는 임무를 담당했다.

"더 화제 몰이를 하려는 셈이군. 젊은 자가 능구렁이 같은 짓을 하는구나."

그녀는 입술을 짓깨물며 '지긋지긋해' 하고 중얼거렸다. 여기서도 라드 후작, 저기서도 라드 후작. 최근 사교계 소식은 전부 그자에 관한 것이었다.

"다른 이야기는 없느냐?"

"루크 백작 영랑이……."

시녀가 말끝을 흐렸다.

"말해라. 그자가 뭘?"

"어제 헌트 남작 영애의 약혼식에 모습을 드러냈습니다."

"낯짝도 두껍구나. 다들 본척만척했을 테니 구석 자리만 지켰겠지."

"……백작 영랑의 사교계 복귀는 문제가 없을 듯합니다."

"뭐야?"

패트리샤의 눈꼬리가 치켜 올라갔다.

"백작 영랑은 자신이 라드 후작의 부탁을 받아 초대객 명단 작성에 조언자가 되었다며 사람들의 관심을 끌었습니다. 실제로 가져온 초대장 여러 장을 그 자리에서 나눴습니다."

"하!"

패트리샤가 싸늘하게 코웃음 쳤다. 그녀의 눈동자에 사나운 빛이 번뜩였다.

갈아 마셔도 시원치 않을 놈. 그 망신을 치르게 하고 쪼르르 라드 후작에게 붙어? 루크 공작의 손자만 아니었어도 진즉 물고를 냈을 것이다.

"네가 보기엔 어떠냐? 후작의 파티에 쏠린 관심이 과열되어 있느냐?"

"예. 의상실에 마차들이 줄을 서서 기다립니다. 마차 방향을 일부러 돌려 담쟁이 저택 앞으로 지나가는 자들이 한둘이 아닙니다. 마치…… 작년 은왕 전하의 성년 생신 파티 직전의 분위기를 방불케 합니다."

패트리샤가 으득 이를 갈았다. 그녀는 무시무시한 눈으로 초대장을 노려보았다. 손아귀에 힘을 주었다. 형편없이 구겨진 초대장을 내던졌다.

"그럼 그 열기가 가라앉도록 적당히 물을 뿌려 줘야겠구나."

그녀의 붉은 입술이 일그러졌다.

적왕이 올해의 첫 공식 황궁 파티 계획을 발표했다.

매년 정기적으로 개최하는 황궁 연회가 최소 다섯 번이었다. 쓸 수 있는 예산은 한정되어 있으므로 적왕은 횟수보다 한 번의 연회에 공을 들이는 것을 선호했다.

그래서 갑작스러운 적왕의 발표는 이례적이었다. 연회 개최의 뚜렷한 명분도 없었다. 결정적으로 날짜가 정확히 라드 후작의 파티와 겹쳤다.

라드 후작의 파티로 들떴던 사교계의 분위기가 무겁게 가라앉았다. 적왕의 경고를 알아듣지 못하는 귀족은 아무도 없었다.

나와 라드 후작, 둘 중 하나를 택하라고, 책임질 수 있는 선택을 해야 할 거라는 으름장이었다.

*   *   *

"시작인가 보네."

디안이 맞은편의 쿤을 보며 말했다.

"안 그래도 적왕이 왜 조용한가 했지. 이건 날 겨냥한 것이기도 해. 네가 내 사람인 걸 아니까."

"그렇겠지."

첫 사교 파티가 엉망이 될 지경인데도 두 사람 다 태연했다. 낙관해서가 아니라 파티 같은 건 어찌 되든 상관없었다. 고작 이 정도로 핏대를 올려서는 언제 끝날지 모를 전쟁을 감당하지 못한다.

"어쩔 생각이야?"

"계획한 대로 그날 파티는 열 거야."

"적왕이 더 독이 오를 텐데. 자기한테 맞서려고 한다고."

"취소하고 날짜를 바꾸면 적왕도 날짜를 다시 바꿀 것 같아서."

디안이 키득거렸다.

"그 여자가 하고도 남을 짓이지."

"그리고 적왕은 내가 물러나기를 바라지 않을 거야. 나와 겨루는 상태에서 압도적으로 이겨야 만족할 것 같다. 만족한 적왕이 잠시라도 방심하면 오히려 남는 장사지."

"그것도 일리가 있네. 결과가 어떨 것 같냐?"

"당연히 내가 져."

디안이 이의 없이 고개를 끄덕였다. 다른 문제도 아니고 사교 모임이다. 사교계의 흐름을 정치권력과 따로 떼어 놓을 수는 없지만, 반드시 일치하지도 않았다. 적왕에 비하면 라드 후작의 사교계 입지는 형편없었다.

"그날 내 저택이 텅텅 비어도 상관없어."

"최소한 한 명, 아니 두 명은 있겠지. 내가 비올렛과 갈 테니까."

"거 참, 아주 고맙구나."

"아, 한 명 더. 은왕도 네 파티에 가겠지?"

"……."

디안은 대답이 없는 쿤을 의아하게 보았다. 그날 목격했던 두 사람 분위기를 보면 연인이나 다름없었다. 틀림없이 둘이 아주 뜨겁게 잘 되어 간다고 생각했다.

"은왕이 안 오겠대?"

"……몰라. 그건 은왕이 결정하겠지."

"은왕에게 말 안 해 봤어?"

"못 하지."

"왜?"

쿤이 쓴웃음을 지었다.

"적왕은 그녀의 어머니잖아."

디안이 기가 막힌다는 탄식을 흘렸다.

"또 또. 이상한 부분에서 물러 터진 녀석 같으니라고. 야. 어차피 적왕과는 절대 한배에 못 타. 네가 은왕을 얻으려면 적왕과 등지게 돼. 넌 적왕에게 원수보다 더한 놈이 되는 거라고."

쿤은 어깨만 으쓱했다.

"지금은 아니지."

"풋내기처럼 왜 이래. 내가 연애 조언 좀 해 줘?"

"네 앞가림이나 잘해."

"난 잘하고 있으니까."

쿤은 으스대는 디안을 보며 피식 웃었다. 그리고 진지해진 표정으로 말했다.

"네가 그로시 영애를 전략적 파트너 이상으로 생각한다는 것을 주변에서 알아차리는 순간, 영애는 네 약점이 된다. 각오는 하고 있지?"

디안이 굳은 표정으로 고개를 끄덕였다.

쿤은 철왕궁을 나와 행관으로 갔다. 그를 지나쳐 가는 궁인들, 특히 여자들은 꼭 한 번 뒤돌아보았다.

행관에 있는 황궁 도서관에 들렀다가 나오던 두 여인이 멀찍이 지나가는 후작을 발견했다.

"라드 후작님이시네요. 파티 날짜 때문에 요즘 많이 곤란하시겠어요."

슐츠 공작의 딸, 에밀리가 말했다. 에밀리의 곁에는 이국적 외모의 미녀, 파티마가 있었다.

두 사람은 철왕의 생일 파티에서 만난 이후 꾸준히 교류했다. 마침 에밀리에게도 도서관 출입증이 있어서 그 후 두 사람은 함께 어울려 도서관에 갔다가 장터 구경도 했다. 어느새 그들은 단짝 친구가 되었다.

'쿤 님.'

후작을 바라보는 파티마의 눈동자가 애처롭게 흔들렸다. 후작이 은왕궁에 매일 꽃을 선물한다는 소문을 처음 들었을 때 파티마는 큰 충격을 받아 실의에 빠졌다.

은왕은 파혼 후 자유로운 미혼 아가씨로 돌아갔다. 후작도 미혼이다. 미혼의 남녀가 서로 좋다고 하면 아무도 끼어들 수 없는 두 사람의 문제였다.

갑자기 모든 의욕이 사라졌다. 파티마는 한동안 두문불출했다. 입맛이 없고 잠을 설치고 표정에 생기가 사라졌다.

메르제 백작부인이 무척 걱정스러워했다.

「향수병인가 봐요.」

파티마의 핑계는 그럴듯했다. 메르제 백작부인은 파티마를 안쓰럽게 여겨 전보다 살뜰히 보살펴 주었다. 일부러 온갖 모임에 더 챙겨서 데리고 다녔다. 여러 곳의 사교 모임을 다니는 동안 그녀는 희망을 발견했다.

어지간한 식견이 있는 사교계 유명 인사들은 입을 모아 말했다.

「라드 후작이 영리하게 은왕 전하를 이용하고 있군.」

후작이 은왕과 깊은 관계가 될 거라고 기대하는 자들은 가십에 열광하는 귀부인들뿐이었다. 후작과 은왕이 그들 사이에 존재하는 현실적인 악조건을 무릅쓰고 사랑에 빠질 가능성? 차가운 은왕을 생각하면 그림이 그려지지 않았다.

파티마는 상황의 추이를 지켜보았다. 후작의 꽃 선물은 꾸준히 이어졌으나 은왕은 반응이 없었다. 결국, 선물 공세는 얼마 전부터 멈추었다.

'쿤 님이 필요한 것을 다 얻으셨으니 그만두신 거겠지.'

파티마는 에밀리를 돌아보며 말했다.

"레이디 슐츠. 미안하지만 먼저 갈래요? 난 잠시……."

파티마가 수줍게 라드 후작을 가리키며 말했다.

에밀리가 알 만하다는 듯 웃었다. 파티마는 라드 후작을 향한 자신의 연심을 은근히 드러내는 말을 몇 번 했었다.

"알았어요. 그럼 난 갈게요. 나중에 봐요."

두 숙녀가 손을 흔들며 헤어졌다. 에밀리가 돌아서자마자 파티마는 라드 후작에게 달려갔다. 잠깐 사이에 후작이 꽤 멀리 가 버렸다.

"후작님!"

쿤이 멈추어서 돌아보았다. 달려온 파티마가 숨을 몰아쉬며 기쁘게 웃었다.

"공주님."

"오랜만에 뵈어요. 평안하셨어요?"

"예. 공주님도 그간 평안하셨습니까?"

쿤은 파티마의 손에 쥔 책을 흘끗 보더니 말했다.

"도서관에 다녀오시는 모양입니다."

"예. 황궁 도서관은 좋은 책이 참 많더군요. 다양한 책을 읽는 재미에 요즘 푹 빠졌어요."

"잘 지내시는 것 같아 다행입니다."

"후작님께 드릴 말씀이 있어요."

파티마의 눈빛이 결연하게 빛났다.

"공주님. 나중에⋯⋯."

쿤은 파티마의 입을 일단 막으려고 시도했다. 아무래도 심상치 않은 이야기가 나올 것 같았다. 장소가 적절하지 않았다. 주변에 숨어서 두 사람을 지켜보는 정체 모를 자가 있었다.

파티마가 한발 빨랐다. 그녀는 끌어모은 용기가 사라지기 전에 마음을 고백했다.

"쿤 님. 제가 여인의 마음으로 쿤 님을 사모합니다."

고백을 받은 남자는 무표정했다. 파티마의 눈동자에서 반짝거리던 빛이 사그라졌다. 하지만 지레짐작으로 실망하지 않았다.

'쿤 님은 원래 감정 표현에 인색한 분이니까.'

사막에서 지낼 때 후작의 다양한 모습을 봤다.

처음에는 협잡꾼인 줄 알았다. 부족 사이를 오가며 그럴듯한 말로 순진한 사막 사람들을 기만한다고 생각했다. 아버지와 오라버니가 후작을 친지처럼 신뢰하기까지 오랜 시간이 걸리지 않았다. 대체 어떻게 구워삶았나 싶었다.

그래서 그가 사막의 전사 여럿을 거뜬히 상대하는 무인이라는 사실을 알았을 때 경악했다.

사막에서 나고 자란 여자답게 파티마는 '전사'에게 고정 관념이 있었다. 전사는 남자답고 진지하며 올곧았다. 전사는 절대 말 잘하는 사기꾼일 리가 없었다. 파티마가 쿤을 새로운 눈으로 보기 시작한 계기였다.

그는 훌륭한 지휘관이기도 했다. 냉철한 판단력으로 현장을 이끌고 자신의 의견을 내세울 때는 열정적이었다. 아랫사람의 신망을 얻는 법을 알았다. 상벌이 확실했으며 세심한 부분까지 기억하고 챙겼다.

협상가로서의 자질은 최고였다. 사막 부족 사이를 오가며 이견을 조율하고 잡음을 가라앉혔다. 연합국 성립에 그가 기여한 막대한 공을 누구도 부정하지 않았다.

파티마는 사막귀의 습격에서 쿤의 도움으로 목숨을 건진 이후 눈으로 쿤을 좇는 횟수가 늘었다. 언젠가부터는 정신을 차리면 그를 보고 있었다. 그러다 발견했다.

그가 다른 사람들을 대할 때와 거의 한 몸처럼 붙어 다니는 수하, 우스를 대할 때 표정이 달랐다. 우스와 대화하는 그는 훨씬 편안하게 웃었다. 감정 변화의 폭이 넓고 표정이 풍부했다.

그것이 진짜였다.

평소의 미소는 형식적 예의였다. 우스가 부러웠다. 그즈음에 파티마는 자신의 감정을 완전히 자각했다.

"공주님. 잠시 걸으시겠습니까?"

"네."

파티마는 얌전히 쿤의 곁에서 따라 걸었다. 두 사람은 꽤 눈에 띄는 조합이므로 주변의 시선을 끌었다.

쿤은 주변에 사람이 숨을 만한 엄폐물이 없는 곳을 찾아 방향을 잡았다. 자연히 행관에서 멀어졌다. 갈수록 인적이 드물었다.

'공주의 뒤를 밟은 건가?'

쿤은 아까 대화를 엿듣던 자가 어디 소속일지 생각했다. 그를 미행한 것은 아니었다. 그랬으면 진즉 알아차렸을 것이다. 더 따라오는 기척은 느껴지지 않았다. 감시의 목적보다는 파티마에게 용무가 있었는지도 모른다.

쿤은 적당한 장소에 이르러 멈추었다. 조금 더 가면 정원이었다. 주변이 탁 트였다.

"공주님."

쿤은 파티마가 아무 말 하지 않는 한 끝까지 모른 척하려고 했다. 그러나 아예 외면할 수는 없었다. 그는 연합국의 공주를 보살펴야 하는 도의적 책임이 있었다. 그리고 사막에서는 법보다 도리가 더 중요했다.

의무적으로 파티마의 안부를 확인할 때는 아랫사람을 보냈다. 파티마가 백작 저에 초대하면 적당한 핑계로 거절했다. 일부러 거리를 두면 물이 흘러가듯 자연스레 지나갈 줄 알았다. 안일한 생각이었다.

"제게 보여 주신 호의에는 항상 감사하고 있습니다."

"저는 호의와 연정을 분간하지 못하는 어린아이가 아닙니다."

"그런 뜻으로 드린 말씀이 아닙니다."

"제가 한순간의 충동으로 드린 말씀으로 생각하지 말아 주세요."

"공주님의 마음을 가볍게 여기지 않습니다. 그래서 모호한 대답으로 공주님을 혼란스럽게 하지 않으려는 겁니다. 죄송합니다. 공주님의 마음은 받을 수 없습니다."

파티마의 안색이 창백해졌다.

바로 대답을 들을 거라 기대하지는 않았어도 즉시 거절의 답이 돌아올 줄은 몰랐다.

"제가…… 성급했네요. 아직 할 일이 많으신 분께……."

파티마는 애써 웃었다. 목 안이 따가웠다. 볼썽사납게 울음을 터트리지 않기 위해 마른침을 반복해 삼켰다.

"쿤 님. 제 마음은 변하지 않아요. 언제까지나 기다릴 수……."

"아니요. 그러지 마십시오."

파티마는 잔인하게 잘라 내는 남자를 원망스럽게 바라보았다.

"공주님. 저는 이미 제 일생의 인연을 찾았습니다. 제게 여인은 그 사람뿐이니 공주님이 헛된 시간을 낭비하기를 바라지 않습니다."

파티마는 의식적으로 다리에 힘을 주었다. 아니면 주저앉을 것 같았다.

"그분이…… 누구신가요?"

"……."

"그분도 쿤 님과 같은 마음이신가요?"

"……."

"말씀해 주세요!"

"제가 그것까지 공주님께 설명할 이유가 없습니다."

"절 거절하기 위해 거짓 핑계를 대고 계시다는 생각이 드니까요."

"거절의 핑계로 있지도 않은 상대를 거론하는 것은 상대방에 대한 모욕이지요. 전 공주님을 모욕할 의사가 없습니다."

차라리 모욕이었으면. 파티마의 마음은 식지 않았다. 오히려 더 뜨겁게 타올라 괴로웠다. 이 남자를 다른 여자에게 빼앗긴다는 것이 너무 아깝고 억울했다.

"저와 결혼하면 쿤 님은 왕이 되실 수 있어요."

여인의 매력이 그를 유혹할 수 없다면 인간의 욕망으로 그를 자극하겠다.

"저는 사막의 여자예요. 사막의 풍습에 따라 남편이 아내를 여럿 두어도 수용합니다. 마음은 다른 여인과 나눠서도 좋아요. 저를 첫

아내로 맞으시기만 하면 됩니다. 아버지는 쿤 님을 믿고 있어요. 오라버니는 절대 쿤 님의 상대가 되지 않아요."

파티마를 바라보던 쿤이 한숨을 내쉬었다. 갈등의 한숨으로 오해한 파티마가 재빠르게 말했다.

"천천히 생각해 보시고 마음이 정해지면……."

"당장 대답을 드리지요. 절 잘못 보셨습니다. 공주님."

"……예?"

"저는 사막의 왕이 되고 싶다고 생각한 적 없습니다."

"현재 위치에 만족하신다고요?"

"만족은 아니지만, 그 설명 또한 공주님께 할 이유는 없군요. 그리고 공주님의 제안은 문제가 많습니다. 몸 따로 마음 따로? 돌아가신 제 아버지가 무덤을 파고 나오실 얘기로군요. 전 사막인이 아닙니다. 우리 가문에 아내를 여럿 두는 전통은 없습니다."

망연하게 쿤을 바라보던 파티마의 고개가 점점 아래로 떨어졌다. 너무 비참해 이대로 사라져 버리고 싶었다.

'누굴까.'

떠오르는 여자는 은왕뿐이었다.

'두 사람이 가능할 리가 없어.'

절망 속에서 한 줌의 희망은 남았다.

"쿤 님의 말씀은 이해했습니다."

파티마는 처연한 표정으로 말했다.

"하지만 제게 당장 마음을 정리하라고 강요하지는 마세요. 제 마음이지만 제 의지대로 되지 않습니다."

"공주님께도 곧 좋은 분이 나타날 겁니다."

그의 위로는 파티마를 더 상처 입혔다.

"마음이 번잡하여 넓은 황궁에서 길을 제대로 잡을 수 있을지 모르겠습니다. 후작님이 저를 백작 저까지 데려다주세요. 제게 최소한의 연민이라도 있으시다면 그 정도는 해 주시겠지요?"

"……예. 알겠습니다."

후작이 성큼성큼 걸어갔다. 몇 걸음 간 후 돌아서서 어서 따라오라는 듯 파티마를 쳐다보았다.

파티마는 이를 악물고 걸음을 뗐다. 얼마나 힘을 주고 서 있었는지 무릎이 시큰했다.

'울지 않았어.'

그나마 그것이 파티마를 위로했다.

파티마의 고백을 최초로 전해 들은 사람은 패트리샤였다. 패트리샤의 시녀가 숨어서 후작과 파티마 공주의 대화를 엿들었다.

패트리샤는 파티마가 꾸준히 황궁의 도서관에 드나든다는 사실을 알고 사람을 붙였다. 파티마를 파악하려는 목적이었다. 누구와 친한지, 관심사는 무엇인지 대충 알아야 매끄럽게 대화할 수 있을 테니까.

일간 파티마를 불러서 한번 만나려 했다. 시녀의 말을 듣고 김이 빠졌다.

'웃기는 것들. 연애놀음이라니.'

더그가 전에 귀띔한 적이 있었다. 라드 후작이 연합국 왕의 사위가 될지도 모르겠다고. 더그의 추측은 일리가 있었다. 사막 출신이 아닌 라드 후작이 연합국의 외교권을 대리할 수 있었던 배경이 그런 거라면 이해가 갔다.

하지만 패트리샤가 생각한 관계는 철저한 정치적 결합이었다. 사랑 고백이라니. 어이가 없었다.

'만나 볼 것도 없겠어.'

패트리샤는 파티마를 부를 생각을 접었다. 고백한 쪽이 라드 후작이었다면 얘기가 다르지만.

'한심하군.'

패트리샤는 혀를 찼다. 연합국의 공주는 사내에게 푹 빠져 정신 못 차리는 계집이다. 깊이 있는 대화를 나눌 상대가 아니었다.

*   *   *

오후의 휴식 시간, 철왕궁에 은왕이 들이닥쳤다. 전에 몇 번 방문한 덕에 시종들은 큰 동요 없이 은왕을 안으로 모셨다.

철왕은 느긋하게 차를 마시며 잡서를 탐독 중이었다. 실없이 낄낄대다가 은왕이 왔다는 소리를 들었다. 화들짝 놀라 다급히 책을 쿠션 아래에 쑤셔 넣었다.

응접실로 들어온 시에나는 눈에 거슬리는 몇 장면을 포착했다. 찻잔과 간식 접시, 철왕의 얼굴에 남은 웃음기. 몹시 한가롭게 휴식을 즐기는 자의 모습이었다. 지금이 이럴 때인가. 시에나는 속이 부글부글했다.

"어서 와요. 은왕"

"갑자기 찾아와 결례했습니다. 내가 방해했습니까?"

"쉬는 중이었어요. 앉아요."

시에나가 못마땅한 눈으로 디안을 쏘아보다가 소파에 앉았다.

'날 노려보는 거 같은데.'

디안은 기분 탓으로 돌렸다. 은왕이 그럴만한 이유가 없었다.

"은왕께 차를 내어 드려라."

"예. 전하."

시종이 차를 내온 후 디안은 시종들에게 손짓해 멀리 물러서게 했다.

"어쩐 일이에요?"

"라드 후와 어머니의 파티 날짜가 겹쳤다는 얘기를 들었습니다."

시에나는 그 소식을 처음 듣고 어머니가 얼마나 고약한 사람인지 새삼 깨달았다. 처음 개최하는 쿤의 사교 파티를 망치려 한다. 심술 맞은 해코지였다.

어머니를 찾아가 따질 수 없는 노릇이었다. 어머니가 혹시 두 사람 관계의 뭔가를 눈치채서 저러는 건 아닐까. 혼자 속만 끓이다가 참다못해 철왕궁으로 왔다.

"대책은 마련했습니까?"

"딱히 뭘 할 만한 상황은 아니라서요. 라드 후가 적왕께 항의해서 해결될 일도 아니고. 그렇다고 내가 나서면 모양새가 우스워요."

디안의 대답은 정답이었다. 하지만 시에나는 그따위 정답을 들으려고 여기 온 게 아니다.

"라드 후의 생각은요?"

"예정대로 파티는 열어야지요."

"대부분 어머니의 파티에 갈 거예요."

"그렇겠지요. 적왕의 사교계 위치가 있는데요."

"그런데도 그날 파티를 열겠다고요? 텅 빈 홀의 모습은 그날 라
드 후의 파티에 참석한 누군가의 목격담으로 퍼지겠지요. 다들 라
드 후의 실패를 비웃을 거예요."

잠시 시에나를 빤히 보던 디안이 히죽 웃었다.

"그럼 은왕은요? 그날 어디에 갈 건가요?"

시에나는 미간을 찌푸렸다. 고민할 문제가 아니었다. 이미 쿤에
게 그날 가겠다고 약속했다. 그녀는 언제나 먼저 한 약속이 유효했
다.

"은왕은 당연히 어머니의 파티에 가겠죠. 라드 후도 그렇게 생각
하고 있어요."

시에나의 눈빛이 흔들렸다.

'당연히?'

그녀는 쿤이 그렇게 생각한다는 점에 미묘한 충격을 받았다. 자
신이 그에게 신뢰를 주지 못하는 사람이었나.

'내가 한 약속을 믿지 않은 거야?'

"하여튼 그 파티로 안팎이 시끄럽긴 하네요. 어서 끝나든가 해야
지. 그리고 라드 후는, 음, 뭐 괜찮을 거예요. 신경줄이…… 아니, 정
신력이 튼튼하거든요. 라드 후는 실패도 해 봐야 해요. 사람이 너무
승승장구만 하는 것도 길게 보면 좋지 않……."

디안은 이번 파티가 전혀 쿤에게 타격이 되지 않음을 알기에 심각하지 않았다. 그는 말하다가 움찔, 입을 다물었다.

그를 노려보는 황녀의 금색 눈동자가 얼마나 선명한지 마치 광채가 흘러나오는 것 같았다. 그는 자신도 모르게 허리를 폈다. 슬그머니 찻잔을 내려놓고 두 손을 모았다.

"말씀을 가려 하세요."

시에나의 목소리에 날이 섰다. 쿤은 철왕을 친구라고 했다. 미래의 쿤이 한 말이지만, 현실의 쿤의 의견도 다르지 않을 것이다.

그런데 친구가 친구의 고난을 구경거리로 삼아 남 일처럼 말한다.

시에나는 화가 치밀었다. 그녀는 벌떡 일어났다.

"정말 실망입니다. 철왕."

시에나의 표정과 말투에 찬바람이 불었다. 그녀는 쌩 돌아섰다.

디안은 직접 문을 열고 나가는 그녀의 뒷모습을 멍하게 바라보았다.

"……은왕. 오해가 있는 거 같은데요."

변명을 들어줘야 하는 은왕은 이미 나가고 없었다. 호된 야단을 맞은 아이처럼 디안은 의기소침해졌다.

*　　　*　　　*

시에나는 다음 날 늘 하던 대로 문안 인사차 적왕궁을 방문했다. 패트리샤가 초대장을 건넸다.

"은왕. 첫 황궁 파티입니다. 참석해서 자리를 빛내 주겠지요?"

시에나는 초대장을 펼쳐 날짜를 확인했다. 역시 쿤의 파티와 날이 겹쳤다. 초대장까지 나왔으니 확정이었다. 초대장을 덮어 테이블에 내려놓고 패트리샤 쪽으로 밀었다.

"어머니의 시끄러운 싸움에 저를 끌어들이지 마세요."

"은왕. 그렇게 말씀하시면 섭섭합니다."

패트리샤가 가냘픈 한숨을 내쉬었다.

"언제까지 이러실 겁니까. 은왕이 서운해하는 마음은 이해해요. 하지만 전부 은왕을 위해서라는 어미의 진심만은 알아주셔야 해요. 계속 엇나가실 건가요? 지난번 온실 사용도 내가 눈감아 주었잖아요."

"제가 엇나간다고 하셨습니까?"

"은왕. 요즘 어미가 아주 속상합니다. 다들 은왕 같은 효녀 딸을 둔 나를 얼마나 부러워하는지 모른답니다. 우리 인제 전으로 돌아갑시다. 그만 서운함을 풀어요. 포프 백작부인의 일은 내가 실수했어요. 다시는 그런 일 없을 거예요."

시에나는 불쾌했다. 그동안 어머니와 거리를 둔 것이 반항하는 아이의 투정으로 취급당했다.

'아, 그래서 온실 파티 일이 그냥 넘어갔구나.'

시에나는 그때 어머니가 뭐라고 할 줄 알았다.

'뜻밖에 별말씀이 없어서 이상했지.'

문득 패트리샤의 착각을 이용할 수 있겠다는 생각이 들었다. 뭘 하든 어머니의 눈에 반항으로 보이게끔 하면 된다.

'생각하시는 대로 엇나가는 아이가 되어 드리지요. 어머니.'

"인정합니다. 제 태도가 전 같지 않았어요."

환해지는 패트리샤의 표정이 이어지는 시에나의 말에 다시 굳었다.

"어머니 말씀을 듣고 생각해 보니 그래서였군요. 요즘 어머니를 뵈면 속이 거북합니다. 제가 옹졸한 면이 있나 봅니다. 어머니의 사과를 들어도 기분이 풀리지 않아요."

"은왕. 내가 어찌하면 되겠어요?"

"모르겠습니다. 저도 제 마음을 제가 다스릴 수 없는 상황이 무척 당황스러워요. 확실한 것은 당분간 어머니의 뜻에는 따르고 싶지 않다는 겁니다."

"은왕."

"파혼 건만 해도 그렇습니다. 끝내 루크 공작은 제게 사과하러 오지 않았습니다."

애초에 시에나는 루크 공작의 사과를 기대하지 않았다. 어머니와 외숙 앞에서 분에 겨워 어쩔 줄 모르는 모습을 보인 것은 전부 거짓이었다.

"어머니를 믿고 추진한 약혼으로 제 체면은 크게 손상했고 이후 대처는 적당히 마무리하는 수준에서 끝났습니다. 어머니도 아시지 않습니까? 전 적당히 하는 것을 매우 싫어합니다."

시에나는 억지를 부렸다. 고지식한 자신의 모습을 강하게 내세웠다.

패트리샤는 딸의 거센 반발에 당황했다. 파혼에 관해서는 변명할 말이 없었다.

은왕이 돌아간 후 패트리샤는 지끈거리는 머리를 짚었다. 한동안 잠잠했던 두통이 다시 도질 조짐을 보였다.

"의관을 불러라."

"예. 적왕."

패트리샤는 관자놀이를 누르며 이맛살을 찌푸렸다. 속 썩이는 자식은 남의 일인 줄 알았다. 뒤늦게 이럴 줄이야.

"어쩌누. 황녀의 옹고집이 갈수록 굳어지니…… 사람이 어느 정도의 융통성이 있어야 하거늘."

성장기에 두루두루 여러 사람을 사귀도록 권해야 했을까. 패트리샤는 뒤늦게 후회했다.

은왕궁에 돌아오자마자 시에나는 베스에게 지시했다.

"내게 온 초대장을 모두 가져다주시오. 모임 날짜가 이미 지나간 것은 제외하고."

곧 베스가 은쟁반 위에 서신을 수북이 담아 가져왔다. 시에나는 그중 적당한 초대장을 골랐다. 메르제 백작부인이 개최하는 티파티였다. 여인들만 참여하며 참석자 규모는 약 스무 명 정도.

'이틀 후. 날짜도 좋군.'

시에나는 초대장을 베스에게 주며 말했다.

"여기 참석할 생각이오. 메르제 백작부인에게 참석 의사를 전해주시오."

"예. 전하."

베스는 초대장을 확인하고 놀란 표정을 지었다.

"티파티요? 전하께서 외부의 티파티에 가시는 건 처음이네요."

"한 번쯤 가 보려 하오."

"잘 생각하셨어요. 좋은 경험이 될 거예요. 저는 요란한 자리보다 티파티가 더 좋습니다. 사람 수가 많긴 하지만, 메르제 백작부인이 마련한 자리니까 괜찮을 겁니다."

"스무 명이 많은 거요?"

"예. 보통 티파티는 열 명이 넘지 않아요."

"수가 많으면 문제가 되오?"

"손님을 선별하는 게 큰일이지요. 독선적인 사람이 참석하면 그날 분위기를 망치거든요. 적당히 띄우는 역할의 사람도 필요하고요. 다들 얌전하게 차만 마시면 재미가 없잖아요. 주최자는 손님의 성격을 모두 파악해야 하고 초대장을 보낼 친분도 있어야 하고요. 이 정도 규모의 티파티는 아무나 열지 못한답니다."

"흐음. 복잡하군."

시에나는 패트리샤가 여는 티파티에 여러 번 가 봤다. 항상 참여 인원은 최소 오십 명이 넘었다. 차를 마시며 열심히 적왕의 비위를 맞추는 귀부인들만 보다가 돌아왔다. 어머니가 사교계에서 누리는 강력한 지위를 새삼 깨달았다.

그러니 이번 대결에서 쿤은 절대 어머니의 상대가 되지 못할 것이다.

"내가 갑작스러운 손님이겠소."

"그렇긴 하지만, 맨발로 달려 나와 맞이할 귀빈이시죠."

"그건 그렇소."

베스가 웃었다. 황녀의 대답이 농담이 아니라는 것을 알아서 더 웃음이 나왔다.

"저는 전하의 외출복을 준비해야겠네요. 곧 봄이니 산뜻한 모자가 필요하겠어요. 의상실에 다녀올게요. 전하."

베스는 할 일이 생긴 것을 기뻐하며 외출했다. 매일 꽃을 들고 찾아오던 라드 후작이 발길을 끊으면서 왠지 모를 허전함을 느끼던 참이었다.

시에나는 간단한 서신을 작성해 시녀에게 지시했다.

"라드 후작 저로 보내라."

"예. 전하."

시에나는 어머니가 쿤의 첫 파티를 망치는 것을 손 놓고 지켜보지는 않겠다고 마음먹었다.

*　　　*　　　*

메르제 백작부인은 오늘 아침부터 안절부절못했다. 오늘은 올해 그녀가 개최하는 첫 티파티였다.

그녀의 경력은 훌륭했다. 수도의 귀부인 중에서 그녀만큼 티파티를 자주 열면서 잡음 없이 성공적인 자리로 이끄는 사람은 없었다. 한두 번 여는 파티도 아닌데 새삼 긴장할 이유가 없었다. 그녀에게 티파티는 차 한 잔 마시는 것처럼 간단했다.

그러나 이번에는 달랐다. 엊그제 은왕궁에서 보낸 서신 때문이었다. 무심코 서신을 열었다가 화들짝 놀랐다. 몇 번을 다시 읽었다.

'은왕 전하께서 내 파티에 오신다니!'

보통 티파티의 초대장은 개최일로부터 최소한 보름 전에 보낸다. 참석 가능한 인원을 제한하므로 서신을 받은 후 사흘 안으로 참석 여부를 알려 주어야 했다.

은왕의 참석 통보는 기본적인 예의에 어긋났다. 하지만 상관없었다. 주최자로서는 은왕의 참석 자체가 영광이었다.

백작부인은 부랴부랴 한 자리를 더 만들었다. 딱 사람 수에 맞추어 준비했던 특별 디저트를 추가했다.

"티포트, 찻잔, 의자, 테이블, 디저트……. 빠뜨린 건 없나."

"마님!"

집사가 문을 벌컥 열었다.

"에그 깜짝이야."

백작부인이 놀란 가슴을 쓸어내리며 집사를 노려보았다.

"손님들이 오십니다. 그런데 황궁 마차도 있습니다."

"뭐? 벌써!"

초대장으로 알린 시작 시각이 얼추 가까워졌다. 황녀는 느지막이 올 줄 알았다. 백작부인이 서둘러 뛰어나갔다.

백작 저의 뜰은 수십 대의 마차를 수용할 만큼 넓지 않았다. 들어온 순서대로 주인을 내려놓고 마차는 도로 나갔다가 끝날 시간에 맞추어 데리러 올 것이다.

가장 먼저 들어온 마차가 저택으로 올라가는 계단 아래에 멈추었다. 마부가 간이 계단을 세우고 마차 문을 열었다. 마차에서 내리던 중년의 귀부인이 헐레벌떡 계단을 내려오는 메르제 백작부인을 발견했다.

'이렇게까지 반겨 주다니. 근래 그이가 투자한 상단이 잘되긴 했지.'

사교계에서 자신의 위상이 높아졌다는 생각에 어깨가 으쓱했다. 하지만 백작부인은 귀부인을 그대로 지나쳤다. 눈길도 주지 않았다. 백작부인에게 인사를 건네려다 무시당하자 몹시 무안했다.

'대체 왜 저렇게 다급히……'

귀부인이 언짢아하며 고개를 돌렸다. 그리고 눈이 휘둥그레졌다. 마차 줄의 끄트머리에 황궁의 마차가 있었다.

"어머나."

귀부인도 뛸 듯이 걸어갔다.

계단 바로 아래. 그곳이 마차의 최종 정착지였다. 마차의 주인이 내리면 마차는 떠나고 뒤에 기다리던 마차가 그 자리에 와서 멈추었다. 그런 식으로 마차는 차례차례 주인을 내보냈다.

순서를 지켜 황궁의 마차가 드디어 정착지에 섰다. 이 과정에 이르기까지 우스운 장면이 연출되었다. 앞서 마차에서 내린 귀부인들이 저택으로 들어가지 않고 황궁의 마차 앞에 옹기종기 모여들었다. 마차가 한 대씩 빠질 때마다 조금씩 이동하는 황궁 마차를 따라 귀부인들도 움직였다.

귀부인들의 자존심 싸움은 미묘했다. 공식적인 자리에서 서열을 드러내기를 꺼렸다. 나보다 뒤에 도착한 마차에 권세 높은 공작부인이 타고 있다고 해도 사적인 친분이 없으면 그 앞에서 기다리는 짓은 하지 않았다.

하지만 예외는 있었다. 황궁의 마차를 타고 티파티에 참석할 사람은 둘뿐이었다. 적왕 혹은 은왕. 그 두 사람 앞에서 귀부인의 자존심은 무의미했다.

황궁 마차의 문이 열렸다. 은왕이 내리는 모습을 보고 여기저기에서 숨죽여 탄식했다.

메르제 백작부인이 상기된 표정으로 고개를 숙였다.

"환영합니다. 전하."

"갑자기 연락해 겨를이 없었을 텐데 내 참석을 흔쾌히 승낙해 줘서 고맙소. 백작부인."

"오히려 제가 감사를 드려야지요. 전하께서 함께하시는 오늘, 아주 뜻깊은 자리가 될 것입니다. 안으로 드시지요."

은왕과 백작부인이 나란히 서서 계단을 올랐다. 백작부인의 시선은 오직 은왕을 향했다. 다른 손님은 보이지 않는 것 같았다.

그러나 뒤따라 올라가는 귀부인 중에 그것을 문제 삼는 사람은 아무도 없었다.

"난 은왕 전하를 이렇게 가까이서 뵙는 게 처음이에요."

"나도 그래요."

"하아, 정말 뵙는 순간 숨이 막히더라고요."

귀부인들은 저들끼리 은왕의 미모를 찬양하며 들뜬 표정으로 속삭였다.

　　　　*　　　*　　　*

　아직 날씨가 싸늘해서 바깥은 티파티 장소로 적절하지 않았다. 그래서 백작부인은 실내에 자리를 마련했다.

　메르제 백작 저에는 모임을 위한 특별한 응접실이 존재했다. 평균적인 응접실 넓이의 두 배쯤 되었다.

　스무 명의 사람들이 모두 앉을 수 있는 여러 개의 테이블이 넉넉히 들어가고도 차와 간식을 나르는 하녀들이 다닐 공간이 충분했다.

　최대 여섯 명까지 둘러앉을 수 있는 테이블이 총 네 개였다. 네 명 혹은 다섯 명이 앉고 의자 한 개는 비워 뒀다. 주최자인 메르제 백작부인이 테이블을 오가며 인사할 때 그 의자에 앉을 것이다.

　"오랜만에 뵙습니다. 평안하셨습니까, 전하."

　시에나와 같은 테이블에 앉은 파티마가 인사를 건넸다. 파티마는 오늘 참석자 중에서 은왕을 제외하면 유일한 미혼 아가씨였다.

　"잘 지냈소? 파티마 공주, 그대가 제국에서 생활한 지 꽤 되었군. 곤란한 일을 겪으면 언제든 날 찾아오시오."

　"다정한 배려에 감사드립니다. 전하."

　파티마는 담담한 표정을 유지하려 했다. 하지만 은왕을 만나니 위가 조여드는 것처럼 아팠다.

　'정말 쿤 님은 은왕을……?'

　아무리 생각해도 이해 가지 않았다. 그는 '일생의 인연을 찾았다'라고 말했다. 짝사랑하는 처지라면 사리에 맞지 않은 표현이었다.

'두 사람은 미래가 없잖아. 내가 뭘 잘못 알고 있나? 은왕이 아닌 다른 사람인가?'

황제가 될 은왕이 제국인이 아닌 후작과 이어지려면 그들이 사교계의 영원한 이야깃거리가 될 정도로 세기의 사랑을 해도 될까 말까다. 하지만 은왕의 서늘한 표정을 보면 절대 사랑에 빠진 여자가 아니었다.

안달복달하는 파티마만큼은 아니어도 시에나 역시 유쾌하지 않았다.

'파티마 공주가 이 자리에 나올 줄은 몰랐군.'

메르제 백작부인의 티파티는 구성원 연령이 높은 편이었다. 실제로 오늘 이 자리에서 미혼은 시에나 외에는 파티마뿐이었다. 시에나가 미리 입수한 참석객 명단에도 파티마의 이름은 없었다.

백작부인은 최근 부쩍 기운이 없는 파티마를 위로하려고 참석을 권했다. 파티 호스트의 자택에 머무는 특별한 손님을 자택에서 여는 파티에 끼워 넣는 일은 암묵적으로 허용되었다.

시에나는 그런 예외까지 알 정도로 사교계 관습에 능숙하지 않았다. 미리 알았다면 다른 모임을 찾아봤을 것이다. 파티마와 가급적 마주치고 싶지 않았다. 어두운 그늘 같은 감정을 자극하는 파티마가 껄끄러웠다.

하녀들이 차를 준비해 나르기 시작했다. 곧 향긋한 냄새가 은은하게 퍼졌다.

메르제 백작부인이 어렵게 구한 품질 좋은 차와 달콤한 디저트는 모두의 입맛을 만족시켰다. 화기애애한 분위기 속에 테이블마다 대화 꽃이 피었다.

시에나가 앉은 테이블에서 슈라이 백작부인이 분위기를 띄웠다. 넉넉한 풍채의 그녀는 약간 높은 목소리로 쉴 새 없이 떠들었다.

귀에 거슬릴 법한데도 맛깔나는 말솜씨 덕분에 다들 웃음을 터뜨렸다. 시에나도 간간이 웃었다.

"참, 엊그제 재미있는 얘기를 들었는데요. 마침 여기 본인이 계시네요. 파티마 공주님."

"네? 저 말씀인가요?"

"라드 후작님과 소문이 났던데요. 두 분이 오붓하게 데이트하셨다면서요?"

찻잔을 입에 댄 시에나의 손이 멈칫했다.

"아……."

파티마가 수줍어하며 고개를 숙였다. 슈라이 백작부인이 흥미로워하며 눈을 빛냈다.

"어머, 왜 대답을 못 하실까요?"

"그저…… 후작님과 이야기하며 잠깐 거닐었어요. 그리고 그분이 저를 집으로 데려다주셨을 뿐입니다."

"그게 바로 데이트예요!"

시에나의 눈이 잠시 가늘어졌다. 소문은 소문일 뿐이다. 하지만 그 소문이 사실이기를 바라는 파티마의 마음은 잘 보였다.

'미래에서는 파티마 그대가 쿤의 연인이었을지 모르지만.'

어차피 미래에서도 두 사람은 이루어지지 못했다.

'그 미래에서조차 그대는 죽었잖아?'

시에나는 찻잔을 내려놓으며 말했다.

"최근 가장 재미있는 이야기는 따로 있지 않소? 난 오늘 여기서 그 이야기를 들을 줄 알았소만."

동석 중이던 메르제 백작부인이 물었다.

"재미있는 이야기가 무엇입니까, 전하."

"날짜가 겹친 두 파티 말이오. 라드 후와 내 어머니. 설마 모르는 사람은 없을 텐데."

긴장한 표정의 귀부인들이 서로의 얼굴만 마주 보았다.

"어느 파티에 갈 것인지, 다들 고민한다고 들었소. 아직 결정하지 못했소?"

"저는 결정했습니다. 전하."

파티마가 대답했다.

"저는 라드 후작님의 파티에 갈 겁니다."

두 사람의 눈이 마주쳤다. 잠시 후 파티마가 슬며시 눈을 내리깔았다. 왠지 불경한 기분이 들어 금색 눈동자를 똑바로 바라볼 수가 없었다. 패배감을 곱씹으며 파티마가 입을 앙다물었다.

시에나의 입술 끝이 휘어졌다. 파티마의 도발은 그녀의 승부욕을 자극했다.

"그날 나와 마주치겠군. 파티마 공주."

"……전하. 라드 후작님의 파티에 가십니까?"

메르제 백작부인이 재차 확인했다.

"그렇소. 나는 그날 라드 후작 저로 갈 생각이오. 이미 라드 후에게 참석 의사도 전했소."

테이블이 조용해졌다. 은왕이 앉은 테이블에서 무슨 이야기가
나오나 귀 기울이던 다른 테이블의 말소리도 줄었다. 어느새 응접
실 전체가 침묵에 잠겼다.

"백작부인. 내가 라드 후작 저로 가면 안 될 이유가 있소?"

"아닙니다. 당연히 황궁 파티에 가실 거라고 생각했던 터라……."

"나는 라드 후의 초대장을 먼저 받았소. 그리고 참석하겠다고 했
지. 먼저 한 약속이 유효하오."

"하오나…… 적왕께서 섭섭해하실 텐데요."

"적왕께서는 내가 원칙을 중요시한다는 걸 잘 아는 분이요. 이해
하실 거요."

시에나가 대기해 서 있는 시녀에게 손짓했다. 시녀가 은왕의 곁
으로 왔다. 손에 천으로 감싼 작은 꾸러미를 들었다. 아까 은왕을
따라 응접실에 들어올 때부터 들고 있었다.

"메르제 백작부인. 그대에게 부탁이 있소."

"분부하시옵소서. 전하."

"말했듯이 난 라드 후의 파티에 참석하오. 한데 상황이 돌아가는
추이를 보니 그날 다들 황궁 파티에 모여들까 염려되오. 파티는 자
고로 북적이는 맛이 있어야 하는데 명색이 내가 참석하는 자리에
찬바람만 불어서는 날 초대한 라드 후에게 면목이 없지 않겠소?"

메르제 백작부인은 신중하게 은왕의 말을 경청했다.

시에나가 시녀에게 들고 있는 것을 백작부인에게 건네라고 지시
했다. 꾸러미가 백작부인의 찻잔 옆에 놓였다.

"그대는 발이 넓지. 날 대신해서 주변에 적당히 나눠 주지 않겠소?"

백작부인이 매듭을 풀어 꾸러미를 펼쳤다. 차곡차곡 쌓인 수십 장의 새하얀 봉투가 모습을 드러냈다. 봉투 한 장을 들어 겉면을 확인한 백작부인의 눈썹이 꿈틀했다. 봉투를 열어 접힌 카드를 꺼냈다.

"……라드 후작님 파티의 초대장이로군요."

"그렇소. 무기명 초대장이오."

시에나가 엊그제 라드 후작가에 보낸 서신은 이 무기명 초대장을 받기 위함이었다.

메르제 백작부인의 이름은 허명이 아니었다. 티파티에 모인 참석자 모두가 사교계에 상당한 영향력이 있었다. 티파티에 참석한 은왕이 라드 후작 저의 파티 초대장을 뿌렸다는 소문이 곧 빠르게 퍼졌다.

그전까지 여론은 '둘 중 하나면 황궁 파티에 가야지.'가 우세했다. 라드 후작이 아무리 떠오르는 신진 세력이라도 터줏대감으로 자리 잡은 적왕이 막강했다.

갑자기 두각을 나타내는 라드 후작을 견제하는 심리도 얼마간 있었다.

하지만 은왕의 등장으로 반전이 일어났다. 라드 후작과 적왕의 싸움에서 은왕이 가세한 라드 후작과 적왕의 싸움이 되었다.

도대체 이게 무슨 일일까. 은왕이 적왕에게 반기를 들었나, 모녀 사이가 전과 다르게 서먹하다더라, 온갖 추측성 말이 떠돌았다.

하지만 모녀의 정치적 대립으로 섣부른 결론을 내리는 사람은 없었다.

손잡은 사람이 다른 권력자였다면 은왕이 어머니로부터 독립을 계획한다는 뒷말이 나왔을 것이다. 라드 후작과 은왕을 묶는 일은 무리였다.

　　모녀가 무슨 문제로 부딪쳤는데 은왕이 라드 후작을 이용하는 쪽에 무게를 실었다.

　　"그래서 결정했어요? 황궁이에요, 후작 저에요?"

　　"아직 고민 중이에요. 괜히 적왕의 눈 밖에 날까 봐 조심스럽네요."

　　"나는 황궁으로 갈 거예요. 그래도 역시 황궁 파티죠. 사가에서 여는 파티는 비교할 게 못 돼요."

　　"나도 황궁이요."

　　"난 후작 저로 가려고요. 왠지 그쪽이 더 재미있을 것 같아요."

　　상황이 완전히 뒤바뀌지는 않았다. 여전히 적왕이 우세했다. 그래도 전에는 열 명 중 아홉은 황궁 파티를 택했다면 일곱 정도로 비율이 줄었다.

　　파티 날짜는 점점 가까워졌다. 끝까지 갈피를 잡지 못하는 사람들로 사교계는 매일 시끄러웠다.

　　그런데 이 사태에 누구도 예상하지 못했던 사람이 끼어들었다. 황제였다.

　　황제가 공부 대신 바트 백작을 불렀다.

　　"짐이 연회홀에서 금이 간 기둥을 본 듯하다. 자칫 잘못하면 훗날 큰 인명 사고로 이어지지 않겠는가. 경이 잘 살펴본 후 보고하라."

바트 백작은 크게 놀라 그 자리에서 무릎을 꿇었다. 황제가 직접 황궁 건축의 하자를 지적하자 백작은 황망해 하며 몸 둘 바를 몰랐다.

"폐하. 맡은 책무를 다하지 못하였으니 감히 드릴 말씀이 없습니다."

백작은 당장 관리들을 데리고 연회홀을 점검했다. 만 하루 동안 모든 기둥을 다 살폈으나 문제점을 발견하지 못했다. 하자가 없음에 안도하며 백작은 황제에게 보고했다.

"폐하. 점검 결과 다행히 연회홀의 기둥은 아주 튼튼하옵니다."

"짐이 착각하였다. 기둥이 아니라 바닥이 꺼진 것을 본 듯하다. 다시 한 번 잘 살펴보라."

"송구하옵니다. 소인의 시야가 좁아 두루 살피지 못하였습니다. 다시 점검하고 보고 드리겠습니다."

백작은 다시 관리들과 연회홀을 재점검했다. 무려 사흘에 걸쳐 이미 점검한 기둥을 포함해 바닥과 벽 구석구석을 살폈다. 하자는 발견되지 않았다.

백작은 황궁 창고에 처박혀 있던 빛바랜 건축 설계도를 꺼냈다. 혹시 설계상의 착오는 없었는지 짚어 봤다. 건축 기술자들을 불러 그들의 견해에 따라 허술하게 관리하기 쉬운 부분을 집중적으로 재점검했다. 그래도 하자는 발견되지 않았다.

연회홀에 문제는 없었다. 오히려 황궁이 아주 튼튼히 잘 지어졌다는 사실만 재확인했다. 백 년을 더 사용해도 벽에 금조차 가지 않을 것이다.

그런데 백작은 황제에게 보고하러 가지 못했다. 자꾸 뭔가 걸렸다. 시름에 잠긴 백작은 관리 중 하나가 투덜거리는 소리를 우연히 들었다.

"이거 원, 언제까지 이 짓을 해야 하나. 없는 하자를 찾으라는 격이니."

눈이 번쩍 뜨였다. 그 길로 황제를 알현했다.

"폐하. 보고 드립니다. 연회홀의 기둥 하나에 금이 간 것을 발견했습니다."

백작의 긴장한 어깨가 잔뜩 굳었다. 잘못 넘겨짚은 거라면 있지도 않은 잘못을 자처한 셈이 된다.

"역시 그렇군. 짐이 잘못 보지 않은 게지?"

"예. 폐하."

"그냥 놔두어서는 안 될 결함이구나. 아니 그러한가?"

백작은 고개를 숙인 상태에서 눈동자를 이리저리 돌렸다. 황제의 속마음을 읽으려고 필사적이었다.

"점검과 수리가 필요하다고 사료되옵니다. 폐하."

"수리하는 동안 연회홀의 출입은 통제해야겠구나."

"예. 폐하."

"기간이 얼마나 소요되는가?"

백작은 열심히 머리를 굴렸다. 이제 백작은 황제가 연회홀의 봉쇄를 원한다는 것을 알아차렸다. 대체 연회홀에 무슨 일이 있기에? 며칠 후에는 그곳에서 파티가 열린다.

'아!'

"폐하. 최소 닷새는 필요합니다. 관리 책임을 다하지 못한 죄를 물어 주시옵소서."

"경은 철저하게 점검 수리하여 다시는 이런 일이 없도록 하라. 그 것으로 충분하다."

백작은 안도의 숨을 내쉬었다. 자신이 정답을 말했다.

"황은이 망극하옵니다."

현재 제국에서 가장 화젯거리인 두 군데의 파티가 열리기 사흘 전의 일이었다.

태양궁의 중정.

시종장이 티타임을 즐기는 황제에게 다가가 허리를 숙였다.

"폐하. 적왕이 뵙기를 청하옵니다."

황제가 피식 웃었다.

"들이라. 차를 더 준비할 필요는 없다. 금방 갈 손님이니."

"……예. 폐하."

잠시 후 적왕이 들어왔다. 그녀는 테이블에 앉아 느긋하게 차를 마시는 황제의 모습을 보며 치맛자락을 꼭 쥐었다.

두 사람은 공식적인 행사가 없으면 마주칠 일이 거의 없었다. 그 들이 한 침대를 쓴 적이 언제인지조차 까마득했다. 부부지만 남보 다 못하다.

패트리샤는 나이 차이가 큰 데다가 무심한 성격의 황제가 늘 어 려웠다. 정치적 결합이었다. 황제로부터 따뜻한 말 한마디 들어보 지 못했다.

지금 와서는 오히려 고마웠다. 아예 정을 주지 않았으니까. 남편의 사랑을 갈구하다가 시들어 가는 비참함을 몰라서 다행이다. 그녀는 남편의 애정 대신 권력을 택했다.

"인사 올리옵니다. 폐하."

"내 휴식을 방해할 만큼 중요한 일이어야 할 거요."

"폐하께서 내리신 부당한 명령을 철회해 주십사, 청하옵니다."

"부당?"

황제가 한 손으로 턱을 괴었다.

"저는 앞으로 닷새 동안 연회홀의 수리가 필요하여 사용할 수 없다는 통보를 받았습니다. 어떤 사전 고지도 없다가 갑자기 말입니다."

"연회홀의 점검을 왜 내게 와서 따지는가?"

"진정으로 폐하께서는 사흘 후, 제가 주최하는 파티를 방해할 의도가 없었다고 말씀하실 참입니까?"

"말은 바로 해야지."

황제의 목소리가 냉기를 품었다.

"짐의 행사를 먼저 방해한 쪽은 적왕, 그대요."

패트리샤의 눈빛이 흔들렸다.

"짐이 라드 후에게 중요한 일을 맡겼소. 그를 한동안 적극적으로 지원하려는 짐의 뜻을 모르오?"

"하오나 이건 경우가 다른……."

"다르지 않소. 짐이 맡긴 임무는 귀족들의 협조가 중요하오. 라드 후가 사교계에서 적당히 자리 잡지 못하면 곤란하지. 그대의 알량한 자존심은 접어 두시오."

패트리샤는 모욕감으로 이를 악무는 외에 아무것도 할 수 없었다.

"적왕."

"예. 폐하."

"적당히 하시오."

패트리샤의 어깨가 움찔했다.

"짐이 그대를 봐주고 있다는 걸 명심하시오."

"……명심하겠습니다. 폐하."

패트리샤는 아무 소득 없이 돌아 나왔다. 아등바등 쌓은 자신의 권력이 황제의 눈에는 가소로운 발버둥에 불과하다는 사실만 확인했다. 모멸감을 눌러 참는 그녀의 눈빛이 독살스러웠다.

다음 날, 불가피한 사정으로 황궁 파티를 잠정 보류한다고 적왕 궁에서 발표했다. 사람들은 알아차렸다. 황제의 간섭으로 적왕이 물러났다. 황제가 처음으로 사교계에 영향력을 행사했다. 라드 후를 위해서.

라드 후작의 위명은 하늘 높은 줄 모르고 치솟았다. 그전에도 물론 대단했지만, 황제의 진심을 미심쩍어하던 자들도 '황제가 라드 후작을 밀어준다'라고 완벽히 믿었다.

후작이 지닌 모든 것들이 다시 화제가 되었다. 신분과 재력은 이미 실컷 떠들었던 터라 사람들은 새로운 소재를 찾아냈다.

후작은 겹치는 파티 논란이 한창일 때 아무런 동요 없이 일했다. 블레스 공작가를 제외한 다섯 공작 가문을 방문해 서고 열람을 허락받았고 황궁 서고를 뒤져 옛 기록을 조사청으로 실어 날랐다. 후작의 담대한 성품을 논하며 다들 감탄했다.

이틀 후로 다가온 후작 저의 파티 초대장을 얻기 위해 아수라장
이 벌어졌다. 은왕이 뿌린 무기명 초대장은 부르는 게 값이 되었다.

*　　　*　　　*

파티 전날 밤, 레반이 심각하게 굳은 표정으로 보고했다. 듣는
쿤의 표정 또한 심각했다.

"일이 그렇게 되다니."

쿤이 거칠게 머리카락을 쓸어 올렸다.

"그 녀석은 정말 재수가 없군."

"그러게 말입니다."

리바이 모튼이 죽었다. 아니, 살해당했다. 조세프 루크의 손에.

작정한 살인은 아니었다. 조세프는 자신의 사생아 소문의 출처
가 리바이라는 사실을 알아냈다. 잔뜩 성난 조세프는 귀족 남자들
이 자주 모이는 사교 클럽으로 달려갔다. 리바이가 자주 찾는 곳이
기 때문이다.

조세프와 리바이 사이에 언쟁이 벌어졌다. 언쟁은 점점 거칠어졌
다. 이윽고 서로 옷을 잡아당기는 수준까지 갔다. 주변에서는 그들
이 드잡이할 낌새를 보이자 뜯어말렸다. 싸움은 대충 그쯤에서 끝
날 것 같았다.

그런데 리바이가 더러운 먼지를 떨어내듯 손으로 툭툭 옷을 털
며 비죽 비웃었다.

「패배자 주제에.」

순간적으로 감정이 격해진 조세프가 리바이에게 달려들어 있는 힘껏 밀쳤다. 리바이가 넘어지지 않으려고 몸부림을 치다가 테이블의 모서리에 뒤통수를 찧었다. 그대로 쓰러져 의식을 잃었다. 금방 의사가 달려왔지만, 리바이의 숨이 끊긴 후였다.

"그래서 두 가문의 대응은?"

"아직 공식 입장은 내놓지 않았습니다. 당장은 입단속을 하고 있습니다."

"목격자가 많으니 금방 퍼지겠지."

사고였다. 하지만 어쨌든 루크 공작의 손자가 모튼 공작의 아들을 죽였다.

쿤이 바란 건 조세프와 리바이 상호 간의 끝없는 상호 비방과 폭로전이었다. 하지만 이런 결과도 나쁘지는 않았다.

"마무리 잘해. 우리 쪽의 흔적 남기지 말고."

"예, 쿤. 그리고 전 상회에 가 있겠습니다. 저택 주변에서 얼쩡대다가 그분을 만나기라도 하면……."

"음? 아, 그렇지. 수고 많았다."

"내일 파티는 성공적일 겁니다."

쿤이 픽 웃으며 레반의 어깨를 가볍게 두드렸다. 레반이 꾸벅 고개를 숙이고 나갔다.

쿤이 고개를 틀어 창밖의 어두운 하늘을 응시했다. 오늘은 달이 보이지 않았다. 그녀의 침실을 다녀온 그 날 이후 달만 보면 그 당시 느꼈던 갈망으로 목이 따끔거렸다. 그는 제 손을 바라보다가 주먹을 쥐었다. 품 안 가득하던 부드러운 느낌이 잊히지 않는다.

*　　　*　　　*

아무리 담쟁이 주택이 넓어도 끝없이 밀려오는 마차들을 전부 수용할 수는 없었다. 일부의 귀빈들만 마차를 세울 수 있는 안쪽 뜰로 안내받았다.

황궁의 마차는 담쟁이 저택에 들어설 때부터 주변의 시선을 모았다. 시에나는 마차 문이 열리자 일어났다. 바깥으로 몸이 반쯤 빠져나간 상태에서 자신에게 손을 내미는 남자를 발견했다.

쿤이 그녀를 보며 미소 지었다.

"환영합니다. 전하."

시에나는 그의 손을 잡고 마차 계단을 내려왔다. 그녀는 또 다른 황궁의 마차가 옆에 서 있는 것을 봤다.

"철왕은 이미 오신 모양이오."

"예. 전하."

쿤은 그녀가 마차에서 내려오자 쥐었던 손을 놓고 그녀의 옆에 서서 팔을 들었다.

"파티 주최자가 손님을 안까지 에스코트하는 것도 안 됩니까?"

시에나가 웃으면서 그의 손등에 손을 얹었다.

"그쯤은 괜찮소."

두 사람이 걸어갔다. 수많은 시선이 그들에게 꽂혔다.

저택 출입구에 맞춤옷을 갖추어 입은 수십 명의 고용인이 줄지어 서서 손님들을 맞이했다. 널찍한 1층의 홀에 이미 사람들이 제법 많았다.

시에나가 홀에 들어서자마자 그의 손등에 얹은 손을 내리려 하자 쿤이 다른 손으로 그녀의 손을 위에서 덮어 눌렀다.

"아직 파티를 본격적으로 시작하려면 시간이 남았습니다. 저택 안을 구경시켜 드리고 싶습니다만."

망설이던 시에나의 시선 끝에 파티마가 들어왔다. 거리는 꽤 멀었지만, 파티마의 복잡한 눈빛을 읽을 수 있었다. 파티마에게 보여 주고 싶었다. 이 남자의 곁에 누가 있는지.

그녀는 쿤을 보며 고개를 끄덕였다.

"영광입니다. 이쪽으로."

사람들은 실내 계단을 올라가는 두 사람을 보며 웅성거렸다.

담쟁이 저택은 독특한 구조의 건축물이었다. 대개 귀족의 저택은 1층의 홀을 연회장으로 썼다. 사람이 많이 모여도 비좁아 보이지 않도록 높은 천장을 선호했다.

홀의 천장을 높이기 위해서 2층까지 천장으로 트고 2층의 사용 면적 일부를 포기했다. 그래서 실내 계단을 통해 2층으로 올라가면 2층은 1층보다 좁았다.

그런데 담쟁이 저택은 애초에 저택을 고층 높이로 설계했다. 저택의 1층 높이가 다른 저택의 2층과 비슷했다.

두 사람은 꽤 많은 계단을 올라 2층에 도착했다. 홀의 천장이 곧

2층의 바닥이 되므로 아래의 소음이 완벽히 차단되었다. 수백 명이 바로 아래에 모여 있으나 빈집처럼 조용했다.

시에나는 미미하게 인상을 찡그렸다. 처음 와 보는 곳인데 이상하게 낯설지 않았다.

"황궁과 비슷하지요?"

"음?"

난데없는 말에 시에나는 그를 쳐다보았다.

"이 저택의 설계자. 스승이 황궁의 건축 기술자 중 한 명이었다는군요."

"아……."

알 듯 말 듯한 친숙함의 정체를 알았다. 시에나는 주변을 둘러보았다. 기둥과 벽이 화려했다. 약간만 돌출된 평부조와 반 이상 돌출된 고부조 문양이 섞였다. 황궁의 건축 양식이 이러했다.

얼마 전 방문한 메르제 백작 저의 벽은 바탕 면보다 안으로 들어가게 새겼다. 문양도 단순한 직선 형태였다. 백작 저의 부조는 근래의 양식이었다.

"이 저택이 오래되었다는 말은 들었지만, 그 정도인 줄은 몰랐소."

"사연이 많은 집입니다. 최초의 소유자는 이 저택을 짓기 위해 가산을 탕진했다고 합니다. 끝내 빚을 감당하지 못해 소유권을 넘겼다는군요. 그 후 많은 주인을 거쳤습니다. 직전의 소유자였던 백작은 살아 있는 동안은 이곳의 주인이었으니 그나마 오래 소유권을 지킨 편입니다. 대신 자손에게 거의 재산을 남기지 못했다고 합니다."

두 사람은 복도를 따라 걸었다. 그 뒤에서 적당한 간격을 두고 길버트가 따라갔다.

2층에 아예 사람이 없지는 않았다. 복도 저편에서 오던 하인이 그들을 발견하고 움찔했다. 굳은 듯 바닥만 보며 서 있다가 그들이 지나치자 종종걸음으로 사라졌다.

"그렇다면 불길한 내력을 지닌 저택이지 않소?"

"주인이 자주 바뀐 이유는 감당하지 못해서입니다. 개인이 소유하기에 이 저택은 지나치게 큽니다. 그리고 꾸준한 관리가 필요한 자재를 많이 사용했습니다. 대표적으로는 이 방입니다."

쿤이 복도 중간의 문을 열었다. 문 옆으로 비켜선 채 안쪽으로 손을 내밀었다.

시에나는 안으로 들어가려다가 길버트를 돌아보았다.

"경은 여기서 기다리시오."

길버트는 황녀와 후작을 번갈아 보다가 고개를 숙였다.

"예. 전하."

두 사람이 안으로 들어갔다. 길버트는 닫히는 문을 보며 아리송한 표정을 지었지만, 빠르게 무심한 눈빛으로 돌아갔다. 문을 등지고 돌아섰다. 마치 문지기처럼.

시에나는 널찍한 방을 둘러보았다. 사방 벽이 책장이었다. 천장까지 이어지도록 높았다.

"책장이 전부 붙박이입니다. 아마 황실 도서관도 이런 책장일 겁니다."

시에나는 고개를 끄덕이며 책장으로 다가갔다. 짙은 밤색의 나무

책장은 그녀가 평소 자주 드나드는 황실 도서관의 것과 비슷했다.

"붙박이 책장이 관리가 힘든가?"

"책장을 만든 재료가 문제이지요. 특수한 기름을 먹인 특별한 나무로 제작했습니다. 습기를 흡수하여 책의 오랜 보존을 가능하게 합니다. 대신 정기적으로 그 기름으로 책장을 닦아 주어야 합니다. 문제는 그 기름이 무척 비싸요. 기름칠하지 않으면 고약한 냄새를 풍기다가 썩어 버립니다. 나무가 썩으면 교체도 어렵습니다. 돈 주고도 구하기 어려운 아주 귀한 나무입니다."

시에나는 광택이 나는 붙박이 책장을 손끝으로 문질렀다. 반들반들했다. 황궁 도서관에서 자주 보던 것인데 새삼 달라 보였다. 몰랐던, 궁금한 적도 없었던 이런 정보를 듣는 게 재미있었다.

"얼마나 비싸? 그 기름."

"이 방의 책장을 전부 닦으려면 금화 서른 개는 족히 들어가지."

"얼마나 자주?"

"최소한 일 년에 한 번."

"비싸네……."

쿡, 낮은 웃음소리가 들려 시에나는 고개를 돌렸다.

"왜 웃어?"

"황녀님께서 금화 서른 개가 비싸다고 하니까."

시에나는 그를 쏘아보았다.

"내가 부유해도 비싼 건 비싼 거야. 그러는 당신은 부자니까 금화 서른 개쯤은 우스워?"

"절대 우습지 않지. 당신 말대로 내가 아무리 부유해도 큰돈은 큰돈이니까."

그는 거액이 오가는 거래를 수없이 했지만, 사치품 소비나 유흥 등에 개인적인 소비는 거의 하지 않았다. 금화 서른 개는커녕 한 개도 단번에 써 본 적이 없다. 얼마 전, 그녀에게 매일 아침 꽃을 선물한 것이 그의 평생 가장 큰 지출이었다.

"당신이 그렇게 부자야?"

시에나는 '내가 아무리 부유해도' 같은 대사를 다른 사람한테서 들을 줄은 몰랐다. 한술 더 떠서 그가 냉큼 '응.' 하고 대답하며 고개를 끄덕이자 어이가 없었다.

"그럼 담쟁이 저택의 주인이 더는 바뀌지 않겠네?"

"담쟁이 저택은 드디어 제대로 된 주인을 만났어."

시에나는 풋, 웃음을 터뜨렸다. 남자의 으스대는 잘난 척이 전혀 얄밉지 않았다. 하긴, 담쟁이를 후작 가문의 문양으로 삼았는데 주인이 바뀌면 여러모로 곤란하겠다.

"다른 방도 보여 줘."

"얼마든지."

쿤은 그녀에게 2층의 구석구석을 보여 주었다. 관상용 물고기를 기르는 거대한 수반이 놓인 응접실과 흑색 대리석을 통으로 깎아 만든 원탁이 놓인 회의실, 조각이나 그림 등의 미술품을 전시한 방도 있었다. 그리고 길버트는 그림자처럼 따라다니며 항상 문 앞만 지켰다.

누구의 시선도 닿지 않는 곳에서 황녀와 후작, 둘만 보내는 시간이 길어졌다. 이쯤 되면 아무리 길버트가 둔해도 눈치채지 못할 수가 없었다. 하지만 길버트는 충직한 기사답게 어떤 내색도 하지 않았다.

시에나는 '이곳은 내 집무실.'이라고 쿤이 안내한 방에서 서둘러 나와 그를 흘겨보았다.

"집무실은 보여 줄 필요 없소."

"전하께는 다 보여 드리고 싶습니다."

시에나는 그와 눈이 마주친 채 잠시 아무 말이 없다가 가볍게 미소 지었다.

"오늘은 아니오. 나중에 보겠소."

쿤은 돌아서는 그녀를 경직된 채 바라보았다. 진지한 반응을 기대하지 않고 던진 말이었다. 농담으로 받거나 모르는 척 무심히 넘길 줄 알았다.

방금 그녀의 말은 무슨 뜻일까. 그리고 왜 길버트를 안으로 들이지 않고 문밖에 세워 두는 걸까. 아까부터 기분이 이상했다.

"시……!"

그녀를 부르려다가 쿤은 길버트를 의식하고 입을 다물었다. 그는 얼른 그녀를 따라잡아 옆에 섰다.

"얼추 구경은 다 한 것 같소만? 이제 그만 연회장으로 가 봐야 하지 않겠소?"

"아직 한 군데가 남았습니다."

쿤이 문을 열었다. 어떤 용도로 쓰는 방인지 설명하지 않았지만, 시에나는 별생각 없이 안으로 들어갔다. 역시 눈앞에서 닫히는 문을 보며 길버트는 쩝, 입맛을 다시고 돌아섰다.

시에나는 안으로 걸어 들어가다가 멈칫했다. 안쪽을 차지한 큼직한 침대가 한눈에 들어왔다.

"이 방은……."

"내 침실."

"……."

"난 당신 침실에 들어가 봤으니까. 당신도 구경해야 공평하지."

그는 태연했다. 응접실로 안내할 때와 다르지 않았다.

시에나는 남자가 여자에게 자신의 침실을 보여 주는 것이 충분히 있음 직한 일인지 아리송했다. 그녀는 연인이 서로를 허용하는 속도와 정도를 전혀 알지 못했다. 다른 남자와 교제해 본 경험도 없고 그런 경험담을 이야기해 줄 친구도 없으니까.

시작이 남달랐다는 정도는 짐작했다. 수줍은 연정보다 신체적 접촉이 먼저였다. 충동적이었던 첫 키스는 절대 풋풋한 입맞춤이 아니었다. 그 이후 지금까지 그와 나눈 키스는 항상 뜨겁고 격렬했다.

'내가 먼저 쿤을 침실로 들인 건 맞지.'

그렇게 생각하면 예민하게 받아들일 일은 아닌 듯싶다. 시에나는 침실을 전체적으로 둘러보았다. 깔끔하게 잘 꾸몄다.

"저택의 안살림은 누가 맡아?"

"집사. 잔소리쟁이가 있어."

"충분히 봤으니까 그럼……."

문으로 가려는 시에나의 앞을 그가 막아섰다.

"들어오자마자 나가기야?"

"우리 올라온 지 꽤 한참 됐거든? 주최자가 손님맞이를 해야지. 당신은 부모도 형제도 없다며. 지금 당신 빈자리를 대신할 사람이 없잖아."

"그건 걱정하지 마. 다 문제없이 돌아가게 되어 있으니까. 할 얘기가 있어."

시에나는 그가 '잠시만. 응?' 하고 매달리자 마음이 약해졌다. 연회장으로 내려가면 지금처럼 편하게 대화하지 못할 것이다. 그녀는 침실 중앙의 소파로 걸어갔다.

"얘기만 듣고 나갈……."

소파 가까이 다가간 시에나가 '헉.' 하고 비명을 삼키며 뒷걸음질쳤다.

"왜 그래?"

놀라 무작정 허공을 휘젓던 그녀의 손이 한걸음에 다가온 그의 몸에 닿았다. 시에나는 손에 잡히는 대로 그를 끌어안았다. 단단한 그의 팔이 등 뒤를 감싸 꽉 안아 주자 안도감이 들었다.

"너 여기서 뭐 해?"

시에나는 그의 가슴께에 푹 얼굴을 묻었다가 가라앉은 그의 목소리를 듣고 고개를 뒤로 돌렸다.

덩치 큰 사내가 소파 사이에 엉거주춤 서 있었다. 시에나는 소파 아래에 납작 엎드려 있던 사내를 보고 놀란 것이었다. 사내는 우스였다.

"낮잠을……."

"내 침실에서?"

"오늘 번잡하니까요. 쿤의 침실이면 아무도 안 들어올 테고……."

우스는 소파에서 낮잠을 자다가 문 열고 들어오는 소리를 들으며 깼다. 식겁하여 그 즉시 소파 아래 바닥에 엎드렸다. 숨소리를 죽이며 꼼짝하지 않고 있었다.

제발 두 사람이 도로 나가기를 기도했지만, 그의 간절한 기도는 이루어지지 않았다. 우스는 잔뜩 기가 죽어 자신의 발끝만 내려다봤다.

쿤은 쯧, 짧게 혀를 찼다. 하지만 크게 노여운 기색은 없었다.

"나가 봐."

"예, 쿤."

우스는 족쇄가 풀린 죄인처럼 재빠르게 줄행랑쳤다.

쿤이 시에나를 안은 팔에 더 힘을 주며 귓가에 말했다.

"괜찮아? 놀라게 해서 미안해."

잘못한 사람은 우스였다. 함부로 주인의 침실에 들어와 낮잠이라니. 수하가 어찌 이렇게 무엄하단 말인가. 그런데 쿤은 그다지 화난 것 같지 않다. 대신 사과까지 한다.

시에나는 문득 꿈에서 본 광경이 떠올랐다. 공왕이 칼리 경 형제를 무척 좋아한다고 느꼈다.

'쿤에게 칼리 형제는 단순한 수하가 아니야.'

두 손으로 그의 가슴을 살짝 밀어내며 고개를 들었다. 그와 눈이 마주쳤다.

"왜 칼리 경이 있는 것을 몰랐어? 당신은 귀가 굉장히 밝잖아."

쿤이 겸연쩍게 웃었다.

"귀가 밝은 게 아니야. 감각이지. 기척이랄까, 기운이랄까. 그런 걸 감지해."

"그럼 우스 칼리 경의 기척은 느끼지 못해?"

"저 녀석이 기척을 숨기고 있었으니까. 그리고 난 예민하게 주변을 탐지하지 않았고."

"그럼 기척을 숨기면 못 찾아?"

"내게 적대적이지 않으면. 사람이 온종일 내내 민감하게 신경을 곤두세울 수는 없잖아. 안전한 곳에서는 풀어지고 안전한 사람 옆에서는 방심하지."

"기사들도 당신 같은 능력이 있을까? 난 들어 보지 못했는데."

"타고나기를 예민한 자도 있겠지. 그런데 우리 집안에 내려오는 특수한 훈련 덕분이야. 우스도 가능해. 난 좀 더 감각이 발달한 편이고."

시에나는 잠시 말이 없다가 '그렇구나…….' 하고 중얼거렸다.

"난 당신이 마음만 먹으면 세상 사람들의 대화를 다 엿들을 수 있는 줄 알았어."

"그런 건 못 해."

쿤이 키득거렸다. 그는 한쪽 팔로 그녀의 허리를 감싸 안으며 소파로 걸음을 옮겼다. 두 사람은 소파에 나란히 붙어 앉았다.

"두 사람의 칼리 경이 당신에게는 의미가 달라?"

"어떤 점이?"

"전에 당신과의 관계를 물으니까 마틴 칼리 경은 당신이 자신의 주인이라고 했어."

"주인……."

쿤이 순간 미묘한 표정을 지었다가 피식 웃었다.

"우스 칼리 경도 당신의 수하야?"

"둘 다 대외적인 관계는 그래."

"내부적으로는 달라?"

"보통의 일반적인 종속 관계와는 다르지. 가족이나 다름없이 가까워. 그런데 그 녀석들에게 관심이 많네. 당신이 궁금한 사람이 그 녀석들이야, 나야?"

시에나는 어처구니없는 질문이라는 표정으로 대답했다.

"당신이지."

쿤이 몹시 만족하며 그녀의 손을 쥐어 그녀의 손바닥에 입을 맞추었다. 그녀의 입술에 키스하고 싶은 욕구를 꾹 참았다. 가벼운 키스로 끝낼 수 있을 것 같지가 않았다. 장소도 위험했다.

"그 녀석들과 내 관계의 무엇이 궁금해?"

"왜 우스 칼리 경이 당신을 이름으로 불러?"

쿤의 눈빛이 순간 흔들렸다. 그래서 시에나는 의아했다. 그다지 민감한 질문이라고 생각하지 않았다.

"내 이름이 좀……."

"곤란하면 말하지 않아도 돼."

"아니야, 말할게. 말하고 싶어. 내 이름이 일반적이지 않아. 일족들이 부르는 이름이자 호칭이지."

쿤은 어떻게 설명해야 할지 고민했다.

"내 아버지가 쿤이었어."

"아버지 이름을 딴 거야?"

"내 할아버지도 쿤이었지. 그 아버지도, 그 아버지도. 내 아들이 태어나 내 뒤를 이으면 쿤의 이름을 물려받아."

그의 말을 듣던 시에나의 눈이 점점 커졌다.

그건 마치.

"……황제 폐하를 다들 폐하라고 부르는 것처럼?"

"비슷해."

시에나는 자신의 머릿속에서 쾅 내리치는 천둥소리를 들었다.

'당신은…… 왕이구나.'

이 남자는 이미 왕이었다. 따르는 백성이 있고 그들이 왕으로 추앙하면 곧 왕이다. 황제가 인정하는 왕의 호칭이 뭐가 중요할까. 그건 그저 명목에 지나지 않았다.

시에나는 그동안 그에게 왕이 되려는 원대한 야망이 있다고 추측했다. 그래서 그를 알면 알수록 맞지 않는 부분을 발견해 의문이 들었다.

그는 야심 가득한 자의 욕망을 드러낸 적이 없었다. 철왕과 '친구'라는 관계를 유지하는 것도 이해할 수 없었다.

아무래도 그의 최종 목적은 왕이 되려는 게 아닌 것 같다. 만약 권력욕을 철저히 감춘 가식이라면 그는 무척 교활한 자다.

하지만 시에나가 보기에 그는 앞뒤가 다르지 않았다. 물론 말하지 않고 숨기는 일은 있을 것이다. 그런 비밀은 누구나 있다.

'날 기만할 사람은 아니야.'

자신의 사람 보는 눈을 맹신해서가 아니라 꿈으로 쿤의 미래를 봤기 때문이다. 꿈에 등장한 노회한 외숙과 공왕은 확연히 비교되었다. 품성이 드러나는 나이 든 얼굴이 뭔지 알 것 같았다.

'왕이 되려는 목적이 아니면 철왕을 돕는 이유가 뭘까…….'

거대한 부를 이미 지니고 있다. 그를 왕처럼 받드는 사람들을 거느리고 있다. 후작 위를 받기 전에 대륙의 왕국에서 받은 작위가 여럿이라고 들었다.

그가 굳이 황제에게 인정받는 왕의 호칭에 집착할 이유가 없어 보였다.

'비밀이 많다고 했지.'

그는 본인 입으로 그랬다.

그의 모든 비밀을 공유할 수 있는 유일한 사람은.

'가족······.'

그의 가족이 되면 모두 알 수 있는 걸까. 몹시 유혹적인 제안이다. 시에나는 문득 떠오른 제 생각에 스스로 깜짝 놀랐다. 흥미로워하는 기색의 그와 시선이 마주쳤다.

"보고 있으니 당신 표정이 재밌네. 내 이름이 그렇게 당신에게 생각할 거리가 많았나?"

시에나가 무안하여 쏘아붙였다.

"관찰하지 마. 무례해."

"뵙기 어려운 분이잖아. 볼 기회에 실컷 봐 둬야지. 더 궁금한 건 없어?"

시에나는 싱글싱글 웃는 그를 흘겨보다가 말했다.

"그럼 당신의 진짜 이름은 뭐야? 당신의 아들은 '쿤의 아들'이라고 불려?"

"샤카. 작은 쿤이란 뜻이야."

"그럼 후계자가 둘이면? 큰 샤카, 작은 샤카?"

쿤이 웃음을 터뜨렸다.

"난 형제가 없어서 그건 모르겠군. 내 아버지도 형제가 없었고.

흠……. 어릴 때는 주변에서 샤카라고 불렸는데 어머니만 가끔 나를 부르는 이름이 있었어. 내가 태어났을 때 어머니가 직접 붙였다고 들었지."

그는 잠시 머뭇거렸다.

"에드워드."

그는 곧바로 미간을 찡그렸다.

"그다지 마음에 들지는 않아."

"왜?"

"샌님 이름 같잖아."

시에나는 실소가 나왔다.

"에드워드 록산. 당신의 가명이지. 정말 싫으면 그 이름을 왜 썼어?"

"샌님 같은 역할이 필요했고 마침 딱 맞았으니까. 그리고 그 이름에 얽힌 기억이 별로 안 좋아. 내가 잘못했을 때만 어머니가 여기에."

쿤이 자신의 미간을 손가락으로 눌렀다.

"인상을 팍 쓰면서 음산한 목소리로 날 불렀거든. 에디, 이리 와 보렴. 아, 정말 무서웠어."

시에나가 웃음을 터뜨렸다. 개구쟁이 소년 쿤이 겹쳐 보였다. 어머니와 따뜻한 추억을 가진 그가 부러웠다. 그리고 그의 유년 시절 기억을 들을 수 있어서 기분 좋았다.

"하지만 황제 폐하를 주변 사람들이 모두 폐하라고 불러도 그분께 존함은 따로 있어. 쿤이라는 이름을 당신의 할아버지도, 아버지도 쓴다면 당신만의 것이 아니잖아."

"당대의 쿤은 나뿐이야. 그러니 내 것이지."

가끔 그는 오만해 보일 정도로 당당했다. 얼마든지 필요에 따라 고개를 숙일 수 있으나 마음으로는 굴복하지 않으므로 비굴해 보이지 않았다.

'그 점이 좋았지.'

그의 자신감에 마음이 끌렸다. 그에 대한 호감은 거기서부터 시작한 것 같다.

'그래서 꿈속의 내가 공왕을 왜 싫어했는지 알겠어.'

보는 사람의 마음에 따라 같은 사람이라도 달라 보이니까. 좋게 보면 자신감이지만, 삐딱하게 보면 건방졌다.

꿈속의 자신은 아마 철왕에게 악감정이 있었을 것이다. 제위를 훔쳐 간 철왕과 비열한 자의 조력자인 쿤. 그들에게 좋은 감정이 있을 턱이 없다.

일개 상인 따위가 무척 무례하다고 생각했을 것이다. 그리고 천박한 상인과 억지로 결혼시켜 자존심을 짓밟은 철왕을 향한 원망이 더 커졌을 것이다.

'내가 고집이 꽤 센 편이니까.'

시작부터 어긋난 성격 강한 두 사람이 끝없이 삐걱거릴 모습이 그려졌다.

'현실의 우리는, 꿈속의 그들과 다른 미래를 만들 수 있을까?'

"내게 할 말이 있다며?"

"벌써 끝났나? 더 궁금한 건?"

"없어."

"······와. 정말 당신은 가차 없어."

억울한 표정을 짓는 그를 보니 속없는 웃음이 나올 것 같았다. 시에나는 짐짓 코웃음 쳤다.

"할 말 없으면 일어날게."

"잠깐, 알았어."

그는 시에나의 어깨를 감싼 팔에 힘을 주어 일어나려는 그녀를 다시 앉혔다.

"우선 고맙다는 말부터 할게. 당신이 오늘 파티를 위해 애썼다고 들었어."

디안은 쿤에게 반은 자신의 덕분이라고 큰소리쳤다.

「은왕은 내가 상황을 방관하며 구경했다고 오해하고 있어. 그래서 화가 났고 널 안쓰럽게 생각한 모양이야. 은왕이 나선 건 반 이상 내 덕이다. 그러니까 은왕 만나면 내 얘기 잘 해 줘. 오해 풀리게. 알았지?」

디안의 덕을 봤거나 말거나, 쿤은 그녀의 감정적인 오해를 풀어 줄 생각은 없었다. 군이 둘 사이가 가까워지도록 도울 이유가 없었다.

오누이 사이는 그저 지금처럼 적당한 간격이 바람직하다고, 쿤은 생각했다. 다른 놈과 가깝게 지내는 꼴은 못 본다. 아무리 이복 오라버니라도 예외는 없다.

'아, 부끄러워하네.'

그녀가 눈을 동그랗게 떴다가 시선을 내렸다. 그녀의 귀 끝이 붉어졌다.

정말 예뻐 죽겠다. 손끝이 피가 몰린 것처럼 근질근질했다. 꽉 끌어안고 하얀 볼과 말랑한 입술에 마구마구 입을 맞추고 싶었다.

"내가 한 일은 별로 없어. 폐하께서 나서서 해결하신 거지. 그리고 어머니의 조치가 올바르지 않았으니까……."

그녀가 말할 때마다 벌어지는 붉은 입술을 보며 혼이 나갔다. 쿤이 간신히 정신을 차렸다.

"난 오늘 저택이 텅텅 비었어도 당신만 와 줬으면 충분히 기뻤을 거야."

그녀의 입술이 직선으로 다물렸다. 갑작스러운 변화에 쿤은 가슴이 덜컹했다.

"오늘 참석한다는 내 말 안 믿었지?"

"응?"

"철왕 말로는 당신은 내가 어머니의 파티에 갈 거라고 생각했다던데."

쿤은 속으로 디안에게 '덕분은 무슨.' 하고 원망을 날렸다.

"그럴 리가. 난 당신이 올 거라고 믿었지."

시에나가 '흐응?' 하며 미심쩍어하는 추임새를 넣었다.

"정말이야. 당신이 분명하게 참석한다고 했으니까."

그녀의 표정이 풀어지자 쿤은 안도의 숨을 내쉬었다. 그는 그녀의 미세한 표정 변화에도 쩔쩔매는 자신의 상태를 아직 자각조차 못 했다.

"당신이 그랬잖아. 남들이 무슨 말을 해도 당신이 하는 말부터 들어 달라고. 나도 같아. 내가 한 말만 믿어."

쿤이 말 잘 듣는 아이처럼 열심히 고개를 끄덕였다.

시에나가 설핏 웃었다. 덩치 큰 사내가 귀여워 보일 때마다 웃음이 나왔다.

"그만 내려가야 해. 지금쯤이면 포프 백작부인이 와 있겠어."

"아까 백작부인이 함께 안 왔기에 오늘 참석하지 않는 줄 알았지."

"그럴 필요 없다고 했는데 굳이 입궁해서 내 시중을 들고 백작 저로 다시 갔어."

이번에는 일어나는 시에나를 쿤이 다시 붙들지 않고 따라 일어났다. 사실 중요한 얘기는 없었다. 그녀를 잡아 두고 가능한 한 오래 둘만 있고 싶은 욕심이었다.

쿤은 출입문으로 향하는 그녀를 추월해 앞을 막아섰다.

"검술 연습, 요즘도 해?"

"하지."

"지난번처럼 하루걸러 수업과 연습?"

"응."

"내가 잘 가르치지? 나만 한 연습 상대는 없을 거야. 더 배울 생각 없어?"

그가 바라는 게 빤히 보였다. 시에나는 피식 웃었다.

"내일이 연습하는 날이야. 늦지 말고 와."

놀라는 그의 옆을 돌아 문으로 걸어갔다.

가만히 서 있던 쿤이 휙 몸을 돌렸다. 긴가민가한 표정으로 그녀의 뒷모습을 바라보았다. 거절을 예상하고 일단 찔러 본 거였다. 전보다 그를 주시하는 눈이 많아져 아무리 조심해도 황궁에서 그녀와 자주 만나면 함께 있는 모습을 조만간 누군가 보게 될 것이다. 그걸 그녀가 모를 리가 없었다.

'……심경의 변화인가? 왜?'

마치 두 사람의 관계를 누가 알아도 상관없다는 태도였다. 거리를 두던 전과 달랐다. 마음이 조급해졌다. 문을 열고 나가는 그녀의 뒤를 재빠르게 따라갔다.

*　　*　　*

주인이 자리를 비운 연회장 홀은 쿤이 장담한 대로 그럭저럭 유쾌한 분위기를 유지했다. 그 뒤에는 디안의 수고가 있었다.

사전에 쿤이 부탁하지는 않았다. 하지만 2층으로 올라간 집주인이 도통 내려올 생각을 않자 디안이 자청해서 주최자 역할을 대신했다.

그는 출입문 근처를 벗어나지 못했다. 이리저리 자리를 옮기며 속속 입장하는 참석자들을 맞이했다. 곁에서 비올렛이 한 손 거들었다.

"어머나, 왜 철왕 전하께서 손님맞이를 하세요?"

"담쟁이 저택의 주인이 철왕 전하셨습니까?"

다들 한마디씩 던졌다. 하지만 언짢아하는 사람은 없었다. 주최자의 빈자리를 잠시 맡을 정도로 철왕과 후작의 사이가 가깝다고 받아들였다.

막 입장한 자들은 먼저 와 있던 사람들한테 후작과 은왕의 행방을 듣고 재미있어했다. 사람들은 각자 자유롭게 연회를 즐기는 듯해도 틈만 나면 2층으로 오르는 계단을 흘끔거렸다.

"전하. 그간 평안하셨습니까."

디안이 중년인의 인사를 받으며 반갑게 아는 척했다.

"오, 버록 경. 언제 귀국했소?"

"며칠 되었습니다."

"얼마 만에 들어온 거요?"

"거의 반년만이지요."

버록 남작은 지난해 봄에 귀국해 석 달가량 머문 후 여름에 다시 출국했다. 그의 국적은 제국이지만, 타국에서 머무는 세월이 더 길었다.

"오랜만에 돌아오니 참……. 여행을 가지 말 것을 그랬다고 생각했습니다. 그새 볼만한 일들이 많았더군요."

이번 여행은 꽤 오지만 돌아다녔다. 그래서 제국의 소식을 거의 접하지 못했다. 며칠 전 귀국했다가 얼마나 놀랐는지 모른다.

아무래도 가장 큰 충격은 록산 상회의 주인으로만 알았던 젊은 이가 라드 상회의 주인이었으며 이제는 후작이 되었다는 사실이었다.

"집에 초대장은 와 있었습니다만, 참석할지 그냥 다시 출국할지 망설였습니다."

버록 남작이 한숨을 푹 내쉬며 말했다.

"록산 상회의 주인인 줄만 알았던 후작님께 제가 꽤 같잖은 조언을 했던 게 떠올라 얼굴이 뜨끈해서 말입니다."

디안이 웃었다.

"라드 후는 개의치 않을 거요. 그런 건 마음에 두지 마시오."

디안은 마침 주변에 다른 사람이 없는 틈을 타 목소리를 낮추어 말했다.

"우리끼리니까 하는 말이지만, 라드 후가 사람이 참 음흉하지 않소? 뱃속에 구렁이 수백 마리는 키우고 있으면서 겉으로는 세상 물정 모르는 척을 한단 말이지. 천연덕스럽기가 이루 말할 수 없소."

"전하."

비올렛이 인상을 찡그리며 디안의 소매를 잡아당겼다. 소심한 그녀는 철왕과 후작의 의가 갈라질까 봐 그저 걱정이었다.

버록 남작이 껄껄 웃었다. 혹시 자신이 라드 후작에게 서운한 마음을 가졌을까 봐 풀어 주려는 철왕의 마음 씀씀이를 알아챘다.

'두 분이 지기처럼 각별하다는 소문은 그저 소문이 아니었군.'

"약혼을 축하드립니다, 전하. 인사가 늦었습니다. 두 분이 참 아름답게 잘 어울리십니다."

"고맙소. 머지않아 결혼식이 있으니 꼭 참석하시오. 훌쩍 출국하지 말고."

"예, 전하."

디안은 붐비는 안쪽과 다르게 한산한 출입구 쪽을 보며 중얼거렸다.

"올 만한 사람은 다 온 모양이군."

"전하. 저는 포프 백작부인에게 가 볼게요."

"그리시오."

비올렛이 디안의 곁을 떠났다. 디안은 막 들어오는 참석자를 맞이하러 갔다. 의례적인 인사를 나눈 손님이 안쪽으로 들어가면서 디안의 옆에 버록 남작만 남았다. 잠시의 소강상태였다.

"한데 전하. 왜 후작님이 안 보입니까?"

"그러게 말이오."

디안이 툭 내뱉으며 계단의 위쪽을 쳐다보았다.

'대체 위에서 뭐 하는 거야?'

이러다가 파티가 다 끝나도록 코빼기도 비치지 않을까 봐 걱정됐다. 손님을 초대해 놓고 주인이 끝까지 나타나지 않으면 사교계의 평판이 바닥으로 떨어질 것이다.

'그 녀석은 충분히 저지를 만한 짓이란 말이지.'

오랜 시간 알아 온 만큼 쿤의 성격을 어느 정도는 알았다. 은근히 제멋대로였다. 마음먹고 하려는 일이 있으면 주변을 전혀 신경쓰지 않았다.

'그래도 은왕이 있으니 괜찮겠지.'

은왕은 원칙주의자니까. 믿을 사람은 은왕뿐이었다.

파티마는 흥겨운 파티의 분위기에 녹아들지 못했다. 시간이 지날수록 초조해졌다. 후작이 은왕과 2층으로 올라간 지 꽤 되었다.

'주변에 보이기 위한 목적이라기에는 지나쳐.'

그녀는 아직 믿고 싶지 않았다. 마음 한구석에서는 '어쩌면'이라고 생각했지만, 최악의 경우라도 후작의 짝사랑이기만을 바랐다.

파티마는 저만치 서 있는 마틴에게 다가갔다. 마틴이 등장했을 때는 사람들이 우르르 몰려들었지만, 과묵한 기사의 태도가 어려웠는지 하나둘씩 떨어져 나와 어느새 그는 혼자가 되었다.

그런데 파티마가 보기에 마틴은 오히려 혼자가 편한 것 같았다.

"칼리 기사님. 오랜만에 뵈어요."

"평안하셨습니까. 공주님."

마틴이 정중한 예의를 갖추어 인사했다. 파티마는 머쓱한 미소를 지었다. 우스와 똑같은 얼굴. 하지만 어쩌면 이렇게 다를까.

"평안하지 못했어요. 정말 너무하세요."

파티마가 살포시 눈을 흘겼다.

"예?"

"기사님 덕분에 제가 전처럼 자유롭게 외출할 수가 없어요. 장터에 나갔다가 절 미행하는 사람이 있어서 깜짝 놀랐다니까요. 붙잡아 물으니 칼리 기사님의 지시를 받았다잖아요?"

"미리 말씀드리지 못해 죄송합니다."

마틴은 설마 파티마가 미행을 알아차릴 줄 몰랐다. 곱게 자란 공주님으로만 생각한 그의 실수였다.

"절 염려해서 하신 일이니 이해할게요. 그런데 또 서운한 점이 있어요. 사신단을 배웅하러 가신 쿤 님이 돌아오시는 대로 제게 알려 달라고 부탁드렸는데, 왜 연락 주지 않으셨어요?"

파티마는 생글생글 웃으며 무구한 표정으로 상대방의 죄책감을 자극했다.

"죄송합니다. 경황이 없어 잊었습니다."

"제가 얼마나 기다렸는데요. 그런데 오늘 우스 님은 참석하지 않으시나요?"

"잘 모르겠습니다."

"사막에서 제가 쿤 님과 우스 님께 도움을 많이 받았어요. 쿤 님은 여러 번 뵈었지만, 우스 님과 연락할 방법이 없네요. 뵙고 싶다고 전해 주시겠어요?"

마틴은 파티마를 잠시 바라보다가 대답했다.

"예. 말씀 전하겠습니다."

마틴은 전에 레반이 했던 말이 떠올랐다.

「사막에서 왔다는 그 공주님, 조심해라. 아무래도 쿤에게 마음 있는 거 같은데. 남녀 관계는 민감하거든. 아무것도 아닌 일로 문제 생기면 골치 아프다.」

마틴은 레반의 조언을 허술히 넘기지 않았다. 하지만 어떻게 조심해야 할지는 알 수 없으므로 가급적 공주와 얽히지 말아야겠다고 생각했다.

"잠시 실례하겠습니다."

"아……. 예."

마틴이 양해를 구하고 돌아섰다. 다른 볼일이 있는 척 자리를 피했다.

파티마는 멀어지는 마틴을 아쉬움이 담뿍 담긴 눈으로 응시했다.

'금단추를 받은 칼리 경이 우스 님이면 얼마나 좋았을까.'

파티마는 직접 봤기에 안다. 우스의 실력은 마틴 못지않았다. 하지만 사람들의 관심은 오직 금단추의 기사 칼리 경이었다.

우스가 금단추의 기사였다면 파티마는 그와의 친분을 과시할 수 있었을 것이다. 쿤을 흠모했기에 수하인 우스와 좋은 관계를 유지하려 노력했고 꽤 가까워졌다.

우스는 파티마가 생각하는 '전사'에 꼭 들어맞는 사람이었다. 순수했고 겉과 속이 같았다. 우스와 친해지는 일은 쉬웠다. 그녀는 사막의 전사들을 다루는 데는 이골이 났다.

하지만 마틴은 우스와 딴판이었다.

'이대로는 길이 안 보여. 어쩌지.'

도움을 청할 사람으로 아버지밖에 떠오르지 않았다. 아버지가 나서면 거래가 된다. 그건 최후의 수단이었다. 더구나 오라버니들의 눈을 피해 아버지께 말을 전하려면 아주 조심해야 할 것이다.

왕의 아들들은 누이의 야망을 알지 못했다. 그들 앞에서 파티마는 욕심 없는 순진한 누이 흉내를 냈다. 파티마가 쿤을 좋아하는 마음을 그저 계집아이의 풋사랑 정도로 취급했다.

누이가 경쟁자가 될지도 모른다고 생각하는 순간, 그들은 가장 약한 경쟁자인 파티마부터 떨구어 내려 힘을 합칠 것이다.

'아버지 건강이 전 같지 않아. 몇 년 버티지 못하실 거야.'

왕이 죽으면 치열한 왕자들의 난이 벌어질 터. 그리고 최후의 승리자는 파티마를 정략의 제물로 팔아 치울 것이다.

'아버지건, 오라버니건. 다른 사람 입맛에 맞는 집안 남자와 결혼해 숨죽여 평생 사는 건 절대 싫어.'

그녀는 제국에서 화려한 삶과 자유를 맛보았다. 몰랐던 옛날로 돌아갈 수 없었다.

군중의 술렁임을 듣고 파티마는 번쩍 고개를 들었다. 계단에서 후작과 은왕이 내려왔다. 파티마의 눈동자가 흔들렸다. 두 남녀는 무대를 빛내는 주인공 같았다.

그들에게 가장 먼저 다가간 사람은 철왕이었다.

"마침내 등장하셨군."

디안의 입은 웃고 있으나 속은 부글부글했다. 마음 같아서는 쿤에게 '어디서 노닥거리다가 이제 오냐?'라고 윽박지르고 싶었으나 꾹 참았다.

"손님으로 왔다가 엉겁결에 주인 노릇을 했소. 라드 후."

"빈자리를 지켜 주셔서 감사합니다. 전하."

'나한테 빚진 거다.', '기억해 두마.' 쿤과 디안이 시선으로 말을 주고 받았다.

"은왕. 인사가 꽤 늦었군요. 아까 은왕이 입장할 때 난 이미 와 있었습니다만, 후작과 훌쩍 위로 가 버리는 바람에 아는 척을 못 했네요."

디안은 내심 긴장했다. 아직 은왕의 오해가 풀리지 않아 화가 나 있으면 어쩌나 했다.

시에나는 비록 디안의 변명을 듣지 못했으나 쿤이 없는 동안 디안이 파티 호스트로 애썼다는 사실을 알고 언짢은 마음이 풀렸다. 주최자의 대리인 역할은 아무나 하지 못했다. 철왕 정도면 후작을 대신할 격이 맞았다.

"저택 구경에 시간 가는 줄을 몰랐습니다. 내가 라드 후를 붙들고 있어서 철왕께 수고를 끼쳤군요."

"좋은 구경 많이 했습니까?"

"흥미로운 내력을 지닌 저택이에요."

"그리고 쓸데없이 크지요. 공작가 저택보다 두 배나 넓어요."

그런가? 이쯤은 되어야 지내는 데 불편함이 없지.

'그 수반이 있는 응접실이 괜찮았어. 나중에 그곳을……'

무심코 생각했다가 그녀는 당황했다. 자기도 모르게 이 저택에서 지내는 생활을 상상했다.

"……넓긴 합니다."

그녀는 대충 얼버무렸다. 마침 비올렛이 직접 포프 백작부인의 이동의자를 밀고 다가왔다. 그들에게 시선이 몰려 시에나의 석연찮은 반응은 그냥 묻혔다.

"백작부인. 오래 기다렸소? 내가 함께 오자고 권했으면서 혼자 두어 미안하오."

"아닙니다, 전하. 그로시 영애께서 좋은 말동무가 되어 주셨습니다."

"마음 써 주어서 고맙소, 영애."

비올렛이 얼굴을 붉히며 웃었다.

"백작부인은 유쾌한 분이에요. 오히려 제가 더 즐거웠습니다."

시에나가 비올렛과 대화하는 사이에 쿤은 버룩 남작과 인사를 나눴다. 쿤이 남작을 보며 멋쩍게 웃었다.

"버록 경. 내게 노여운 마음을 부디 오늘 이 자리에서 풀어주지 않겠소?"

버록 남작, 제임스가 한숨을 쉬며 고개를 내저었다.

"록산 상회도 후작님의 것이 맞지 않습니까? 거짓말하신 게 아니라 말씀하지 않으셨을 뿐이지요."

"너그럽게 이해해 주니 고맙소."

"그저 좋은 지기를 갑자기 잃은 것 같아 섭섭할 뿐입니다."

"그런 말 마시오. 알고 지내던 친구가 더 출세했다고 생각하시오."

남작이 기꺼워하며 웃었다.

그들 주변에 슬금슬금 사람들이 모여들었다. 화제의 인물들이 한 곳에 있으니 자연스러운 반응이었다. 은왕이 혼자면 다가가기가 어렵지만, 철왕과 그 약혼녀, 후작 등과 함께 있는 은왕은 전처럼 범접하지 못할 벽처럼 느껴지지 않았다.

은왕의 곁에 찰싹 붙은 비올렛이 재잘재잘 떠들고 포프 백작부인이 적당히 흥을 돋웠다. 은왕이 간간이 대화에 참여하자 끼고 싶은 귀부인들이 주변에 모였다.

"그로시 영애. 결혼식이 채 한 달도 남지 않았지요?"

"준비는 잘 되어 가나요?"

"누가 증인이 되실 건가요?"

결혼을 앞둔 비올렛에게 많은 관심이 쏠렸다. 황가의 식구가 늘어나는 것은 아주 오랜만이었다.

황족의 배우자는 제국법으로 황족에 준하는 대우를 받는다. 현재, 황실의 핏줄이 아니면서 황궁에 거처를 둔 사람은 적왕 패트리샤뿐이었다.

제국의 귀족 아가씨치고 황궁에서 사는 삶을 동경하지 않는 사람은 없을 것이다.

"라드 후작님이 증인으로 나서 주신다고 하셨어요."

사람들이 납득하며 고개를 끄덕였다.

"전하. 어려운 청을 드려도 될까요?"

비올렛이 상기된 표정으로 시에나에게 말했다.

"전하께서 두 번째 증인이 되어 주셨으면 좋겠어요."

"내가?"

비올렛이 두 손을 모아 쥐었다.

"소원이에요. 전하."

잠시 경직된 분위기가 시에나의 웃음으로 풀어졌다.

"소원이라니. 들어줘야지."

비올렛이 '꺄앗!' 하고 작은 환호성을 질렀다. 주변에서 웃음이 터졌다. 이 순간만큼은 누구도 철왕과 은왕의 정치적 관계를 고려하지 않았다.

"전하. 갈증이 나지 않으십니까?"

갑자기 라드 후작이 끼어들었다. 그는 두 손에 샴페인 잔을 들었다. 그중 한 잔을 시에나에게 내밀었다.

"아……. 고맙소. 라드 후."

시에나가 잔을 받았다. 쿤은 그녀에게 음료만 건네고 누군가 '후작님.' 하고 부르자 돌아섰다. 잠시 조용해졌던 사람들이 다시 웃고 떠들었다.

시에나는 샴페인을 한 모금 마셨다. 달콤한 과일 맛이 났다. 주변의 귀부인들이 너도나도 하인들에게 손짓했다. 음료 쟁반을 들고 연회장을 누비던 자들이 다가왔다. 곧 모두가 손에 음료를 들었다.

'너무 달군.'

시에나가 든 잔의 음료가 줄어들지 않았다.

'그냥 찬물이 마시고 싶은데.'

그녀가 눈으로 주변을 훑었다. 할 일을 찾는 하인이 보이지 않았다. 잠시 후 다시 시도할 생각으로 일단 포기했다. 그런데 누군가 그녀의 잔을 빼앗는 무엄한 짓을 했다. 흠칫 놀라 돌아봤다.

쿤이 그녀의 샴페인을 가져갔다. 대신 얼음이 담긴 물 잔을 쥐어 주며 빙긋 웃었다.

"실내가 건조합니다. 목이 칼칼하실 듯싶어서요."

"……고맙소."

그녀는 금방 물 잔을 다 비웠다. 처리하지 못한 빈 잔을 잠시 들고 있었다. 또다시 후작이 잔을 빼앗았다.

"한 잔 더 가져다드릴까요?"

"괜찮소."

"간단히 드실 것이라도?"

"생각 없소."

지켜보던 주변 사람들 몇이 의미심장하게 눈짓을 주고받았다. 세심하게 은왕을 챙기는 후작의 태도가 손님 대접치고는 과했다.

늦은 오후에 시작한 파티는 날이 어두워질 무렵에 분위기가 완전히 무르익었다.

귀한 술은 비우기 무섭게 다시 채워지고 값비싼 재료를 듬뿍 사용한 요리는 나무랄 데 없이 훌륭했다.

넓은 홀은 구석구석 가지각색의 다양한 꽃으로 장식했다. 이른 봄에 여름과 겨울의 계절 꽃이 보이는 것으로 짐작하건대 전부 화원에서 기른 '시드는 보석'일 것이다.

잘 훈련받은 후작 저의 고용인들은 실수가 없었다. 필요로 하는 손님들의 요구에 즉각 반응했다.

황궁 파티에서나 볼 수 있는 규모의 악단은 세련된 선곡으로 쉼 없이 연주했다.

사람들은 만족했다. 그리고 라드 후작의 부유함에 감탄했다.

"오늘 파티는 대성공이군."

"주변을 보게. 근래 이 정도로 사람들이 몰려든 파티가 있었나?"

"라드 후작은 사교계에 성공적으로 자리 잡겠어. 다들 후작의 꽁무니만 쫓겠군."

"지금도 충분히 관심 대상인데 이보다 더?"

"그런데 이상하네요. 루크 공작가의 사람은 아무도 안 보이는군요."

"그러고 보니 모든 공작가 사람도 없어요."

잔잔한 음악이 끝나고 왈츠가 흘러나왔다.

쿤이 시에나에게 손을 내밀었다.

"어울려 주시겠습니까? 전하."

시에나가 그의 손을 잡았다. 두 사람이 홀의 중앙으로 나갔다. 그의 한 손이 그녀의 손을 쥐었다. 다른 손은 그녀의 등허리를 감쌌다. 그녀의 한 손은 그의 어깨에 얹었다.

느릿한 박자의 잔잔한 왈츠였다. 선율에 맞추어 두 사람의 왈츠가 시작되었다.

"즐거우십니까?"

옅은 미소를 지으며 쿤이 물었다. 시에나가 짧게 고개를 끄덕였다. 왜 사람들이 사교 파티를 쫓아다니는지 약간 이해했다. 주변의 우러르는 시선을 받으며 서 있을 때는 따분하기만 했는데 사람들과 어울려 여기저기에서 정신없이 떠들어 대는 말소리와 웃음소리를 들으니 때때로 즐거웠다.

"정말 철왕 전하 결혼의 증인으로 설 겁니까?"

"이미 하겠다고 대답했소. 들은 사람도 많지."

"언짢아할 분이 계실 텐데요."

시에나는 패트리샤를 떠올렸다.

"상관없소. 주고받으면 되니까."

"주고받다니요?"

"철왕 부부에게 내 결혼의 증인이 되어 달라고 할 거요."

"……."

그 결혼은 언제 누구와? 시에나는 그가 물어보면 어떻게 대답해야 할지 고민했지만, 그는 말없이 눈만 맞추었다.

"전하. 당연해서 지루한 말을 해도 되겠습니까?"

시에나는 뜬금없는 소리를 하는 그를 빤히 봤다. 그러다 그의 얼굴이 다가와 흠칫했다. 마치 키스할 것처럼 가까워진 얼굴이 옆으로 슬쩍 비켜 그녀의 귓가에 속삭였다.

"언제나 최고였지만, 오늘도 당신이 최고로 아름다워."

시에나는 오래전 가면무도회에서 춤을 추다가 그에게 했던 말을 기억했다.

「황실에 대한 충성심. 나에 대한 찬사.」
「당연한 말을 자꾸 하면 지루한 거다.」

시에나는 어이없어 웃음을 흘렸다.

"내가 한 말을 다 마음에 담아 둬? 쪼잔한 남자는 별로야."

"당신이 한 말이니까 기억하는 거라고."

웃으며 소곤거리는 두 남녀를 물끄러미 바라보던 누군가가 생각 없이 말했다.

"두 분이 한 폭의 그림처럼 잘 어울리네요."

근처가 조용해졌다.

'설마.'

'그럴 리가.'

사람들은 말을 아꼈다. 아직은 누구도 예상하지 못했다. 제국의 사교계를 발칵 뒤집을 엄청난 스캔들의 시작을 목격하고 있다는 사실을.

오직 한 사람만 허를 찼다. 디안은 기어이 저놈에게 넘어가는 누이가 안타까웠다. 은왕이 좀 더 저 녀석 속을 태우기를 바랐건만.

'쿤 라드. 너 내 누이동생 눈에 눈물 나게 하면 가만 안 둔다.'

*　　*　　*

패트리샤가 태양궁의 중정에 방문했다. 지난번과 다르게 이번에는 부름을 받았다.

"찾으셨사옵니까, 폐하."

"와서 앉으시오."

티 테이블에 앉은 황제가 손짓했다.

라드 후작의 파티가 성황리에 끝나고 며칠이 지났다. 패트리샤의 분한 마음은 아직 가라앉지 않았다.

하지만 황제 앞에서 내색할 수 없었다. 황제는 그녀가 투정을 부려도 되는 남편이 아니라 그녀를 찍어 누르는 권력자였다.

시종장이 차를 가져왔다. 황제는 간단한 의례적 안부만 묻고 바로 본론을 꺼냈다.

"그대에게 맡길 일이 있소."

"말씀하시옵소서."

"곧 철왕의 결혼식이오. 그대도 알겠지만, 무척 오랜만에 있는 황실의 경사요."

"예. 폐하."

"그대가 결혼식과 연회 준비를 맡으시오."

찻잔을 든 패트리샤의 손이 흠칫 떨렸다.

"제 손으로…… 철왕의 결혼식을 준비하라는 말씀이십니까?"

"그동안 황실 연회는 모두 그대가 주관했소. 새삼스러운 일은 아니지 않소?"

"폐하. 본디 황실의 행사는 예식부의 소관입니다."

패트리샤는 우회적으로 거절했다. 원칙적으로는 그녀의 말이 맞았다. 귀족 가문의 파티는 대개 안주인이 준비하므로 사람들은 황실 연회를 적왕이 주도하는 것을 의문 없이 받아들였다.

하지만 사가와 황실의 연회가 같을 수는 없는 법. 엄밀히 따지면 패트리샤는 지금껏 월권을 행사했다. 본디 적왕은 전체적인 감독권이 있을 뿐이었다.

지금껏 아무도 그 점을 지적하지 않았다. 황제가 내버려 두었으니 리먼 가문을 뒤에 둔 적왕에게 맞설 자는 없었으니까.

"그래서 하는 말이오. 예식부에 맡기지 말고 그대가 하나부터 열까지 모두 챙기시오."

"폐하. 부디 제 심기를 헤아려 주시옵소서. 은왕이 불미스럽게 파혼하여 아직 번잡한 주변이 말끔히 정리되지 않았습니다."

"두 가지 일이 무슨 관련이 있소? 그리고 얼마 전에 연회를 준비할 때는 괜찮았던 심기가 왜 다시 불편해졌소? 앞뒤가 안 맞는 말이군."

패트리샤가 대답 없이 꾹 입을 다물었다. 황제의 부름을 받아 오면서 내심 기대했다. 일방적으로 그녀의 파티를 망친 것을 뒤늦게라도 사과하시려는 걸까.

삭막한 부부 사이지만, 황제와 척을 질 생각은 없었다. 아무리 후계자로 낙점된 자식이 있어도 지금은 황제가 살아 있는 권력이었다. 하지만 그녀의 작은 기대는 와르르 무너졌다.

'철왕, 그놈의 결혼식을 내 손으로?'

테이블 아래에서 한쪽 손을 손톱이 파고들도록 꽉 쥐었다. 철왕이 결혼하는 것만으로도 약이 올랐다.

철왕은 갈수록 기세등등했다. 측근이라는 라드 후작의 이름값은 끝없이 오르고 있다. 결혼까지 하면 그로시 공작 가문과 완전한 동맹이 될 것이다.

그에 반해 은왕은 파혼으로 루크 가문과 사이가 어그러졌다. 새 약혼자로 점찍었던 모튼 공작의 아들은 며칠 전 비명횡사했다.

패트리샤는 요즘처럼 전전긍긍한 적이 없었다. 밤잠을 제대로 이루지 못했다. 불이 난 곳에 기름을 붓는 황제가 원망스러웠다.

"정말 너무하십니다."

결국, 터져 버렸다.

"은왕의 성년 생일. 그날 철왕을 책봉하셨을 때 지나치셨다고 생각했으나 참았습니다. 라드 후작을 중용하시어 철왕에게 힘을 실어 주시는 것 같아 서운해도 참았습니다. 라드 후작의 파티를 위해 제게 물러나라고 하셔도 참았습니다. 제게 어디까지 인내하라고 하시는 겁니까?"

황제는 파르르 떠는 패트리샤를 무심히 보다가 찻잔에 입을 댔다. 느긋하게 찻잔을 내려놓으며 피식 웃었다.

"참지 않으면?"

패트리샤가 눈을 부릅떴다.

"그대가 어쩔 건데?"

"폐하!"

"적왕. 지난번에도 말하지 않았던가? 짐이 봐주고 있다고. 짐은 리먼 가문에게 너그러웠지. 왜 그랬다고 생각하시오?"

"……폐하. 리먼 가문은 폐하의 충성스러운 오른팔입니다."

"물정 모르는 소리."

황제가 딱 잘라 말했다.

"그런 간지러운 표현이 성립할 관계가 아니지. 적왕. 부친으로부터 아무 말도 못 들었소?"

황제는 패트리샤의 표정을 유심히 보다가 헛웃음을 흘렸다.

"타계한 리먼 공에게 그대는 귀엽기만 한 여식이었나 보군."

"말씀하시는 뜻을 모르겠습니다. 폐하."

황제가 쯧, 짧게 혀를 찼다.

"짐의 뜻은 전했소. 철왕의 결혼식 준비에 차질이 없도록 하시오. 황명이오."

패트리샤의 오감이 경고했다. 대답하고 일어나라. 캐묻지 마라. 하지만 한편으로 황제의 속마음을 알고 싶다는 강렬한 유혹을 떨치지 못했다.

"말씀해 주시옵소서. 제가 모르는 일이 있습니까?"

황제는 지그시 패트리샤를 응시했다. 황제의 금색 눈동자가 시리도록 차가웠다.

"난 그대 부친을, 그대의 가문을 믿은 적이 없소."

황제는 충격에 빠진 패트리샤를 향해 차갑게 말했다.

"더 해 줄 말은 없소. 그만 가 보시오."

패트리샤가 돌아간 후 황제는 주변을 다 물렀다. 홀로 한참 앉아 있다가 씁쓸하게 중얼거렸다.

"할 필요 없는 말을 했군."

역시 그 교활한 늙은이의 딸이었다. 상대를 자극하는 재주가 있었다. 참아? 누가 누구를 참아? 그딴 소리를 지껄이며 억울해하는 패트리샤의 표정을 일그러뜨리고 싶었다.

황제의 기억이 과거로 거슬러 올라갔다. 디안의 생모, 에디스의 죽음은 세상에 무서울 게 없었던, 당시 광왕의 유일한 좌절이었다.

비극적인 혈사에서 광왕은 에디스를 살리기 위해 백방으로 힘썼다. 황제는 아케론 공작가를 말살하려고 혈안이 되어 있었다. 부친에게 맞서기에는 광왕의 힘이 부족했다.

광왕은 리먼 공작과 거래했다. 리먼 공작은 황제의 신임을 한 몸에 받았다. 황제의 눈을 피해 일을 꾸밀 수 있는 유일한 사람이었다.

「아케론 가문은 어찌 되든 상관없소. 에디스. 그녀의 목숨만 건
져 주시오.」

대신 광왕은 공작의 딸, 패트리샤와 결혼해 적왕의 자리를 주기로 합의했다. 그러나 리먼 공작은 에디스의 유품으로 반지 하나만 가져왔다. 광왕이 자신의 연인에게 주었던 정표였다.

「송구합니다. 전하. 제가 한발 늦었습니다.」

리먼 공작은 침통하게 용서를 구했다.

'그 말을 믿었지. 어리석게도.'

공작이야말로 선황의 밀명을 받아 가장 앞장섰던 척살자였던 것도 모르고.

그 사실을 제위에 오른 후 알았다. 패트리샤와 혼인해 태어난 황녀 시에나가 여덟 살이 되었을 무렵이니 무척 많은 시간이 흐른 후였다.

황제는 리먼 공작의 가증스러움에 극도로 분노했다. 너무 늦게 알았다. 이미 공작은 단단히 기반을 다졌다. 어설프게 흔들었다가는 제국에 혼란만 일으킬 터라 건드리지 못했다.

황제는 내색하지 않았다. 알아낸 진실로 공작을 추궁하지도 않았다. 그러나 잊지 않았다. 풀지 못한 분노는 시간이 흐를수록 깊이 뿌리내렸다. 뽑아낼 수 없는 지경에 이르렀다.

'날 기만한 대가는 치러야 하지 않겠나? 리먼 공.'

그동안 맹수는 아주 천천히 사냥을 준비했다. 기척을 숨기고 사냥감의 주변을 서서히 맴돌며 접근했다.

공작이 천수를 누려 유감이었다. 명줄이 생각보다 짧았다. 하지만 죽음이 면죄부가 될 수 없었다. 그자가 지옥에서라도 원통하도록 그자의 가장 소중한 것을 파괴할 것이다.

리먼 가문을.

황제가 형형한 눈으로 허공을 노려보았다. 극도로 혐오했던 자신의 아버지, 선황제의 광기 어린 집착적 모습 일부가 아들인 그를 통해 되살아나고 있었다.

*   *   *

벤 스투스가 찾아왔다.

"전하. 일전에 말씀하신 일을 알아보았습니다. 오래 기다리게 해
드려 송구합니다. 저는 수도에서 자라 가문의 본적지에 가 본 적은
없습니다만, 먼 친척 어르신이 그곳에 거주한다는 사실을 알아냈습
니다."

"좋은 소식이라면 아무리 오래 기다려도 반가운 법이지."

미끼를 물었다. 월척을 낚는 낚시꾼의 기분이 이러할까.

시에나의 가벼운 흥분은 벤의 오해를 부추겼다.

'이 일이 생각보다 은왕께 중요한 것 같군.'

은왕의 신임을 얻을 기회다.

"어르신께 빠른 편지를 보내 도움을 구했더니 긍정적인 답을 보
내 주었습니다. 다만 그분 삶이 넉넉지 않아 수고의 대가를 건네야
할 것 같습니다. 제가 감당하기엔 벅차서……. 면구스럽습니다."

벤은 구차한 돈 이야기를 꺼냈다. 일이 너무 순조로운 것보다는
사소한 문제 한두 개는 있어야 한다. 상대의 믿음을 더 끌어낼 수
있고 자신의 수고로움을 과시하는 방법이었다.

"아닐세. 그쯤은 마땅히 내가 부담해야지. 수고가 많았네. 자네
가 내 오랜 고민을 해결해 주는군."

"전하께 부족하나마 도움을 드릴 수 있을 듯하여 기쁘게 생각합
니다."

"이후 모든 지시는 내게 직접 받게. 길버트 경에게는 말해 두겠네."

'됐다!'

벤은 회심의 미소를 감추며 고개를 숙였다.

"분부에 따르겠습니다."

"조만간 내가 정리한 문서를 주겠네. 그것을 가지고 자네가 직접 내 봉토에 다녀오게."

"……예?"

"먼 친척이라 하였지? 한 번도 만난 적 없는?"

"예."

"그러니 자네가 얼굴을 보이고 최소한의 친분은 나누어야 하지 않겠나. 그리고 자네가 그 지역의 실상을 대충은 알고 있어야지. 그쪽에서 보내오는 정보가 터무니없는 헛소문인지 아닌지 정도는 분별해야 하니까. 자네의 친지를 믿지 못해서가 아니니 서운해하지 말게. 설마 자네는 정보를 받아 검토도 하지 않고 그대로 내게 가져오는 심부름꾼 노릇만 할 셈인가?"

벤의 안색이 시시각각 변했다.

"……저는 그런 중임을 맡게 되리라고는 미처 생각지 못했습니다."

"자네를 중히 쓸 생각이네. 이달 말 정도가 되겠군. 오랜 여행이 될 테니 미리 준비하게."

"예……. 전하."

벤은 떨떠름한 표정으로 은왕의 집무실에서 나왔다.

'일이 이렇게 되면 안 되는데.'

길버트를 밀어내 그 자리를 차지하려는 계획에 차질이 생겼다.

은왕의 최측근이 되어 온종일 곁에서 보고 들은 모든 것을 적왕에게 전해야 했다.

'이러다가 계속 남부 지역과 수도를 왔다 갔다 하는 거 아니야?'

오가는 데에만 거의 한 달은 걸렸다. 은왕의 신임을 얻어 봤자 곁에 있지 못하면 무슨 소용인가. 이건 벤이 바라던 출세가 아니었다. 어떻게 자신에게 유리한 상황으로 만들지 고민했다.

시에나는 숨이 탁 트이는 것 같았다. 일이 잘 풀릴 예감이다.

'당분간은 멀리 보내자.'

쿤에게 부탁한 벤 스투스의 뒷조사 정보를 받기 전까지만.

'은근히 신경 쓰였는데 잘됐어.'

스투스가 수도를 떠나 있는 동안은 시에나의 주변을 기웃거리지 못할 것이다. 그렇다고 무작정 멀리 내돌리기만 할 생각은 없었다.

'어머니가 스투스를 쓸모없다고 여기게 해서면 안 돼. 그럼 다른 자로 교체하겠지.'

서서히 그자를 가까이하면 스투스와 어머니는 시에나가 진심으로 신임한다고 믿을 것이다. 그러면 스투스의 가치가 높아지니 역이용할 쓸모가 더 커진다.

불과 1년 전의 그녀라면 발 디딜 이유가 없는 심리 싸움이었다. 그때는 순리대로 제위에 올라 제국을 완벽히 통치할 미래만 골몰했으니까. 하물며 그 상대가 영원한 아군이라 여겼던 어머니라니.

'내가 잘할 수 있을지는 모르겠어. 그래도 이번만큼은 절대적으로 내가 유리해. 나는 어머니의 속셈을 간파했고 어머니는 내가 안다는 사실을 모르니까.'

스투스를 적왕궁에 침투시키는 데 성공하면 어머니가 어떤 사람인지 파악할 수 있을 것이다. 어머니의 생각을 읽고 어머니가 하려는 일을 한발 앞서 막을 수도 있겠지.

  근래에 그녀는 꿈의 의미에 관해 다시 생각했다.

  그 꿈은 미래를 예지하는 신탁이 아니라 어긋난 미래를 바로잡으라는 기회일지도 모른다.

  〈다음 권에서 계속〉